AF353175

Don Both's

DANGER ZONE

A.P.P.

Neuauflage

Kontaktdaten:bethy86@hotmail.de

Persönliche Fragen, Meinungen, mehr Infos über mich:

https://www.facebook.com/pages/DonBoth/248891035138778

Buchcover: Babels Art

Lektorat: Belle Molina, WORT plus

Korrektat: Sophie Candice

Weitere Mitwirkende: Isabella Kaden, Janine, Alice Steiger

Erschienen im A.P.P.-Verlag

Peter Neuhäußer

Gemeindegässle 05

89150 Laichingen

978-3-945786-33-8 mobi

978-3-945786-34-5 epub

978-3-945786-35-2 Print

Über das Buch

Nach dem Tod ihres Opas lebt Seraphina als einziger Mensch in einer Welt, in der Mythen, Legenden, und Fabelwesen real sind. Als ob das nicht schon verwirrend genug wäre, kommen auch noch der gefühlvolle Ice – ein Werwolf – und der selbstverliebte Gestaltwandler-König Sun – ein Panther – in ihr Leben geschneit und versuchen, sie mit ihren nicht gerade menschenfreundlichen Methoden für sich zu gewinnen. Da sie jedoch im Inneren Tiere sind, führt das leicht zu Missverständnissen.

Ob Seraphina lernen wird, sich in dieser verrückten Welt zurechtzufinden, sich ihnen sexuell zu unterwerfen und gleichzeitig ihren freien Willen zu bewahren, hängt am Schluss nicht nur von ihren Entscheidungen ab, aber eines ist ganz gewiss: Sie wird kämpfen, keine Sexsklavin werden und die Hoffnung, genauso wenig wie ihre Menschlichkeit, aufgeben!

Dank erotischer Szenen erst ab achtzehn Jahren zu genießen!

Don Both´s erste Dark-Fantasy-Romanze ›Dangerzone‹ in einer überarbeiteten Neuauflage. Ein paar Rezensionen der ersten Auflage:

Die Gestaltenwandler, die Seraphina kennenlernt, sind nicht wie in oft bekannten und gelesenen Büchern heiße Schmusekatzen/Schmusehunde, sondern haben wirklich einen tierischen – ausgeprägten – Trieb.

Die Autorin beweist hier, dass es ihr an Fantasie nicht mangelt und sie unsagbar kreativ sein kann. An Spannung mangelt es dem Buch nicht, und auch sonst ist von allem etwas dabei. Humor, Sarkasmus, Intrigen … und eine ordentliche Menge Erotik, was das Buch wirklich erst am 18 empfehlbar macht.

Ich gebe Dangerzone 5 Sterne, weil ich es nicht aus der Hand legen konnte und es mich um den Schlaf gebracht hat!

Teil zwei erscheint ca. am 01.06. 2015. Ca. 350 Buchseiten.

Prolog

»Es existierte einmal eine wundersame Welt voller zweibeiniger Geschöpfe. Milliarden von ihnen hausten auf dem Planeten namens Erde, welcher hauptsächlich aus Wasser, aber teilweise auch aus Land bestand. Dort lebten sie zumeist in Gemeinschaften, da sie nicht allein sein wollten, denn die Einsamkeit zerstörte ihre Seelen.

Sie trafen sich entweder in sogenannten Cafés, wo sie ein arabisches Heißgetränk nach dem anderen schlürften, oder in riesigen Sälen, wo man auf großen Leinwänden Geschichten von Artgenossen mitverfolgte, um den eigenen Alltag für ein oder zwei Stunden hinter sich zu lassen. Diese Geschöpfe nannte man Menschen. Sie gingen diversen Tätigkeiten nach oder besuchten seltsame Einrichtungen, beispielsweise einen Friseur, um ihre Schönheit hervorzuheben, oder Supermärkte, um ihre Lebensmittel, Pflegeartikel und Kleidung mit runden silbernen, kupfernen, goldenen Münzen oder einfachen Scheinen zu bezahlen und mir nichts dir nichts mit nach Hause zu nehmen.

Viele von ihnen meinten, dass Geld (so nannten sie es) ein Segen sei. Für andere war es jedoch ein Fluch.

Manchmal tanzten sie ganze Nächte an Orten, die meist grell erleuchtet und so laut waren, dass sie ihr eigenes Wort nicht verstanden. Die Zweibeiner liebten Musik, Geselligkeit und die Selbstdarstellung. Nur deshalb taten sie sich das an.

Es waren aber auch gefühlsbetonte Wesen, die sich nach Liebe und Geborgenheit sehnten. So bildeten sie Familien. Meist bestanden diese aus einer Frau, einem Mann und ein paar Kindern. Manchmal lebten auch zwei Männer und zwei Frauen zusammen, aber das ist eine andere Geschichte. Die Frau hatte oftmals intern das Sagen, aber nach außen hin bestimmte der Mann.

Die Fortpflanzung war eine ihrer Lieblingsbeschäftigungen.

So kam es, dass einige dieser Familien ein, zwei oder drei Kinder hatten. Die Unersättlichen sogar zehn. Diese kleinen Menschen durften auf Spielplätzen ihren Spieltrieb ausleben und fröhlich sein. Mit Schaukeln in die

Luft fliegen oder über Rutschen der Erde entgegensausen. Alles wurde für sie getan und man versuchte, ihnen den größtmöglichen Schutz zu gewähren.

Eine Familie passte im besten Fall aufeinander auf und respektierte sich gegenseitig.

Außerdem entwickelten sie sich permanent weiter – sie wollten immer besser und schneller werden als die Natur sie erschaffen hatte. Sie optimierten ihre Fortbewegung, vermutlich waren sie auf zwei Beinen zu langsam, und erfanden merkwürdige Blechkisten mit vier elastischen Reifen an der Unterseite. Damit rollten sie in schneller Geschwindigkeit über glatte und graue Wege, vorbei an Bäumen, Stränden, Bächen, Flüssen, Feldern, Wiesen und Häusern.

Ihre Unterkünfte waren sehr verschieden. Einige lebten in steinernen viereckigen Bauten, die schier bis zum Himmel reichten, als wollten sie die Göttlichkeit umarmen, an die manche glaubten. Einige gaben sich mit kleinen Eishäuschen zufrieden oder mit Lehmhütten, mitten in der trockenen heißen Wüste, die nur aus Sand bestand. Viele hatten allerdings nichts und lebten von der Hand in den Mund unter freiem Himmel. Wohingegen andere so viel Platz besaßen, dass sie sich in ihren eigenen vier Wänden verliefen. Wieder andere konnten nicht mehr als ein Bett in einer kleinen Kammer ihr Eigen nennen und waren dennoch zufrieden. Es handelte sich um anpassungsfähige Wesen.

Manche waren arm und manche reich. Es hing nicht davon ab, wie gut oder schlecht sie sich benahmen und nach welchen Moralvorstellungen sie lebten, sondern davon, wie viel Ehrgeiz sie besaßen, und wie viel Glück sie hatten.

So verschieden, wie ihre Lebensweisen aussahen, verhielt es sich auch mit ihrer Sprache und ihrem Aussehen. Sie waren groß, klein, dünn, dick, hatten verschiedene Haarfarben, Hautfarben und sogar unterschiedliche Gesichtsformen. Jeder von ihnen sah anders aus.

Jeder von ihnen dachte anders.

Deswegen führten sie oft unerbittliche, grausame Kriege. Die Unschuldigen wurden für den Sieg der Schuldigen geopfert. Einige wollten anstatt Liebe und Geborgenheit eben auch Ruhm und Macht.

Ihre Ansichten waren so verschieden wie die Sonne und der Mond, doch eins hatten sie alle gemeinsam:

Sie besaßen Hoffnung …

Und solange diese nicht stirbt, werden wir überleben, auch in dieser Welt.

Einer Welt, in der die Menschen zu den Mythen und Legenden gehören und die Fabelwesen Realität sind.«

1.

Sterben zwischen Holzwürmern. So fängt der Tag ja gleich gut an!

Hier lag ich also, in dieser feuchten modrigen Baumhöhle und wusste, dass mein Leben bald vorbei sein würde.

Jeden Moment würde das riesige Raubtier seine Nase in die Luft erheben und meine Witterung aufnehmen. Es würde mich riechen – einen Menschen – ein Wesen, das es eigentlich nicht geben durfte. Ich war sozusagen eine Rarität – und dennoch nichts weiter als ein kleiner Snack zwischendurch.

Verflucht! So wollte ich nicht enden!

Ich rollte mich weiter zusammen, versuchte so leise zu atmen, wie es mir möglich war, und presste die eiskalten Fäuste fester gegen meine Brust. Der Atem entkam meinen bebenden Lippen in dampfenden Wölkchen und meine Füße wurden sicher schon blau. Die von meinem Opa selbst gemachten Lederschuhe waren löchrig und an den Sohlen so dünn, dass sie bald durchscheuern würden.

Opa. Als ich an ihn dachte, traten Tränen in meine Augen.

Ich erinnerte mich an eines der unzähligen Märchen, von denen er mir immer erzählt hatte: Von der Menschenwelt, in der sehr viele von uns lebten; in der wir die Herrscher waren und wir die Macht besaßen; in der Elfen, Zwerge, Einhörner, Greife, Gnome, Zyklopen, Pane, Nymphen, Gestaltwandler und viele weitere wundersame Wesen Geschöpfe aus Legenden und Mythen waren.

Ich fühlte mich wie das Mädchen aus der Geschichte *Alice in Wunderland*, von dem mir Opa erzählt hatte, und das war ich auch.

Aber jetzt war es vorbei ...

So lange hatten wir es geschafft, unentdeckt unter ihnen, den Monstern, zu leben. Ganze neunzehn Jahre war ich mittlerweile alt.

Mein Opa hatte mir beigebracht, wie ich unter freiem Himmel überlebte, wo ich mich verstecken konnte, wie ich Kleidung und meine eigenen Waffen herstellte. Er hatte mir gezeigt, wer Freund und wer Feind war. Wie ich, trotz der bedrückenden Welt, in welcher wir Eindringlinge waren und erbarmungslos gejagt wurden, am Leben blieb und manchmal … aber nur dann, wenn ich am Abend zum Schlafen meinen Kopf auf seinen Schoß legte, er mir mit seiner knochigen Hand durch die Haare strich und mir seine Märchen erzählte … durfte ich sogar ein klein wenig erfahren, wie es sich anfühlte, glücklich und unbeschwert zu sein.

Ich hatte mich mit meinem Leben hier abgefunden.

Doch dann fanden sie unser Versteck.

Die Wölfe rissen Opa vor meinen entsetzten Augen in blutige Stücke. Ich konnte mich nur retten, weil sie zu beschäftigt damit waren, das dampfende, frische Fleisch zu verschlingen und sich gegenseitig anzuknurren, anstatt auf mich zu achten. Also rannte ich, so schnell mich meine trainierten Beine trugen, während mich das Reißen des Fleisches und das Knacken der Knochen meines einzigen Vertrauten und Verwandten verfolgten. Ich würde diese grauenhaften Geräusche nie wieder vergessen.

Das war vor zwei Tagen geschehen. Seitdem hatte ich weder gegessen noch getrunken, weil *er* mich jagte.

Wofür hatte ich mir bitte meine Hände blutig gekratzt und lag hier hungernd und durstig herum, wenn sie ja doch kommen und mich fressen würden? Ich wollte nicht bei vollem Bewusstsein verschlungen werden! Da wäre mir so gut wie jede andere Todesart lieber.

Na gut … es gab da vielleicht doch noch ein paar Arten des Ablebens, die …

Knack.

Da! Jetzt war es … nein *er* … ganz nah.

Ich hielt unwillkürlich die Luft an und sogar mein eiskalter Körper hörte auf zu beben. In Zeitlupe drehte ich meinen Kopf und sah nach rechts, denn von da kam das Geräusch. Dort stieg etwas Dampf auf, wie auch aus meinem Mund. Dann *hörte* ich den schweren Atem der riesigen Raubkatze.

Wie gebannt starrte ich an die Stelle, bohrte dabei meine Fingernägel in die Innenfläche meiner Hände, um sie vom Zittern abzuhalten, und merkte, dass mir der Atem bald ausgehen würde. Natürlich musste meine Kehle in genau so einem Moment anfangen zu kratzen, sodass sie förmlich nach Erlösung schrie. Toll! Tod durch Husten. Als würde es noch nicht reichen, dass ich meinen Opa verloren hatte, nun ganz allein war und in dieser seltsamen Welt leben musste, in der man zwangsläufig verrückt wurde, nein, diese Bestie würde gleich mein Ende besiegeln weil ich husten musste.

NEIN!

Während ich also gegen das Kitzeln in meinem Hals ankämpfte, regte sich mein Kampfgeist. Gleichzeitig erinnerte ich mich an den Dolch, den mir Opa geschenkt hatte. Er steckte in den ineinander verwobenen, dicken Lianen, die ich mir als Gürtel und Taschenhalter um die Hüfte gebunden hatte, nur leider an meiner linken Seite – und auf der lag ich dummerweise. Ich würde nicht schnell genug rankommen. Die Bestien waren unglaublich schnell, viel schneller als ein normaler Mensch. Wieso hatte ich mich nicht gleich mit dem Dolch in der Hand zum Sterben in diese Baumhöhle gezwängt? Das war ja nun wirklich dämlich! Wenn ich schon das Zeitliche segnete, dann wollte ich das wenigstens nicht kampflos tun. Wozu hatte mir Opa das Kämpfen beigebracht? Und das ziemlich gut, denn ansonsten würde ich jetzt nicht mehr leben. Woher das der alte Mann konnte, wusste ich nicht. Er redete niemals über seine Vergangenheit, sagte immer nur mit seiner leicht knarzigen Stimme: *Die Vergangenheit ändert nichts an der Zukunft. Wozu sich also übermäßig mit ihr befassen?* Und damit hatte er recht. Das Wichtigste war das Hier und Jetzt. Nur dieser Moment zählte, in dem sich entscheiden würde, ob ich leben oder sterben würde.

Ich wusste, dass der Jäger mich, die Beute, genau spürte. Aber wieso zerrte er mich nicht endlich aus meinem Versteck? Kam der Wind aus der falschen Richtung und er konnte mich nicht wittern? Oder hatte er einfach Spaß an der Jagd? Wahrscheinlich machte es ihn sogar an, meine Angst zu riechen, das Vibrieren meines Körpers zu fühlen und meinen rasenden Herzschlag zu hören.

Er wusste doch sowieso, dass ich hier drin war. So nah, wie er mir war, musste er es einfach merken. Also spielte es doch keine Rolle, ob ich mich bewegte oder nicht, ob ich laut war oder nicht.

Der Husten ließ sich ohnehin nicht mehr viel länger aufhalten.

Also drehte ich mich langsam und vorsichtig auf den Rücken, ließ dabei die Ecke nicht aus den Augen, von der ich vermutete, dass er dahinter lauerte. Mein einfaches, dreckiges Leinentuch, das ich mir um den Körper gebunden hatte, gab ein raschelndes Geräusch von sich und ich erstarrte.

Gleich würde er angreifen. Er musste es gehört haben. Der Dampf versiegte und ich glaubte, er hielt die Luft an, genauso wie ich. Tränen sammelten sich in meinen Augen, als mein Hals immer mehr kratzte. Meine Brust zog. Ich zitterte. Der Schweiß stand mir mittlerweile nicht nur auf der Stirn, er überflutete mein ganzes Gesicht.

Scheiß-Gesamtlage, würde ich sagen.

Doch er griff immer noch nicht an!

Okay, er wollte es noch hinauszögern. *Gut so. Dann lass mich mal schön nach meinem Messerchen greifen.* Es wäre nicht die erste Raubkatze, der ich den Hals aufschlitzen würde. Na gut … die Erste war ein kleiner Luchs gewesen, der mich beim Osterhasenjagen überrascht hatte. Er war noch jung gewesen und kein Gestaltwandler. Und ich war verdammt noch mal sauer, weil er den Hasen, samt der Eier vertrieben hatte.

Die Wut und der Hunger gaben mir ungeahnte Kräfte, als er mich ansprang. Der Luchs bestand nur aus sehnigen Muskeln und gierigen gelben Augen. Ich ließ mich einfach von ihm niederreißen und zog noch im Fallen meinen Dolch. Den zerrte ich ihm einmal quer über den Hals, doch ich konnte ihn nur ein wenig anritzen. Denn es ist gar nicht so leicht, eine Kehle aufzuschlitzen, besonders die mit dichtem Fell. Nicht dass ich aus Erfahrung sprechen könnte, aber Opa brachte mir unheimlich viel bei und ich war eine gelehrige Schülerin. Manchmal dachte ich, das war mehr, als ich jemals wissen müsste, aber in unserem Leben gab es immer wieder Situationen, die jedes noch so kleine Detail nützlich machten. Also blieb ich eine gelehrige Schülerin und versuchte mir alles zu merken, was er mir erzählte.

Die Raubkatze fauchte, knurrte und sabberte mich an. Nie werde ich das vergessen, denn sie stank aus dem Maul wie ein Zwergenplumpsklo. Dieses Mistvieh kratzte mir damals meine komplette rechte Seite auf. Ich brüllte wie am Spieß irgendwelche Schimpfwörter, die mein Opa immer benutzte, wenn er wütend war oder unter Stress stand. Der Luchs war eine Millisekunde lang von den grellen Geräuschen irritiert und legte die Ohren nach hinten, als würde ihm mein Schrei Kopfschmerzen bereiten. In dem Moment stach ich einfach zu, direkt in die Schlagader an der Seite seines Halses. Mit einem Mal erstarrte die Raubkatze. Rotes, dickflüssiges Blut lief heiß an meinen Arm herab – besudelte mich und roch intensiv metallisch. Als ob der Plumpsklo-Sabber nicht schon gereicht hätte. Keuchend sah ich ihm in die Augen, während darin das Leben Stück für Stück erlosch. Dann sackte er auf mir zusammen.

Opa konnte es nicht glauben, als ich ihm, auf meinen eigenen Schultern, einen Luchs brachte, und war mächtig stolz auf mich. Ich tötete nicht gerne, aber Opa hatte mir als Erstes beigebracht, dass man in dieser Welt entweder frisst oder gefressen wird. Ich konnte mich nur schwer mit dem Gedanken abfinden, von scharfen Zähnen zerrissen, gekaut und anschließend geschluckt zu werden, also ging ich dazu über, auf der anderen Seite des Buffets zu stehen.

Auch hier und jetzt würde ich ein Leben beenden. Oder … sagen wir, ich würde es zumindest versuchen. Wahrscheinlich standen meine Chancen nicht sehr gut, aber ich hatte eine Devise: Auf keinen Fall kampflos aufgeben und niemals die Hoffnung verlieren! Wenn ich jemals etwas verinnerlicht hatte, dann ganz bestimmt das.

Also pfiff ich auf das Hören oder Nichthören, denn das war hier nicht die Frage, und veränderte meine Position so schnell, wie ich konnte. Dabei hob ich meinen Hintern, soweit es die Wurzeln über mir zuließen, ergriff den hölzernen, schnörkellosen Griff meines Dolches, zog ihn aus der selbst gemachten Scheide und hielt ihn fest in meiner rechten, leicht zitternden Faust, während ich darauf wartete, dass sich das Monster endlich über mich, sein Abendessen, hermachen würde.

Der Husten quoll fast aus meinem Mund. Meine Augen wurden wieder ganz glasig beim Versuch, das Kratzen noch mal hinunterzuschlucken. Ich hielt es nicht mehr aus … und ließ es einfach geschehen!

Er kam … aber nicht von rechts … Nein, nein, denn Gestaltwandler sind schlau. Sie sind das, was uns Menschen am ähnlichsten ist, in ihrer » ›Menschenform‹« natürlich. Denn er, beziehungsweise ein weit aufgerissenes, rosa Maul mit messerscharfen blitzenden Zähnen, kam von *oben*! Die Raubkatze brüllte mich an, und ich bekam die volle Dröhnung ab. Mein bisschen Bauchspeck zitterte, doch ich ließ mich davon nicht irritieren und schoss aus meinem Versteck. Ich wusste, ich hatte nur die eine Möglichkeit, dann hieß es laufen, was das Zeug hält.

Ich brüllte ebenso, einfach, weil es mir Mut machte, und trieb meinen rechten Arm nach vorne. Die Klinge blitzte auf. Ich wollte ihn am Hals treffen, doch er zog sich blitzartig nach oben zurück, also zwängte ich mich, so schnell es ging, aus meinem Versteck, welches mir sowieso nichts genützt hatte.

Mein Fuß verfing sich in einer dieser verflixten Wurzeln. Natürlich fiel ich mit viel Schwung und dem Gesicht voran in das feuchte Laub und hustete dort auch noch weiter, als hätte ich alle Zeit der Welt und als würde mein Leben nicht gerade am seidenen Faden hängen. Die Blätter wirbelten nur so herum und verfingen sich in meinen wirren Haaren. So viel zu meinen kämpferischen Fähigkeiten! Ja, okay, ich war eine Null und dazu auch noch ein Trampeltier. Das mit dem Luchs war eigentlich mehr Zufall als Können gewesen. Aber ich versuchte es wenigstens, und auf den Kampfgeist kommt es letztendlich an, nicht wahr?

Gerade drehte ich mich auf den Rücken und befreite meinen Fuß, indem ich ihn aus dem Lederschuh zog, da sprang er auch schon mit einer geschmeidigen Bewegung herab, direkt über mich.

Er war imposant, denn einen so großen und einschüchternden schwarzen Panther hatte ich noch nie gesehen. Ehrlich, der war riesig! Wie er mich fixierte, wirkte er wie ein Gorgone und ich erwartete jeden Moment, zu Stein zu erstarren! Zwar hatte er keine steinharte Haut und Hörner, aber dafür scharfe, gefährliche Krallen, einen muskulösen wendigen Körper und Reißzähne, die so lang waren wie mein Daumen.

Seine glühenden orange-gelben Augen, die mich an einen zerstörerischen Waldbrand erinnerten, nahmen mich ins Visier, während er seine muskelbepackten Pfoten rechts und links neben mein Gesicht stemmte. Eine stellte er sicherheitshalber auf meinen Haaren ab und hielt mich damit am Boden fest. Verfluchter Gestaltwandler! Ein normales Tier hätte so etwas nie gemacht! Er sah überhaupt nicht gierig oder hungrig aus, nein, eher interessiert. Die runden Ohren waren wie bei einem neugierigen Kätzchen nach vorne gedreht.

Sein Fell war so schwarz wie ein Abgrund und glänzend wie die Nacht, aber so samtig wie Kaschmir. Es lud mich ein, meine Finger darin zu vergraben und zu erfahren, ob es wirklich so seidig war, wie es aussah. Was natürlich eine absolut dämliche Idee war. Das hier war kein Schmusekätzchen, nein, ganz im Gegenteil. Mir fiel auch spontan auf, dass er nicht aus dem Maul stank, als er sich über mich beugte. Seine kühle und feuchte Nase schnüffelte geräuschvoll an meiner Schläfe. Die festen Schnurrhaare piekten mir in die Wangen. Sein heißer Atem fegte über mich hinweg und ich wollte am liebsten aus vollem Halse schreien. Doch ich brachte keinen Ton heraus. In meinem Hals saß nicht nur ein Kloß, sondern eine ganze Kloßsuppe.

Feucht schnaubte er in mein Ohr und machte ein mehr als lustiges Geräusch, bei dem ich fast gekichert hätte, so verrückt die Lage auch war. Es erinnerte mich an ein kleines niedliches Niesen. Die Raubkatze hob, mich immer noch musternd, den Kopf und zog die Lefzen etwas zurück, als wäre er verwirrt oder besser angeekelt und verwirrt.

Arroganter Arschkater!

Wütend zog ich die Augenbrauen zusammen.

Fast schon spöttisch sah er auf mich herab. So, als würde er darauf warten, was ich als Nächstes tun würde.

In dem Moment fiel mir mein Dolch ein, den ich noch in der Hand hielt. Aber meine Mimik musste mich verraten haben, denn er blickte ebenfalls auf meine Waffe, die ich ihm kurz darauf mit der Spitze voraus warnend gegen die muskulöse Brust drückte. Vor Nervosität presste ich die Lippen aufeinander und meine Nasenflügel begannen zu flattern.

Er rollte mit den Augen. *Er rollte mit den Augen?*

Meine wurden jedenfalls groß und ich wusste nicht, ob ich richtig gesehen hatte. Auch wenn dies ein Gestaltwandler und somit ein menschenähnliches Wesen war, so hatte ich noch nie eines dieser Biester die Augen verdrehen sehen. Wenn sie in Tiergestalt waren, dann dachten sie wie Tiere, und benahmen sich wie eben jene! Dieser anscheinend nicht, denn ein Tier ist nicht lebensmüde. Dieser Panther offensichtlich schon.

Er drückte nämlich mit einem Mal seine samtige Brust gegen die silbern glänzende Klinge, rieb darüber, schmuste mit ihr und schnurrte auch noch dabei! Forderte mich regelrecht auf zuzustechen. Ich hätte schwören können, er lachte mich hinter diesen Sonnenuntergangsaugen aus.

Das machte mich wütend. Mehr als das! Er dachte, ich würde es nicht tun? Er dachte, ich hätte nicht den Mumm dazu? Da kannte er mich aber nicht, was genau der Wahrheit entsprach! Glaubte er etwa, er könnte mich mit seiner menschlichen Fassade hinters Licht führen? Dachte er, ich wüsste nicht, dass er mir jeden Moment die Kehle durchbeißen und mein Fleisch fressen würde, sobald ich unachtsam wurde?

Ich nahm das Angebot an und stach kurzerhand mit aller Kraft zu. Dämlicherweise rutschte ich etwas an dem steinharten Brustbein ab, dennoch, das Messer war scharf genug, um tief unter die Haut zu dringen.

Seine Augen spiegelten mehrere Facetten wider, wurden erst groß … dann ungläubig, und als er taumelnd einen Schritt zurückwich, glaubte ich ein wenig Angst in ihnen zu erkennen … oder war es vielleicht sogar Respekt? Sein Maul öffnete sich und er brüllte mich schließlich so an, dass mein Haar nach hinten flog, als würde ich vor einem überdimensionalen Föhn stehen.

Nun war es an mir, panisch zu reagieren.

Ich war längst dabei mich aufzurappeln. Es gelang mir trotz des rutschigen, nassen Laubes wunderbar, mich mal nicht wie eine Pfeife zu blamieren, und schon war ich wieder auf der Flucht. Mein Blick fiel auf die Klinge. An ihr klebte frisches rotes Blut. Blut, welches ich gerade vergossen hatte … Im Laufen bekreuzigte ich mich und legte noch einen Zahn zu.

Die laublosen, dürren Bäumchen um mich herum spendeten keinerlei Deckung, so blieb mir nur zu hoffen, dass er allein unterwegs war und nicht noch ein paar Artgenossen die Jagd aufnahmen.

Viele Meter weit folgte mir sein wütendes Brüllen. Es schien von allen Seiten des Waldes widerzuhallen und es klang echt verdammt sauer. Wenn der mich jetzt in die Krallen bekäme, würde er mich nicht nur einfach töten, sondern langsam und qualvoll filetieren!

Wieso konnten sie uns nicht einfach in Ruhe lassen? Wieso mussten sie uns jagen wie Tiere? Tja ... *Weil sie es können ... Wir sind nichts als magielose, schwache, kleine Mini-Insekten. Wieso dann nicht zerquetschen? Wenn die Menschen diese Macht über die Tiere hätten, würden sie auch nicht anders handeln,* dachte ich sarkastisch an Opas Worte zurück und war froh, dass mein Körper drahtig und trainiert war, ansonsten hätte ich in dem Tempo nicht weit laufen können.

Das anklagende Brüllen verfolgte mich immer noch. So rasend und doch so verletzt, dass ich fast ein schlechtes Gewissen bekam.

Mit einem Mal hörte es auf und ich wollte mich schon fast umdrehen. Doch ich lief weiter und schaute auf meine Füße – wovon nur noch einer in einem Schuh steckte –, die über das Laub fegten. Verdammt!

»Warte!« Wie angewurzelt blieb ich stehen, als eine schmerzverzerrte, männliche Stimme nach mir rief. Ich konnte das Tier verwundet und sterbend zurücklassen, aber ganz sicher nicht den Menschen.

Oh nein ... lauf einfach weiter ... schrie mein Instinkt, aber ich konnte ... nicht. Also seufzte ich tief und drehte mich langsam und geschlagen um.

Er lag auf der Seite im bunten Laub und krümmte sich vor Qualen. Eine Hand presste er auf seine nackte Brust. Die schwarzen samtigen Haare waren kurz, sehr kurz und dicht, fast wie das Fell. Der Mann keuchte und fluchte zwischendurch.

Mit wilden Augen sah er auf und erkannte, dass ich tatsächlich stehengeblieben war.

Sein Blick traf mich bis ins Mark. Er wirkte einerseits so menschlich, aber andererseits deutlich animalisch. Meine

Nackenhaare stellten sich auf, als ich in diese tiefen gelb-orangenen Infernos schaute. In dieselben Augen, die er auch als Panther besaß. Gequält streckte er auch noch eine große zitternde Hand nach mir aus und gab ein geflüstertes »Bitte ...« von sich.

Wieso machte mich das jetzt schon wieder wütend? Ja okay, ich war hungrig, durstig und unausgeschlafen, deswegen auch leicht reizbar, was wahrscheinlich auch meine nächste dämliche Tat erklärte. »Was heißt hier ›Bitte‹«, schrie ich ihm zu, stapfte aber zurück. »Sollte es nicht eher heißen, entschuldige?«

Er verzog das Gesicht, als ihn eine neue Welle Schmerzen übermannte, und drückte sich die Hand an die Brust, welche er eben noch nach mir ausgestreckt hatte. Deutlich sah ich, dass er im Moment nicht antworten konnte.

Als ich vorsichtig näherkam, erkannte ich, wie glatt sein nackter Körper war, überhaupt nicht haarig ... und war froh, dass er zusammengekauert auf der Seite lag, sodass ich mit den männlichen Merkmalen nicht konfrontiert wurde. Ich hatte davor noch nie einen Mann nackt gesehen. Zum Glück. Selbst bei meinem Opa blieb mir dieser Anblick erspart, weil ich mich aus Respekt immer umgedreht hatte, wenn es die Situation erforderte.

War jeder Mann so muskulös? Wahrscheinlich nicht. Ein Faultier-Gestaltwandler war sicher dick und träge. Der hier wirkte eher langgezogen, drahtig und war eindeutig am Verbluten. Unter ihm bildete sich bereits eine tiefrote Lache. Ich musste eine Arterie getroffen haben. Dafür schlug ich mir voller Stolz auf die Schulter, natürlich nur mental.

Ich beugte mich für meine nächsten Worte hinab, flüsterte sie ihm langsam und betont zu: »Du wolltest mich fressen, du Monster! Und jetzt willst du meine Hilfe? Vergiss es! Schmecke deinen eigenen Tod.« Seine Augen öffneten sich wieder. So ... unschuldig und verwirrt.

»Du bist wirklich ein Mensch«, presste er mit tiefer Stimme hervor, die sich unauffällig um meinen Geist schmiegte, auch wenn sie vor Schmerzen verzerrt war. Nur mit einiger Anstrengung sprach er weiter. »Das kann nicht sein, es gibt keine … Menschen. Ich muss … bereits … tot sein.« Er lachte, eindeutig humorlos und rollte sich auf den Rücken. Ich zuckte zusammen, weil ich Dinge sah, die ich nicht sehen wollte, und schlug eine Hand vor meine Augen. Angestrengt hustete er. Worauf er keuchte und wieder eine Hand auf seine Wunde presste.

»Du bist nicht tot«, versicherte ich ihm ironisch. Irgendwie irritierte er mich und sein nackter Körper erst recht. Die Lache unter ihm wurde immer größer. Sein leicht vernebelter und etwas verwirrter Blick suchte wieder den meinen. Dann streckte er erneut die Hand nach mir aus, während er selbstvergessen auf dem kühlen Waldboden lag. Ich war froh, dass er sich nicht wie eine Katze hin und her rollte. Er sah irgendwie danach aus, als würde er so etwas gerne tun … und es würde sicher gut aussehen.

»Bitte«, wiederholte er leise. Fast wie eine Aufforderung.

»Was denn schon wieder?« Ich zog eine Augenbraue skeptisch nach oben.

»Bitte, darf ich dich berühren? Ich habe noch nie …«, er hustete, »einen Menschen berührt.«

Meine Augen wurden groß. Damit hatte ich nicht gerechnet. Stattdessen hatte ich gedacht, er würde mich anbetteln, damit ich ihm das Leben rettete, aber nicht darum, mich anzutatschen.

»Angeschnüffelt hast du mich ja sowieso schon …«

Gleichgültig zuckte ich mit den Schultern. Wenn das der letzte Wunsch dieser Bestie war, dann konnte ich mich wohl als gnädig erweisen.

Also kniete ich mich neben ihm nieder und reichte ihm netterweise meine Hand. Sie zitterte kein bisschen und ich war wieder mal sehr mit mir zufrieden. Er nahm sie ein wenig zaghaft. Seine war blutverschmiert, meine dreckverkrustet. Wir ergriffen unsere Hände, als würden wir sie jeden Moment schütteln, wobei meine kleine fast in seiner großen verschwand. Sein Daumen strich fasziniert und hauchzart über meine Haut, schickte kleine flimmernde Wellen durch meinen Körper, bis tief in meinen Bauch. Dabei betrachtete er mich forschend mit diesen großen, unschuldigen Augen und in diesem Moment wurde mir etwas klar, das mein Herz dazu brachte, geradewegs aus meiner Brust springen zu wollen.

Dieses Monster war schön.

Zu schön, um ein Monster zu sein und doch war er eines. Diese Welt war wirklich mehr als nur verwirrend.

Plötzlich huschte ein merkwürdiger Ausdruck über sein Gesicht. Nur eine Sekunde sah ich es und war sofort alarmiert, ohne erfasst zu haben, was die Veränderung in seinen Augen zu bedeuten hatte. Ich wollte meine Hand zurückziehen, doch schon wirbelte ich durch die Luft und landete auf dem Rücken …

Er … auf … mir.

Verdammt, der Arschkater hatte mich reingelegt!

»Glaubst du wirklich, so ein mickriger Stich kann mich töten?«, knurrte er in mein Gesicht, und ich blickte an die Stelle, wo sich seine glatte harte Brust gegen meine drückte. Sein Blut verschmierte meine Kleidung, obwohl sich seine Wunde bereits geschlossen hatte, als wäre niemals etwas gewesen.

Entrüstet sah ich wieder hoch in seine Augen und presste die Lippen aufeinander. Dieser elende Betrüger!

Meine Miene versprach ihm stumm, dass ich ihm den Kopf abreißen würde, denn er hatte mich böse getäuscht und mir vorgegaukelt, er sei verletzt, nur um mit mir zu spielen und mich zu verwirren. Aus Jux und Tollerei hatte er mich zur Idiotin gemacht! Mein Körper fing an, vor Wut zu beben. Doch ich hatte noch einen Trumpf: das Messer! Noch immer war es in meiner Hand. Ich versuchte nicht hinzusehen, aber zu spät.

Er musste meine Gedanken gelesen haben, denn er hauchte voller Ruhe und irgendwie sinnlich »Vergiss es« direkt an meinen Lippen. Dabei stellte ich fest, dass auch in dieser Gestalt sein Atem ganz sicher nicht nach einem Plumpsklo roch. »Du kannst mich nicht töten. Lass es fallen, bevor ich dir wehtun muss«, raunte er mit dieser samtigen Stimme, die mich wünschen ließ, dass ich erfahren könnte, wie es sich wohl anfühlen würde, wenn er nackt auf mir lag und mir ins Ohr flüsterte. Gleichzeitig fiel mir auf, dass er das bereits tat und ich wollte mich für meine Gedanken selbst schlagen!

Ich spürte sein Gewicht auf mir, jedes einzelne Kilo. Anstatt es mir zu erleichtern, presste er mich weiter in den Boden, sodass ich mir wie einem fleischlichen, warmen Käfig vorkam. Er schüchterte mich ein und brachte mich gleichzeitig in Verlegenheit. So nah war ich einer dieser Bestien noch nie gekommen und ganz sicher auch keinem Mann. Ich versuchte, mir meine Scham und meine innerliche Verwirrung nicht anmerken zu lassen.

Stattdessen hob ich die Hand und drückte ihm die Klinge so schnell ich konnte an die Kehle.

Verdammt, ich wünschte, ich hätte wenigstens eine winzig kleine Sekunde Angst in seinen großen Augen aufblitzen sehen. Aber da war nichts weiter, nur dieses amüsierte Funkeln. Und zu allem Übel gesellte sich jetzt auch noch etwas anderes Fleischliches, Primitives dazu, das aber ganz und gar nichts mit Hunger zu tun hatte.

»Du wirst höchstwahrscheinlich nicht sterben, aber du wirst ganz sicher Schmerzen empfinden. Ist es das wert?«, zischte ich und drückte zur Bekräftigung meiner Worte fester zu. Sein Mundwinkel hob sich. Er war so nah, dass ich jede Feinheit seines Gesichtes erkennen konnte, jeden Makel: das Muttermal auf der rechten Seite der Unterlippe, die Narbe in seiner schwarzen, markant geschnittenen Augenbraue über seinem linken Auge; die etwas krumme Nase, die darauf hindeutete, dass sie mehr als einmal gebrochen gewesen war, die aber dennoch auf ihre eigene Art perfekt schien; die hohen Wangenknochen, die ihn eigentlich hätten feminin machen müssen, aber durch den kantigen Kiefer und das starke Kinn mit dem Grübchen alles andere als weiblich wirkten. Er war die pure Männlichkeit und in seinem Blick lag noch viel mehr als das. Dort fand ich Überheblichkeit, etwas Majestätisches und vor allem Macht. Mit was für einem Gestaltwandler hatte ich mich hier nur angelegt? Das war keiner der gewöhnlichen Sorte, so viel leuchtete mir ein!

Und das Ganze wurde auch noch dick und rot unterstrichen, als er sich zu mir herunterbeugte, sodass sich die Klinge in seine Haut bohrte und ein feines Rinnsal Blut floss. Sanft rieb er seine Nase an mir, dann seine leicht stoppelige Wange, bis seine weichen Lippen an meinem Ohr lagen und ich nicht nur von seinem Körper, sondern auch von seinem Geruch niedergedrückt wurde. Noch immer roch er nicht nach Verwesung, sondern nach einem klaren Bach in einem sauberen, schönen Wald. Er duftete nach Wildnis und purer Reinheit. Ein Duft, der einen automatisch einlullte und an Freiheit erinnerte.

»Ich stehe auf Blut und Schmerzen«, flüsterte er rau. Meine Hand fing an zu zittern, als er seine Kehle noch weiter gegen die Klinge drückte. Der Schnitt wurde immer tiefer und das hier immer verrückter, weil ich ihm plötzlich nicht mehr wehtun wollte.

»Diese Schmerzen werden dir nicht gefallen und jetzt hör auf, mich zu zerquetschen, du Psychokater!«

Jetzt lachte er, laut und melodisch, nicht schmerzverzerrt, und warf dabei den Kopf zurück, sodass ich einen perfekten Ausblick auf den langen Hals, seine blutverschmierte muskulöse Brust und die ansehnlichen breiten Schultern hatte. Ich schluckte angestrengt, denn sein Gelächter nistete sich in meinem angespannten Bauch ein, glitt in warmen verlockenden Wellen durch meinen Körper und entspannte ihn, als würde er mich sanft streicheln.

Er verstummte abrupt und sah mich einige Sekunden lang an.

Dann zuckte er mit den Schultern. »Okay!«

Was Okay, wollte ich fragen, doch er war schon wieder in Bewegung und ich zwangsläufig mit ihm. Er rollte uns geschickt herum, sodass ich auf seinen nackten Hüften zum Sitzen kam, die Klinge immer noch an seinen Hals gepresst. Leider hatte sie inzwischen jede Gefährlichkeit verloren. Er besaß auch noch die Nerven, die Arme locker hinter dem Kopf zu verschränken und mit einem Grinsen zu mir aufzublicken, das zwei ansehnliche Grübchen in seinen Wangen betonte. Dabei wirkte er absolut unbekümmert. So, als wäre das hier für ihn mal eine nette Abwechslung zu seinem Alltag.

Bis über beide Ohren grinsend, neckisch und auch fordernd lag er nun also unter mir und betrachtete das seltene Menschlein, das auf ihm saß und keine Ahnung hatte, wie es mit der Situation umgehen sollte.

Ich konnte zwischen meinen Beinen fühlen, dass ihm der derzeitige Ausblick gefiel, und prompt stieg verräterische Röte in meine Wangen, wie Lava, die sich ihren Weg aus dem Vulkan bahnt.

Wie er da so im trockenen Laub lag, mit diesem Funkeln in den Augen und dem Lächeln im Gesicht, wollte ich ganz andere Dinge mit ihm tun, als ihn aufzuschlitzen. Dinge, an die ich bis jetzt noch nicht mal mit meinem kleinen Zeh gedacht hatte … Prompt verstärkte sich die Röte, genauso wie sein dämliches Grinsen, als wüsste er nur zu gut, was er mir antat.

Die Klinge befand sich immer noch an Ort und Stelle. Meine Hand fing langsam aber sicher an, sich zu verkrampfen und infolge dessen zu zittern. Dennoch war ich noch nicht bereit, das Einzige, was mir mentale Sicherheit bescherte, aufzugeben. Auch wenn ich wusste, dass der Dolch mir in Wirklichkeit rein gar nichts brachte.

Er ließ sich von dem mittlerweile fast vibrierenden Messer nicht stören, hob vorsichtig die Hand und strich mir doch tatsächlich über die Wange. Dabei fühlte ich, wie er sein Blut in meinem Gesicht verschmierte, und hätte es eigentlich eklig finden müssen … ja, *müssen*. Doch ich konnte mich nicht überwinden, tatsächlich so zu empfinden. Langsam glitt er mit seinen Fingerspitzen hinab, sodass jetzt vermutlich fünf rote Striemen mein Gesicht zierten, umfasste dann zart meinen Kiefer und strich mit seinem Daumen über meine Unterlippe. Sie erbebte unter seiner Berührung und ich biss schnell darauf. Doch auch davon ließ er sich nicht abhalten, fuhr stattdessen mit seiner Hand einfach in meine Haare. Fühlte sie, knetete sie … Ich hätte fast den Kopf nach hinten gebeugt und aus tiefster Seele geseufzt. Aber nur fast.

»So habe ich mir Menschen nicht vorgestellt«, sinnierte er, und ja, auch ich hatte eine andere Vorstellung von den Monstern gehabt! Ich hatte gedacht, dass sie sich auch in Menschenform wie Tiere benahmen, dass nur das Recht des Stärkeren zählte, dass sie Blut rasend machte und besonders menschliches Fleisch. Dieses hier hingegen schien ganz ruhig und ausgeglichen, bis auf einen leicht verspannten Zug um seine Augen und ein Zucken in seiner Wange, welches vielleicht darauf hindeutete, dass es ihn doch Anstrengung kostete, mich zu berühren, und dabei auch noch Blut zu sehen und zu riechen.

»Woher kommst du?«, erkundigte er sich mit tiefer Stimme. Ich entschied mich, ihm nicht zu antworten. Keine Ahnung, was er mit seiner Frage bezwecken wollte.

Wieder verdrehte er die Augen und ich sah dabei deutlich den Panther in ihm. Und als er sich plötzlich aufrichtete und einen Arm um meine Taille schlang, stieg ein Kichern meine Kehle empor.

Sein hübsches Gesicht, das fein, aber wie gesagt, alles andere als weiblich wirkte, war meinem plötzlich wieder ganz nahe. Es verschlug mir die Sprache. Von unten blickte er mich schmunzelnd durch einen dunklen Fächer Wimpern an, für den so manche Nymphe alles gegeben hätte.

»Du musst keine Angst vor mir haben. Ich werde dich schon nicht fressen.« Er ließ es sexuell klingen. So, als würde es nicht stimmen, was er sagte. Mir wurde untenrum so heiß, dass ich mich am liebsten aus den Kleidern geschält hätte. Mein Atem ging immer schneller, je länger er mir so nahblieb. »Du weckst in mir ganz andere Gelüste.« Schelmisch hielt er mich mit seinem Blick gefangen, vielleicht meinte er, dass sich ihm niemand verwehren konnte. Und ich muss zugeben, in diesem Moment konnte ich das auch nicht. Davon hatte ich schon gehört. Gestaltwandler strahlen eine starke sexuelle Energie aus, die sie benutzen können, um andere Wesen zu beherrschen und ihnen ihren Willen aufzuzwingen. »Es würde dir gefallen. … Versprochen!« Seine Hand rutschte ungeniert an meinem Rücken hinab, bevor er meinen Hintern packte und mich mit dem Unterkörper gegen sich drückte.

Er war hart.

Ein peinlicher keuchender Laut, tief aus meiner Kehle, entschlüpfte meinen Lippen, als er der Bewegung mit seinen Hüften entgegenkam. Schnell krallte ich mich in seine Schultern, um nicht einfach umzukippen. Immer noch mit dem Messer in der Hand, das ich schon fast vergessen hatte.

»Du riechst so … verführerisch …« Seine Nase glitt über mein Schlüsselbein, welches aus dem verrutschten Stoff herausschaute. Dabei konnte ich seine seidigen, raspelkurzen Haare bewundern, und widerstand gerade so dem Drang, über seinen runden Kopf zu streichen und auch ihn zu erkunden. Bei all dieser Nähe schlug mein Herz allerdings bis zum Hals und das Adrenalin rauschte durch meine Blutbahn. Für keine Sekunde hatte ich vergessen, dass er immer noch ein Raubtier war, und dass er mir mit einer winzigen Bewegung die Kehle rausreißen konnte, wenn es ihn übermannte.

Er schien jedoch ganz andere Dinge vorzuhaben und die waren mir genauso wenig geheuer.

»Ich frage mich, wie du schmeckst …« Mit einem Mal fühlte ich etwas Nasses, Heißes, das über mein Schlüsselbein glitt.

Der peinliche keuchende Laut aus den Tiefen meiner Kehle kroch wieder nach oben, worauf ich schnell eine Hand vor den Mund schlug, damit er ihn nicht hörte. Er lachte heiser gegen meine Haut. Sein Lachen machte das alles nicht besser und streichelte wieder mein Inneres mit sanften, gemächlichen Berührungen.

»Ich weiß, dass du erregt bist. Du kannst es nicht vor mir verstecken, also lass es sein und entspann dich.« Verführerisch lächelnd blickte er wieder in mein Gesicht, und ich war hin und her gerissen zwischen dem Bedürfnis, ihn endlich von mir zu schieben und ihn zu küssen. Schnell schüttelte ich den Kopf, um solche Gedanken zu vertreiben. Er kostete diese Macht über mich aus und war sich vollkommen sicher, dass er das kleine dumme Menschlein in seiner Gewalt hatte. Dass er ein neues Spielzeug gefunden hatte, mit dem er sich die Zeit vertreiben konnte. Ich sah es in seinem selbstsicheren, überheblichen Blick und erkannte auch, dass er mehr mit mir vorhatte, als hier im Laub zu sitzen und mich mit Worten zu verführen.

Da hatte er sich nur leider die Falsche ausgesucht! Ich musste mich zusammenreißen, musste diesen harten Körper unter mir verdrängen, egal, wie gut es sich auch anfühlte, von ihm gehalten zu werden! Ich war stark! Ich würde sicher keine Sklavin werden, wovon er zweifelsfrei mindestens ein Dutzend besaß!

Ich lächelte. Langsam.

Er runzelte etwas irritiert die Stirn, ließ es aber zu, als ich mit meinen Fingern in seinen Nacken glitt und dort mit den seidig zarten, kurzen Härchen spielte. Dabei löste ich meine Finger natürlich noch immer nicht von meinem Messer. Keine Ahnung, was ich tat, ich machte es einfach, denn ich musste ihn loswerden, bevor er diesen gruseligen erotischen Bann weiter um mich spann und ich komplett willenlos wurde.

»Du bist wirklich sehr hübsch, wenn nicht sogar atemberaubend gut aussehend und deine Stimme … Sie ist wahnsinnig erotisch … Sie bewegt etwas tief in mir …«, flüsterte ich. Er sah aus, als hätte er das schon tausendmal gehört und als könnte er es noch weitere tausend Male hören. Selbstzufriedener, arroganter Arschkater! »Du bist so stark, so männlich, so … mächtig. Als wärst du ein König.« Besagter Arschkater wirkte immer selbstzufriedener und war froh, dass ich das auch endlich zu erkennen schien. Bei jedem neuen Kompliment nickte er zustimmend, was unter anderen Umständen mehr als witzig gewesen wäre.

Langsam beugte ich mich weiter hinab, sodass unsere Gesichter nur noch millimeterweit voneinander entfernt waren. Gott, mir wurde ganz anders … Trotzdem flüsterte ich direkt in seinen Mund. »Du bist einfach gesagt … eine stinkende, seelenlose Bestie und ich werde mich dir niemals hingeben!« Damit stach ich ihm das Messer tief in den Rücken. Vielleicht war das feige, so von hinten, mit Sicherheit alles andere als nett, aber ich musste diese Chance nutzen.

Im nächsten Moment sprang ich von ihm herunter und war froh, dass er durch den Schock seine Umarmung gelockert hatte. Er grölte wütend – menschlich – mit einem Hauch von tierischem Brüllen.

»Ich dachte, du stehst auf Schmerzen?«, rief ich ihm frech zu, lachte sozusagen der Gefahr ins Gesicht –, dann stürzte ich schnell davon.

Im Laufen drehte ich mich erst um, als sein Geschrei verstummte.

Er kniete nackt und muskulös wie eine Statue der perfekten Männlichkeit auf dem Waldboden. Angst einflößend langsam hob er das Gesicht und sah mich an, als wäre er von einem Dämon besessen. Drohend verengte er die Augen zu Schlitzen und zog die Lippen hoch über seine geraden, strahlend weißen Zähne. Sein Knurren konnte ich genauso tief in meinen Bauch fühlen wie sein Lachen zuvor.

Dieser animalische Ton war die einzige Warnung, bevor ich schockiert mit ansehen musste, wie er anfing, sich zu verwandeln … wie sich seine Knochen und Muskeln unter der glatten makellosen Haut verschoben, neu zusammenfügten und förmlich anschwollen.

»Nein!«, schrie ich panisch und rannte noch schneller. Doch ich wusste, nachdem was ich gerade getan hatte, gab es kein Entkommen mehr.

2.

Obwohl ich ganz genau wusste, dass ich keine Chance hatte zu entkommen, rannte ich um mein Leben.

Er war nur ein paar Meter hinter mir gewesen, als er angefangen hatte sich zu transformieren. Ich hatte keine Ahnung, wie lange es dauern würde, bis die Bestie den Menschen verdrängt hatte. Denn das war das erste Mal, dass ich einer Verwandlung beiwohnte. Diese Frage wurde schon nach ein paar Schritten geklärt, als ein Brüllen meine Eingeweide förmlich erzittern ließ.

Toll! Nun war ich tot. Ich sah über meine Schulter und bemerkte voller Grauen, dass er mir bereits leichtfüßig folgte. Ruhig lief der schwarze Panther hinter mir her und ich wusste, dass er mir auch noch belustigt gewunken hätte, wenn er noch in Menschenform gewesen wäre. Wie robust waren diese Wesen eigentlich? Ich hatte ihm zweimal meinen Dolch in den Körper gerammt und trotzdem waren seine Bewegungen kraftvoll und geschmeidig. Außerdem schien er nicht mal mehr wütend zu sein oder mich zerfleischen zu wollen, sondern tänzelte seelenruhig hinter mir her.

Dennoch versuchte ich, noch mehr aus meinem Körper herauszuholen.

Es machte tatsächlich den Eindruck, als hätte er was ganz anderes im Sinn, als mich nur zu fressen, doch für *das* würde ich mich ganz sicher nicht hergeben! Ich wollte *nichts* mit diesen Monstern zu tun haben. Sie waren unberechenbar. Bestien. Menschliche Regeln, die mir mein Opa beigebracht hatte, waren ihnen egal. Sie lebten nach ihren eigenen Gesetzen. Und ich, einer der wenigen Menschen, war nicht bereit, mich diesen zu beugen.

Also rannte ich, bis die Muskeln in meinen Waden brannten und der Schweiß in Strömen über mein Gesicht lief. Das einfache Tuch, welches mich kleidete und mit Blut getränkt war, klebte an mir wie eine zweite Haut.

Keine Ahnung, wie lange ich lief, aber irgendwann lichtete sich der feuchte Nebel immer weiter und die Luft erwärmte sich. Ich näherte mich wohl der Dschungel-Zone. Mein Opa hatte mir erklärt, dass hier, anders als auf der Menschenwelt, keine Jahreszeiten existierten, sondern verschiedene Zonen: In einer herrschte immer Winter, in der nächsten Sommer und so weiter. Es gab entweder Regenwald oder Wüste, eine dunkle und eine helle Zone und natürlich eine lunare sowie eine sonnige Zone. Es existierten unzählige Ebenen auf diesem Planeten, wo die klimatischen Verhältnisse konstant blieben, in denen dafür aber unterschiedliche Wesen lebten und ich kannte noch lange nicht alle. Im Regenwald beispielsweise regierten die Gestaltwandler. Ich betrat also gerade *sein* Gebiet. Wunderbar, genau das, was ich brauchte!

Überlebenstrick Nummer eins: Wenn der Feind dir auf den Fersen ist, dann verstecke dich einfach auf seinem Territorium … aber nur, wenn du unsagbar dumm bist!

Umzukehren kam jedoch nicht infrage, also blieb mir nur, auf das Glück der Dummen zu hoffen!

Ich vernahm ein verspieltes Knurren zu meiner Linken und blickte durch die Bäume. Ganz leger joggte er parallel zu mir ein paar Baumreihen weiter. Sein muskulöser Körper beugte und streckte sich ohne jegliche Anstrengung, dabei wirbelten die riesigen, schwarzen Pranken wie in Zeitlupe das Laub auf. Er zeigte mir, dass er mich dann in seine Fänge bekommen würde, wenn er das wollte. Denn nun bestimmte er die Regeln. Ich zeigte ihm im Gegenzug den Mittelfinger. Die Geste kannte ich von meinem Opa und sie war anscheinend auch in dieser Welt bekannt. Er strauchelte tatsächlich kurz, näherte sich mir aber weiter.

In meine Oberschenkel gesellte sich ein Ziehen dazu, weil ich nun bergauf rannte. Die kahlen hellen Bäume lichteten sich. Die

Blätter, die stets den Boden bedeckten und niemals anfingen zu faulen, wurden weniger. Blanke Erde kam zum Vorschein, bis sie sich langsam in rauen Stein wandelte, der sich schmerzhaft in meinen unbeschuhten Fuß bohrte.

Mit einem Mal verzog sich der Nebel und ich hielt abrupt an, weil ich mich am Abgrund einer Klippe wiederfand.

Vor mir erstreckte sich das dichte, grüne Blätterdach des Regenwaldes. Feuchte, heiße Luft strömte mir ungehindert entgegen und erfasste meine verschwitzten Haare. Übergroße Papageien zogen ihre Bahnen und ein paar Phönixe glitten majestätisch mit ihren Feuerschweifen umher. Unter mir schlängelte sich ein breiter Fluss entlang. Wie aus dem Nichts entsprang aus dem Stein unter mir ein Wasserfall und ergoss sich laut dröhnend und wild rauschend im Gewässer etwas weiter unten.

Keuchend wirbelte ich herum, doch es war zu spät. Der Panther trat bereits mit nach unten gebeugtem Kopf zwischen den Bäumen hervor und taxierte mich. Fluchend wich ich einen Schritt zurück und kam der Kante zu nah. Ein paar Steine lösten sich unter meiner Hacke und rieselten in die tosende Tiefe hinab. Ich konnte gerade noch so mein Gleichgewicht halten.

»Bleib sofort stehen …«, forderte ich atemlos. Natürlich tat er es nicht, sondern senkte den Kopf weiter und kam auf mich zugeschlichen. Sein langer schwarzer Schwanz peitschte zu allen Seiten, die Ohren waren angelegt. Er sah majestätisch, aber vor allem beängstigend aus.

Seine Reichweite war nicht zu unterschätzen, also musste ich schnell handeln. Ich blickte über meine Schulter, hörte ein paar Fabelvögel kreischen und das Wasser unter mir dröhnen, dann schaute ich wieder zurück.

Entweder ich landete bei ihm, als eine menschliche Sklavin, als sein willenloses Spielzeug, oder ich sprang von einer Klippe in ein unbekanntes Gewässer voller tödlicher Gefahren.

Natürlich wählte ich die zweite Möglichkeit, vermutlich, weil ich verrückt und unbeugsam war, oder nichts mehr zu verlieren hatte als mein bloßes Leben. Es war ja nicht so, als ob ich mir noch um irgendjemanden Sorgen machen müsste ... *oh Opa, du fehlst mir so sehr* ...

Genau in dem Moment, als er sich duckte und von einem Hinterbein auf das andere trat, wirbelte ich herum und sprang kopfüber in die Tiefe.

Ich hoffte, dass der See unter dem Wasserfall tief genug war und ich mir nicht den Schädel aufschlagen würde. Einen Augenblick flog ich mit den Vögeln durch die Luft und sah einem Phönix in sein rotes, ruhiges Auge, dann tauchte ich schon in die eisige Kälte ein. Sie umfing mich mit unerbittlichen Armen und raubte mir den Atem. Das Wasser war so tief, dass ich den Boden nicht sehen konnte, obwohl es rein und klar war.

Durch die Blubberblasen hindurch, die mein Eintauchen verursacht hatten, sah ich grüne schlammige Wesen auf mich zukommen. Wassermänner! Die hatten mir gerade noch gefehlt!

Sie waren klein und an Land absolut ungefährlich, weil sie dort nicht atmen konnten. Im Wasser jedoch waren sie als Kiemenatmer und mit den Schwimmhäuten zwischen ihren Fingern und Zehen sowie ihrem wendigen Körper nicht zu unterschätzen. Ihre Spezialwaffen waren kleine spitze Zähnchen, mit denen sie ALLES bis zur Unkenntlichkeit zerfleischen konnten.

Auch wenn sie nicht sehr groß und einzeln vermutlich gut abzuwehren waren, so traten sie wie viele Fische im Schwarm auf. Sofort kamen sie von allen Seiten auf mich zugeschossen und ich versuchte, nicht panisch zu werden oder gar zu schreien, während ich mich nach oben strampelte. Überlebenstrick Nummer zwei: Unter Wasser zu schreien ist keine gute Idee.

während ich mich an Oberfläche kämpfte, verlor ich auch noch meinen zweiten Schuh. Langsam ging mir die Luft aus und ich war froh, als ich endlich laut japsend Sauerstoff in meine Lungen pumpen konnte. Die Wellen unter dem Wasserfall waren stark und nahmen mir die Orientierung. Das Rauschen dröhnte in meinen Ohren und die Nässe peitschte mir hart ins Gesicht. Ich fühlte, wie mich eins dieser Viecher ins Bein biss und trat nach ihm. Dann schwamm ich planlos drauflos. Das tosende Wasser um mich herum drohte mich jeden Moment zu verschlingen, also entschied ich mich schließlich, freiwillig zu tauchen. Dort unten war es wenigstens ruhig und ich konnte ausmachen, in welcher Richtung sich das Ufer befand. Außerdem würde ich so die Winzlinge sehen, die mich bei lebendigem Leib mit ihren kleinen Zähnchen anknabbern wollten.

Einen Moment bereute ich es, als ich untertauchte, denn jetzt erkannte ich, wie viele Wassermänner wirklich aus der Tiefe kamen und mich nackt und aus hungrigen Augen betrachteten. Sie waren alle männlich. Es war lächerlich, was da zwischen ihren Beinen baumelte und ich benahm mich lächerlich, weil ich überhaupt hinsah. Fast hätte ich gelacht. Aber unter Wasser zu lachen ist genauso eine schlechte Idee wie zu schreien, so nebenbei bemerkt.

Panisch ließ ich meinen Blick umherschweifen und erspähte zu meiner linken eine Steinwand – das Ufer!

Die Wassermänner mit den kleinen Dingern kamen immer näher, also beeilte ich mich und schwamm so schnell wie noch nie in meinem Leben. Sie kratzten über meine Beine und versuchten, sich an meinem Körper hochzuziehen. Ich strampelte etwas, doch konzentrierte mich in erster Linie aufs Schwimmen. Der größte Fehler, den ich jetzt machen könnte, wäre mich ihnen zu stellen. Sie würden alle über mich herfallen und mich ins tiefe Wasser hinabzerren.

Das Ufer kam in meine Nähe. Fast schluchzend berührte ich den rauen Stein mit bebenden Fingerspitzen.

Ich nahm einen tiefen Atemzug, sobald ich Frischluft genießen konnte, und stemmte meine Hände auf einen der flachen, glitschigen Steine, die sich dort angesammelt hatten. Grunzend hievte ich mich nach oben, während an meinen Beinen schon fünf

Wassermänner hingen und mich versuchten, wieder in die Tiefe zu ziehen. Doch sie mussten ihre Bemühungen unterbrechen, als ich mich komplett in Sicherheit schob. Wütend ließen ein paar von mir ab und den penetranten Rest schüttelte ich wie ein paar überreife Pflaumen von meinen Beinen ins kalte Nass, wo sie völlig außer sich schrien und tobten. Sie drohten mir mit ihren kleinen Fäusten, dann verschwanden sie … Völlig geschafft drehte ich mich auf den Rücken und verschnaufte atemlos. Das war ja gerade noch mal gut gegangen …

Die Sonne strahlte auf mein Gesicht herab und trocknete es. Für einen Moment schloss ich die Augen und entspannte mich. Im nächsten umfing mich heftiger Gestank. So, als würde etwas in der Sonne verwesen, und das schon seit Tagen. Ich wusste, um was es sich handelte, und rappelte mich schnell auf dem glitschigen Stein auf, um von hier wegzukommen. Keinesfalls wollte ich mit dem Mapinguari Bekanntschaft schließen. Es war ein riesiges Wesen mit braunem zotteligem Fell, das ein wenig aussah wie ein Mensch, dafür aber gute zwei Meter maß und sein Kopf nur von einem riesigen braunen Auge eingenommen wurde. Sein Maul jedoch trug er am haarigen Bauch spazieren. Damit stürzte er sich liebend gern auf seine Opfer, wenn sie nicht so schlau waren und die Flucht ergriffen, sobald sein fauliger Geruch die Lungen füllte.

Schnell stolperte ich tropfend drauflos – direkt in den dichten Dschungel. Es war gefährlich hier herumzulaufen. Fleischfressende Pflanzen, so groß wie ein Baum, waren das geringste Übel. Ich musste dieses Gebiet schnell verlassen, ansonsten währte mein Leben nicht mehr lange. Dryaden – Nymphen, die mit ihren Bäumen auf Leben und Tod verbunden waren – winkten mir freundlich zu, aber ich ignorierte sie, denn ich wollte hier weg, und wenn sie einen einmal in ein Gespräch verwickelten, konnte dies Tage dauern. Über mir flog ein Rock und verdeckte alles mit seinem riesigen großen Schatten. Es war ein Adler von der Größe eines Elefanten und sein gelbliches Gefieder strahlte in der Sonne. Ich liebte diese Tiere. Aber in diesem Moment hatte ich für all diese Pracht keinen Kopf, nur eines lag mir im Sinn und das war Überleben!

Am Rande einer Lichtung suchte ich mir einen Ort, um wenigstens kurz zu verschnaufen, denn ich war so erschöpft, dass mich meine Beine keinen Meter mehr tragen wollten. An einem großen Baum, dessen Wurzeln den Boden aufgerissen hatten, lehnte ich mich an. Aber davor testete ich erst, ob dieser nicht zum Leben erwachen und mich mit seinen Ästen zu Brei schlagen würde. Nein, das war kein lebender Baum. Entkräftet ließ ich mich an ihm hinabgleiten, bis ich saß, stützte meine Arme auf meine Knie und meinen Kopf in meine Hände. Erst jetzt merkte ich, dass ich den Dolch immer noch umklammert hielt. Ich steckte ihn in die Scheide, die an meinem selbst gebastelten Gürtel hing.

Noch einmal war ich davongekommen, aber dafür steckte ich jetzt im Dschungel fest. Da war mir der Nebelwald lieber gewesen. Dort war es nicht so verworren, so bunt und so voll mit Gefahren. Der Nebelwald lag jenseits der Klippe. Ich müsste wieder hochklettern. Aber vielleicht fand ich auch einen netten Riesen, der mich hochhob? Oder ich würde weiterziehen und mich in die Wüstenebene begeben. Allerdings gab es dort auch sehr unfreundliche Geschöpfe. Ich könnte auch weiter nach Norden gehen, dorthin wo sich die Hochebenen und Wälder befanden? Mein Opa und ich hatten dort eine Zeit lang gelebt. Da kannte ich mich gut aus und wir hatten einen Bekannten – den Pan.

Was würde Opa jetzt wohl tun?

Ich erinnerte mich zurück: an sein rostbraunes, runzliges Gesicht mit dem weißen Ziegenbart und an seine immer lächelnden, braungrünen Augen; an sein Selbstbewusstsein und seinen Glauben, den er trotz dieser verrückten, feindlichen Welt, in der wir lebten, nie verloren hatte. Noch immer konnte ich ihn vor mir sehen, in seinen blauen, komischen Hosen, die ihm bis zur Brust reichten und an Trägern von seinen dünnen Schultern hingen. Er wollte mir nie erzählen, woher er die Hosen hatte, aber Tatsache war, dass sie weit waren. Und dass er alles, was er so gebrauchen konnte, in eine Tasche am Bauch steckte. Außerdem hatte er aus einem Stück Stoff eine Art Rucksack gefertigt, in dem wir unsere Besitztümer mit uns herumschleppten. Es war nicht viel: eine fransige Decke; ein paar verschieden große Messer; eine Steinschleuder, die aber tödlich sein konnte, wenn man das richtige Geschoss benutzte; ein Zauberbuch, das er aber nie vor meinen Augen angewendet hatte; eine Plane aus wasserdichtem blauem Stoff und ein paar feste Seile und Schnüre. Jetzt war alles verloren. Ich hatte nur das, was ich am Körper trug.

Er war ein herzensguter und netter Mensch gewesen und hatte mir gezeigt, was es hieß zu den Guten zu gehören, Mitgefühl und ein Gewissen zu besitzen. Damit hatte er uns oft in Schwierigkeiten gebracht, weil er immer den Helden spielen musste. Wegen seiner hilfsbereiten Ader hatten wir schon so einige Male in Lebensgefahr geschwebt. Ich hatte jedoch immer alles mitgemacht, weil er stets gesagt hatte: *Wenn eine Kreatur in Not ist, ist Wegsehen das Schlimmste, was du tun kannst. Du könntest ihre Hilfe irgendwann gebrauchen und wirst auch froh sein, wenn sie nicht wegsieht.* Außerdem sagte er auch: *Pinkel niemals in den Brunnen, der deinen Weg kreuzt. Du weißt nicht, ob du sein Wasser irgendwann trinken musst.* Nach der Devise lebten wir. So meinte Opa, sollten Menschen sein. Und wir fühlten uns gut dabei, das Menschliche zu vertreten. So konnten wir jeden Abend mit gutem Gewissen schlafengehen, bis … bis sie ihn zerfleischt hatten. Seitdem kam ich gar nicht mehr zur Ruhe. Das Knacken seiner brechenden Knochen und das Reißen seines Fleisches verfolgten mich in jeder Sekunde. Das Knurren der Wölfe ließ mich erschauern, allein, wenn ich daran dachte.

Besagtes Knurren riss mich aus meinen Gedanken. Ich hatte es schon einmal gehört und danach immer und immer wieder … Deswegen zog sich jetzt alles in mir zusammen, als ich mich umblickte. Fast hoffte ich, es würde der Panther sein, aber er war es nicht. Stattdessen näherte sich mir ein schwarzer Wolf. Obwohl ich sonst ein Spitzengehör hatte, war es ihm gelungen, sich unbemerkt anzuschleichen.

Meine Augen wurden groß, als ich der Bestie in die stechend gelben Schlitze blickte. Sofort wusste ich, welcher Wolf mir gerade seine Aufwartung machte. Es war der Anführer des Rudels, welches meinen Opa zerfleischt hatte. Dieser hier hatte ihm, vor dem Festmahl, gnädigerweise die Kehle durchgebissen. Er war es auch gewesen, der mir noch mal in die Augen gesehen hatte, bevor er ein Stück aus dem Bauch meines Opas gerissen hatte. Es war eindeutig, dass dieses Rudel aus Gestaltwandlern bestand und somit eine menschliche Seite besaß, denn kein Tier war jemals sadistisch.

Seine Lefzen waren zurückgezogen und er präsentierte mir elfenbeinfarbene riesige Reißzähne, die er jeden Moment in mich bohren würde. Sein Fell war lang und tiefschwarz, die Pfoten so groß wie mein Gesicht. Er musste sich etwas bücken, um mit mir auf Augenhöhe zu sein.

Ich sah in diese kalten Augen und konnte den Menschen dahinter ausmachen. Der Ausdruck dieser dunklen Tiefen war nicht neckisch, nicht freundlich, nicht mal ausgehungert, sondern einfach nur gemein. So fies kann dich ein Tier nicht ansehen. Das bringt nur ein Mensch zustande.

Gänsehaut breitete sich auf meinen Armen aus und ich bereute es, den Dolch weggesteckt zu haben. Ich bereute vieles, aber am meisten bereute ich, nicht oben bei dem Panther geblieben zu sein, bei dem Mann, der im Laub unter mir gelegen und mich offen und verspielt angelächelt hatte, während sein Arm mich hielt … und mir komischerweise Schutz bot.

Der Wolf schnaufte und schaute weg, nach links. Seinem Blick folgend bemerkte ich, dass neben ihm noch einer aus dem Gebüsch trat. Er war weiß wie Schnee, nur seine Nase war schwarz. Die Augen hellblau wie die Gletscher der Eisebene. Er stupste den schwarzen Wolf ein wenig mit dem Kopf in die Seite, als wolle er ihn von mir wegschieben, ohne ihn zu verärgern, doch der knurrte und schnappte gefährlich nach dem Weißen. Irritiert betrachtete ich die beiden. Der mit den Eisaugen war mir völlig unbekannt. Er war auch nicht bei dem Überfall auf mich und meinen Opa dabei gewesen. Das wäre mir sicherlich aufgefallen. Insgesamt sahen sie sich bis auf die Fell- und Augenfarbe unglaublich ähnlich, waren aber gleichzeitig so verschieden wie Tag und Nacht. Wo der schwarze Wolf schon eine gefährliche Ausstrahlung in sich trug, schien der weiße beinahe freundlich. Er wirkte sogar ein wenig größer und stattlicher als sein Artgenosse, war aber dennoch eindeutig nicht der Alpha. Meine irrsinnigen Vergleiche wurden unterbrochen, als mich die schwarze Bestie wieder ins Visier nahm.

Ich musste etwas tun, wenigstens Zeit schinden.

»Ähm, könnte ich noch etwas sagen, bevor du mich auffrisst?« Ich wählte die Höflichkeit, denn hinter diesen Augen befand sich ein Mensch und er verstand meine Worte zu gut. Er wartete, rührte sich nicht. Also sprach ich weiter: »Ich habe gestern aus Versehen einen giftigen Pilz gegessen. Mir ist immer noch ganz schlecht davon, außerdem hab ich Halluzinationen und ich glaube, dir würde es auch nicht gut bekommen.« Ich hielt mir den Bauch und wusste, dass mein Schauspiel miserabel anmutete, doch ich folgte, wie immer der Devise »Überleben ist das Wichtigste« und so versuchte ich es wenigstens! Vorsichtig linste ich erneut hoch.

Der weiße Wolf schnaubte abfällig, fast schon ironisch. Der andere ließ sich nicht beeindrucken und strich sich als Antwort mit rosa fleischiger Zunge betont langsam über die Reißzähne. Frustriert ballte ich die Hände zu Fäusten.

Ich überlegte, ob ich es schaffen würde, das Messer zu ziehen, bevor er mir an die Kehle ging. Aber das war ein Ding der Unmöglichkeit, denn er war einfach zu nah!

»Dieser Pilz ist wirklich nicht zu unterschätzen. Mein Fleisch ist sicher ganz ekelhaft und zäh. Ich fühle mich schon ganz … faulig«, merkte ich noch an, doch er reagierte nicht. Wie lange würde er es denn noch hinauszögern? Genügte es ihm nicht, dass der Schweiß, der soeben noch vom Wasser abgewaschen worden war, jetzt wieder an Stirn und Hals hinabströmte, und dass mein Herz versuchte, mich von innen heraus zu erschlagen? Konnte er nicht einfach nur mit seinem Mittagsmahl beginnen und dem endlich ein Ende bereiten?

Bei diesem Gedanken wurde es mir endgültig klar: Ich empfand keine Angst um mein Leben. Obwohl ich geradewegs in die Augen der Bestie blickte. Stattdessen wehrte ich mich nur aus Prinzip und versuchte deshalb, den Wolf vor mir in Grund und Boden zu quatschen, um nicht kampflos aufzugeben. Hieß das etwa, ich hatte mich mit meinem Tod abgefunden, nachdem mein Opa gegangen war? Hieß das, ich hatte die Hoffnung verloren? Innerlich zuckte ich vor diesem Gedanken zurück. Denn das würde bedeuten, ich hätte mich aufgegeben ...

Der Wolf machte sich bereit ... Er hob seine Lefzen, präsentierte seine Zähne und knurrte so stark, dass die Erde unter mir vibrierte. Jetzt würde er angreifen. Ich erkannte es an dem leichten Anspannen seines Körpers.

Doch plötzlich durchschnitt ein anderer grollender Laut die bedrohliche Situation – noch tiefer und eindringlicher als der erste. Verblüfft sah ich zu dem weißen Wolf, ebenso wie der Schwarze. Vermutlich war er der Meinung, er hätte sich verhört. Doch der mit den Eisaugen knurrte tatsächlich seinen Alpha an und präsentierte genauso imposante Beißerchen, zwischen die ich nicht geraten wollte. Der Ranghöhere machte einen drohenden Schritt auf den Weißen zu. Dieser wich zurück und hörte sofort auf, als erneut nach ihm geschnappt wurde. Es war schrecklich! Sie waren mir so nah, dass sie mich im Falle eines Kampfes verletzen würden. Der schwarze Wolf ging weiterhin demonstrativ auf den weißen zu, woraufhin dieser sich schließlich mit eingezogenem Schwanz auf den Rücken legte und als Unterwürfigkeitsgeste seinen empfindlichen Bauch präsentierte. Hä? Ich verstand nun gar nichts mehr!

Sein Artgenosse schien damit wohl zufrieden zu sein und wandte sich etwas abgelenkt mir zu. Gerade spannte er sich wieder an, da grollte es erneut!

Wie sahen beide zu dem Blauauge, ich mit gerunzelter Stirn, er eindeutig irritiert. Der Weiße hatte sich zu seiner vollen Größe aufgerichtet und drohte dem Schwarzen wieder. Dieses Mal konnte ich wirklich die Verwirrung und auch den Zorn über die Herausforderung in den gelben Augen erkennen, als er auf den Weißen zumarschierte, der aber sofort wieder nachgab und sich gehorsam auf den Rücken legte.

Ich fragte mich, was er mit dieser Show bezweckte? Es wirkte, als würde er versuchen Zeit zu schinden. Das war natürlich absolut abwegig, denn wieso sollte er mir helfen wollen, wo er doch garantiert genauso scharf auf mich war wie jeder andere fleischfressende Gestaltwandler?

Der Gelbäugige wandte sich erneut mir zu. Mir war klar, dass er sich jetzt beeilen würde, doch er kam nicht weit, weil plötzlich eine dröhnende weibliche Stimme ertönte.

»Halt!«, verlangte sie und all unsere Blicke flogen nach links. Dorthin, wo etwa zehn Amazonen mit gezogenen Waffen standen und auf die Wölfe zielten. »Verschwindet!«, forderte die vermeintliche Anführerin. Sie hatte schwarze lockige Haare, eine breite Stirn, noch breitere Wangenknochen und tief liegende, dunkelbraune Augen. Ihr Körper war komplett unbekleidet – was auch sonst? –, sodass ihre Muskelberge deutlich wurden. Selbst ihre braun gebrannten Arme und Schultern waren so kräftig, dass sie drohten zu platzen. Alles in allem erinnerte sie eher an einen Mann als eine Frau. Ohne mich weiter zu beachten, zielte sie mit der Armbrust auf den Wolf direkt vor mir.

Der Wolf knurrte lauter und duckte sich, doch er trat einen unwilligen Schritt von mir zurück, dann noch einen, und noch einen ... Mir wurde leicht ums Herz, als er sich von mir abwandte und, ohne die Amazonen aus den Augen zu lassen, im Gebüsch verschwand. Der andere folgte ihm beschwingt, doch bevor er in das Dickicht sprang, drehte er sich noch einmal zu mir um und zog die Lefzen hoch. Ich wusste, dass er mich nicht anknurrte, denn in seinen unglaublich hellen Augen konnte ich ein schelmisches Grinsen erkennen.

Meine Lippen offenbarten automatisch ein schüchternes Lächeln, bis mir aufging, was ich da gerade tat! Ich grinste einen Gestaltwandler an! Schnell wischte ich die Sympathiebekundung von meinem Gesicht und blickte zu meinen Retterinnen, die den Wölfen streng hinterhersahen. Als die Tiere verschwunden waren, kamen die Amazonen auf mich zu und stellten sich der Reihe nach vor mir auf.

Ich musste meine Augen mit der Hand schützen, weil die Sonnen mich blendeten. Die Mannsweiber waren wirklich sehr groß, aber nicht so wie Riesen. Sie wirkten nicht unfreundlich, aber doch etwas misstrauisch. Von allen Seiten wurde ich kommentarlos beäugt ... Schließlich streckte eine den Fuß nach mir aus und tippte mich zögernd mit den Zehen an, als wäre ich so fremdartig, dass sie erst mal testen mussten, ob ich beißen oder sie jeden Moment anspringen könnte.

Ich wollte hier nicht länger am Boden rumsitzen, besonders weil sie nackt waren und mir der Ausblick nicht gefiel, also rappelte ich mich verlegen auf.

»Hallo!« Sie antworteten nicht. Schüchtern winkte ich ihnen zu. »Ich bin Seraphina«, ergänzte ich, weil ich nicht wusste, was ich sonst sagen sollte. Außer vielleicht: »Danke, dass ihr mich gerettet habt!«

»Was bist du und was ist deine wahre Gestalt?«, fragte schließlich die Schwarzhaarige. Sie hatte einen Damenbart.

»Ein Mensch«, entgegnete ich leise und endlich regten sich ihre Gesichter. Verwundert sahen sie sich gegenseitig an.

»Menschen gibt es nicht«, meinte eine Blonde, die hinter der Schwarzhaarigen stand und ihre Hand hielt. »Das kann nicht sein, zeig dich uns«, nuschelte eine Braunhaarige.

»Ich bin hier und ich bin ein Mensch. Es ist eine sehr lange Geschichte.« Müde zuckte ich die Schultern und kam mir, im Gegensatz zu ihnen, winzig vor.

»Was tust du hier?«, fragte die mit dem Bärtchen. Anscheinend hatte sie meine Aussage akzeptiert. Vielleicht konnte sie die Wahrheit in meinen Augen sehen. Lügen war noch nie meine Stärke gewesen.

»Ich will in die Waldebene zum Pan«, murmelte ich leise.

»Dafür musst du durch den ewigen Sand«, zwitscherte die Blonde. Ihre Stimme war ein wenig heller als die der anderen und ihr Haar hing in zwei langen geflochtenen Zöpfen über ihre riesigen Brüste, die ich zwanghaft versuchte nicht anzublicken.

»Ich weiß.«

»Bist du dort schon einmal gewesen?«, dröhnte die Schwarzhaarige.

»Schon öfter.« Ich wusste, dass die Wüste sehr gefährlich war, doch ich hatte bis jetzt jedes Mal überlebt.

»Was willst du beim Pan?«, fragte sie, unbeeindruckt davon, dass ich noch lebte.

»Ich möchte ihn um Hilfe bitten. Er ist mein Freund.« Mein Einziger.

»Im Reich des Waldes gehen in letzter Zeit schlimme Dinge vor sich. Du solltest da nicht hingehen.«

Aber ich musste dorthin. Der Pan war der Einzige, dem ich in dieser verworrenen Welt vertraute, weil er ein alter Bekannter meines Opas war und ich ihn von Kindesbeinen an kannte.

»Mir bleibt nichts anderes übrig, ich muss dorthin. Egal, wie gefährlich es dort sein mag.« Ich knetete meine Hände. Was sollte ich sagen? *Mein Opa ist gestorben und ich finde keinen anderen Ausweg? Ich will nicht allein bleiben? Bitte helft mir …*

Sie mussten etwas von meiner Verzweiflung in meinen Augen gesehen haben, denn schließlich meinten sie: »Dann bringen wir dich bis an die Grenze des Dschungels, von da an musst du dich allein durchschlagen.« Was mich überraschte! Damit hatte ich nie und nimmer gerechnet! Das zeigte wohl auch mein Gesicht, denn plötzlich lächelten sie alle nachsichtig.

»Ich danke euch«, stammelte ich verwirrt, während sie sich schon umdrehten und losmarschierten. Ich musste fast rennen, um mit ihnen Schritt zu halten. »Aber wieso … tut ihr das?«, fragte ich die Blonde, die mich verschwörerisch angrinste. »Was?«

»Na, mir helfen?«

»Weil du wie wir eine Frau bist.« Sie boxte mir dabei gespielt gegen mein Kinn, wodurch mein Kopf fast abflog. Aha, na gut, wieso auch immer. Schmollend rieb ich mir das geschändete Körperteil und versuchte sie nicht vorwurfsvoll anzublicken. Von da an folgte ich ihnen stumm, was anstrengend war, denn sie hatten wirklich ein unglaubliches Tempo drauf. Zwar boten sie mir an, mich zu tragen, aber ich lehnte dankend ab. Dabei wäre ich ihren riesigen Brüsten viel zu nahe gekommen.

Es dauerte zwei Tage, bis wir den Rand des Dschungels erreichten. Keiner störte uns oder griff uns gar an, und ich verstand es, als ich die vielen Dolche, Messer und andere Waffen bemerkte, die sie sich mit Lederriemen um den Körper gewickelt hatten. Ich hätte mich auch nicht mit ihnen angelegt. Mit einer allein schon, aber nicht mit zehn beziehungsweise zwanzig!

Zum Abschied wollten sie mich zum Glück nicht umarmen. Mein Gesicht befand sich genau in Brusthöhe und ich war mir sicher zu ersticken, wenn sie mich freundschaftlich drücken würden. Sie sagten nur: »Pass auf dich auf, kleine Menschenfrau.« Das »›klein‹« hätten sie sich sparen können, denn das war ich nicht. Dann drehten sie sich um und verschwanden geräuschlos im Dschungel.

Auch gut!

∗∗∗

Nun befand ich mich also hier an der Grenze zur Sandebene. Die Luft vor mir flimmerte, als wäre sie verzaubert oder elektrisiert. Riesige, kunstvoll geschwungene Wüstenbänke erstreckten sich am Horizont. Unberührte Erde. Dürre ausgetrocknete Bäumchen stachen aus dem kräftig orangefarbenen Sand hervor, wie Knochen aus einem Grab. Die zwei roten Sonnen waren gerade aufgegangen. Eine stand schon höher am grellblauen Himmel als die andere, sodass es aussah, als würden sie ein Wettrennen veranstalten. Sie brannten mir schon jetzt heftig auf den Kopf und ich hatte nicht mal ein Tuch dabei, das mich vor der Hitze schützte, oder ein Band, mit dem ich meine wirren dreckig braunen Locken hochbinden konnte. Meine Wasserflasche, die auch an meinem Gürtel hing, hatte ich aufgefüllt. Sie würde aber für den gesamten Marsch nicht reichen. Ich musste auf jeden Fall eine Oase aufsuchen.

Vorsichtig machte ich ein paar Schritte, weg von dem kühlen Holz und den winzigen grünen Pflanzen direkt auf den heißen Sand, der mir die Fußsohlen verbrannte. Mit zusammengebissenen Zähnen ging ich jedoch weiter, denn an die Wärme musste ich mich wohl oder übel gewöhnen. Meine Schuhe hätten einiges erleichtert, doch sie waren weg und ich würde sie nicht wiederbekommen.

Diesen Teil meiner Reise musste ich schnell und ohne zurückzublicken hinter mich bringen, denn in der Wüste lebten einige unliebsame Bewohner, zum Beispiel die Bilokos: bösartige Zwerge, die auf Bäumen hausten und nur darauf warteten, dass ein Ahnungsloser vorbeiging, um ihn nach oben zu ziehen und mit ihren riesigen Mäulern in einem Stück zu verschlingen. Ihre gesamten knochigen Körper waren mit Gras überwuchert, weswegen man sie in den Baumwipfeln der Oasen nicht erkennen konnte. Deshalb würde ich von ihnen Abstand halten, egal wie Schatten spendend sie auch wirkten.

Während ich also durch die Hitze marschierte, dachte ich an all die Wesen, die mir begegnet waren, seitdem Opa weg war. Zum Beispiel an den Panther – bei ihm strandeten meine Gedanken am häufigsten … Wieso hatte er mich nicht gefressen oder angegriffen, sondern mich nur versucht zu verführen? Ich erinnerte mich an seinen Daumen, mit dem er über meine Unterlippe gestrichen hatte, und erwischte mich dabei, wie ich mit meiner Zunge imitierend über das trockene Fleisch fuhr. Schnell schüttelte ich den Kopf, um die orangeglühenden Augen zu verdrängen.

Stattdessen ließ ich meine Gedanken zu dem weißen Wolf schweifen. Er hatte seinen Anführer provoziert und ihn erfolgreich davon abgehalten, mich zu fressen, bis die Amazonen gekommen waren. Aber wieso? Als ich an ihn und seine intelligenten eisblauen Augen dachte und wie er mir noch mal zugegrinst hatte, bevor er im Wald verschwunden war, ertappte ich mich erneut dabei, wie ich lächelte.

Was war nur los mit mir? Fand ich langsam Gefallen an den Monstern? Nein! Niemals!

Mit diesen Bestien wollte ich mich nicht auseinandersetzen, nicht einmal mental, also verdrängte ich die irritierenden Bilder und rief mir eine Erinnerung ins Gedächtnis, die sehr schmerzhaft war, doch ich wollte ihn um keinen Preis vergessen.

Opa.

Er hatte mir immer viel über die Menschen erzählt, damit ich in dieser verrückten Welt den Bezug nicht verlor. Es war fast, als würde er versuchen, mich mit seinen Geschichten auf etwas vorzubereiten, aber keiner, außer ihm, wusste worauf. Er verriet mir, dass die Homo sapiens Wesen waren, die sich von ihren Unsicherheiten leiten und blenden ließen, weshalb er mich darauf trimmte, mich nicht von meinen Ängsten und Befürchtungen lenken zu lassen. Er verkündete immer: *Angst ist nur da, um dich zu lähmen und dich zum Aufgeben zu zwingen. Laufe vor ihr davon und sie wird dich verfolgen. Laufe ihr entgegen und sie wird die Flucht ergreifen.* Ich versuchte nach seinen Weisheiten zu leben, aber das war meistens leichter gesagt als getan. Er schien niemals Furcht gehabt zu haben, nicht einmal, als die Wölfe ihn umzingelt hatten. Und das war ihnen nur deswegen gelungen, weil er ihre volle Aufmerksamkeit auf sich und von mir weggelenkt hatte, indem er sich in den Arm geschnitten hatte, um sie das frische Blut wittern zu lassen.

Seine letzten Worte an mich waren: *Schau niemals zurück, sondern immer nach vorne! Nur dort können neue Fallen aber auch das Glück lauern.* Diesen Rat konnte ich ausnahmsweise nicht befolgen. Er war schließlich der Einzige in dieser Welt gewesen, der mich beschützt und mich geprägt hatte. Auch wenn ich wieder weinte, verlor ich mich weiter in der Vergangenheit.

Ich fragte mich, wieso er mir nie etwas von meinen Eltern und von meiner Herkunft erzählt hatte. Es musste doch einen Grund geben, aus dem wir beide die einzigen Menschen in dieser Welt waren. Irgendwo musste doch dieser Ort existieren, aus dem wir stammten! Der unser Zuhause war! Ich hätte gerne gewusst, wo meine Eltern waren, um sie selber zu fragen, warum ich ohne sie zurechtkommen musste, doch mein Opa sprach nicht über sie. Sie gehörten eben zur Vergangenheit …

Zu oft ertappte ich ihn allerdings dabei, wie er mich mit Zuneigung und voller Erinnerungen im Blick betrachtete. Ich wusste, er dachte an seine Tochter – meine Mutter. So viel konnte ich ihm entlocken. Er sagte, ich habe genauso strahlende, wissende Augen wie sie, auch wenn meine etwas schlammiger grün waren als ihre. Ja, so war er, niemals nur aus Höflichkeit nett, sondern immer geradeheraus. Ich denke, im Alter von sechsundachtzig Jahren kann man es sich schon mal leisten, jedem die Meinung ins Gesicht zu sagen und auch mal auszuteilen. Man hat ja auch lang genug eingesteckt.

Trotzdem wünschte ich mir, er hätte länger gelebt. Dann hätte ich mich jetzt nicht so schrecklich verlassen und einsam gefühlt.

Ich setzte meinen Weg weiter heulend durch den heißen Sand fort, unter der noch heißeren Sonne, und schaute nicht nach links und nach rechts, als ich plötzlich etwas spürte … Das geschah gelegentlich und ließ sich wohl mit Ahnungen vergleichen … Also blickte ich auf und wischte mir schnell die letzten Tränen aus den Augenwinkeln. Im Gehen drehte ich mich um und blieb schockiert stehen, denn mir folgte der weiße Wolf!

Seine Zunge hing ihm seitlich aus dem Maul und er grinste mich eindeutig wieder an. Murrend scannte ich die Gegend nach den anderen Wölfen ab, doch es war nichts weiter zu sehen als Sand, Sand und noch mal Sand. Naja, noch ein paar verdurstende Bäumchen und die glühenden Sonnen. Um genau zu sein.

»Was willst du von mir?«, rief ich ihm zu. Er setzte sich einfach nur hin, ganz gemütlich, so als würde ich mich normal mit ihm unterhalten und nicht gleich einen cholerischen Anfall kriegen.

Woraufhin ich den Kopf schüttelte. Wenn ich daran dachte, dass er meine Tränen mitbekommen haben musste, wurde mir ganz anders. »Verfolgst du mich etwa?« Er legte den Kopf leicht schief. So auf die Art: *vielleicht, vielleicht auch nicht* ... Arschwolf!

Ich verengte die Augen und stemmte die Hände in die Hüften. »Hör auf, mir hinterherzulaufen! Ich komme super allein zurecht! Wenn ich jetzt weitergehe, will ich, dass du sitzenbleibst. Ich kann nicht durch die Wüste spazieren, wenn ich von einer Bestie verfolgt werde, die mir jeden Moment in den Rücken springt.«

Er schnaubte, blieb aber sitzen. »Jaaaa, du hast schon richtig verstanden!«, rief ich. »Ihr seid alle gleich. Alles fleischfressende Monster!« Nach diesen Worten drehte ich mich um und marschierte weiter.

Natürlich konnte ich ihn nicht komplett ignorieren und blickte über meine Schulter, in der Hoffnung, dass er entweder verschwunden war oder dort noch saß. Nur leider hatte er mir offenbar nicht zugehört, denn er trottete, als wäre es völlig normal, hinter mir her. Ich ballte die Hände zu Fäusten, ging aber weiter, während ich zurückschrie:

»Geh nach Hause und jag ein paar Unschuldige!« Er blieb nicht stehen, sondern grinste nur schon wieder auf diese dämliche Wolfsart. »Kannst du mich nicht verstehen, oder willst du mich nicht verstehen?« Mit einem Ruck wirbelte ich herum, beugte mich hinab und nahm eine Handvoll Sand, den ich nach ihm schmiss! Doch er war viel zu weit weg, als dass ihn auch nur ein Körnchen berührt hätte. »Hör auf, mir hinterherzulaufen!«, brüllte ich nun durch die halbe Wüste. »Ich brauche kein Kindermädchen!« Wütend drehte ich mich um und stapfte weiter, während ich murmelte. »Ich brauche niemanden!«, *außer meinen Opa ...*

Ab da befolgte ich den Rat meines Opas und schaute nicht mehr zurück, doch ich war mir sicher, dass er mir weiter auf den Fersen war. Gut, wenn er so viel Zeit hatte, mir nachzulaufen, dann sollte er das tun. Kurioserweise hatte ich keine Angst vor ihm. Ich war mich sicher, dass er mich nicht zerfleischen wollte, denn er hätte es ansonsten schon längst getan. Nur eins wusste ich, von meinem Wasser würde ich ihm nichts abgeben, auch wenn die Sonnen ihm den Pelz verbrannten. Ab da an versuchte ich ihn auszublenden, zumal meine Sinne bei ihm ohnehin nicht Alarm schlugen, und ließ den Wolf einfach Wolf sein. Stattdessen konzentrierte ich mich darauf, nicht mehr zu weinen. Das ist gar nicht so leicht, wenn man sich einsam und verlassen fühlt.

Als Mädchen, allein in dieser Welt, ohne jegliche Hilfe, würde man sich schon gerne tief im Sand eingraben und sich eine Runde selbst bemitleiden, oder am besten da unten bleiben und nie wieder hochkommen. Das wäre auch eine Möglichkeit.

Stattdessen marschierte ich verbissen weiter, einer mehr als ungewissen Zukunft entgegen.

3.

Gerade lag ich auf dem Bauch im gerade abkühlenden Wüstensand und wartete darauf, dass ein Sandbuddler durchlief. Ich kam vor Hunger fast um und hoffte, einen dieser dicken, großen Nager zu erwischen, die an ihrem runden, rattenähnlichen Körper viel Fleisch aufwiesen, obwohl sie wie Verrückte durch den Sand pflügten, ohne jemals auszuharren, weil das ihren sicheren Tod bedeuten würde. Vergleichbar mit einem Hai in Rattenform und unglaublich köstlich, vorausgesetzt man erwischte die kleinen Scheißer.

Drei Tage schleppte ich mich durch diese trostlose Gegend, ohne etwas zu essen, stattdessen mit dem penetranten Wolf im Nacken. Jetzt war ich ausgehungert!

Mein Magen knurrte und das nicht zum ersten Mal. Drei waren mir schon durch die Lappen gegangen. Schließlich war ich keine superschnelle Bestie, so wie der Angeberwolf, der ein paar Meter entfernt schon zwei der dicken Viecher gefressen hatte und sich gerade genüsslich das Maul sauber leckte. Er lag da … faul mit vor sich ausgestreckten Vorderpfoten wie eine Sphinx und hatte nichts Besseres zu tun als jedes Mal zu schnauben, wenn mir wieder einer entwischte. Mir war klar, dass er innerlich vor Lachen durch den Sand rollte.

Doch ich ignorierte ihn geflissentlich, was gut für ihn war. Durch meinen Hunger war ich so aggressiv, dass mir der eine oder andere Gedanke an gegrilltes Wolfsfleisch und neue Fellkleidung durch den Kopf schwirrte. Die zwei Monde standen bereits hell am Wüstenhimmel. Das Feuer brannte knisternd, wartete nur darauf, etwas von seiner Hitze abzugeben und meine Beute durchzubrutzeln.

Da türmte sich wieder ein Stück von mir entfernt der Sand auf. Der Sandbuddler rannte darunter hindurch und ich hechtete hinterher. Doch wieder war er zu schnell und verschwand hinter einem Hügel.

Fluchend schlug ich mit beiden Fäusten auf den Sand ein. Mein Magen knurrte erneut und zog sich so heftig zusammen, dass es schmerzte. Außerdem war meine Kehle ganz trocken und ich entschied mich dazu, einen Schluck von meinem genau dosierten Wasser zu nehmen. Nur einen Einzigen, nicht mehr, nicht weniger, was einige Selbstbeherrschung kostete. Es war schwer, sich das kostbare Nass einzuteilen, da ich mich fühlte, als könnte ich einen ganzen Fluss leer trinken.

Doch riss mich zusammen und wischte mir anschließend den rissigen Mund ab, während ich mich frustriert im Schneidersitz vors Feuer bequemte. Dann eben kein Abendessen. Mir war schon kein Frühstück und Mittagessen vergönnt gewesen, da konnte ich auch komplett für den Tag auf Nahrung verzichten. Denn darauf kam es nun auch nicht an. Oder so …

Schließlich steckte ich die Flasche weg, zog die Knie hoch, schlang die Arme darum und schaute blicklos in die züngelnden, blauen Flammen. In der Nacht wurde es hier verdammt kalt. Aber wenn ich schön am Feuer sitzenblieb, ab und zu aufstand und ein paar Schritte ging, um mich zu bewegen, dann war es in Ordnung.

Nur einschlafen durfte ich nicht. Mein Magen verkrampfte sich erneut vor Hunger und ich presste die Lider zusammen. Obwohl ich derart müde war, dass ich auf der Stelle zwei Tage durchschlafen könnte, würden die durch den Hunger ausgelösten Schmerzen mich ohnehin daran hindern. Wieder ein Vorteil, der mich am Leben hielt, trotzdem war ich genervt, wenn nicht sogar deprimiert.

Plötzlich landete etwas dumpf neben mir im Sand. Es war der dickste Sandbuddler, den ich jemals zu Gesicht bekommen hatte – mit durchgebissenem Genick. Nur drei Schritte von mir entfernt stand der Wolf. Hinter ihm konnte man die zwei Monde erkennen, und hätte er nicht wieder mit heraushängender Zunge so einen selbstzufriedenen Ausdruck zur Schau getragen und dabei derart dämlich gegrinst, hätte er richtig majestätisch ausgesehen. Ich blickte zu ihm, zu dem Fleisch, und wieder zurück.

»Ich will dein Fressen nicht.« Zielstrebig ergriff ich das Vieh am glatten Schwanz und warf es ihm vor die Füße. Ich war nicht auf einen Gestaltwandler angewiesen! Auch wenn sich hinter diesen eisigen Wolfsaugen ein Mensch verbarg, so gehörte er immer noch zu den Bestien, die den einzigen Menschen getötet hatten, der mir etwas bedeutete, den einzigen Menschen, den ich von Geburt an kannte.

Er ging zu dem Tier und schob es mit der Nase bis zu mir rüber. Mit dieser Bewegung kam er mir so nah, dass ich sein Fell hätte berühren können, welches leicht im Mondschein glänzte und ganz kuschlig wirkte. Ich krampfte die Finger um meine Beine und zischte: »Geh weg!«

Daraufhin blickte ich stur geradeaus in die Flammen. Wieder ließ mich mein innerer Alarm trotz seiner Nähe im Stich, was mich noch wütender machte. Mir schien es fast, er würde mit den Schultern zucken, als er sich auf der anderen Seite des Feuers niederließ und genüsslich anfing zu fressen. Die Knochen knackten, das Fleisch riss, während er seine weiße Schnauze einsaute. Genüsslich leckte er sich anschließend das Blut ab, legte dann seinen mächtigen Kopf auf die Vorderpfoten und beobachtete mich über die Flammen hinweg mit seinen intelligenten, eisblauen Augen. Ich schaute zurück. Etwas anderes hatte ich ja sowieso nicht zu tun.

Nach einiger Zeit stellten sich mir von seinem Blick die Nackenhaare auf. Er war so … forschend, eindringlich, menschlich. Als würde mir gegenüber ein richtiger Mann sitzen und keine Bestie.

Er verwirrte mich, also wandte ich mich ab, legte mich rückwärts hin und betrachtete den klaren Sternenhimmel über mir. Die Nächte waren ziemlich hell, weil es am Himmel so viele Sterne gab, dass man fast kein Schwarz erkennen konnte. Außerdem sah man gelegentlich einen anderen Planeten, der dieser Welt sehr nah war, ähnlich wie die Monde. Gerade wenn es dunkel war, konnte man ihn gut erkennen – seine überwiegend blaue Oberfläche, was vermutlich Wasser war; nur unterbrochen von dunkleren Flächen, die hin und wieder durch weiße Formationen verdeckt wurden, von denen ich annahm, dass es Wolken waren. Jedes Mal, wenn ich mich in der Schönheit dieses Planeten verlor, zog es schmerzhaft in meiner Brust. Ich konnte es nicht einordnen, den Blick aber auch nicht abwenden, und so betrachtete ich ihn manchmal, bis ich entweder einschlief oder der Aufgang der Sonnen seine Anwesenheit versteckte. Oft fragte ich mich, ob darauf Leben existierte, so wie hier, oder ob es dort sogar Menschen gab.

So richtige, mit einem Gewissen und moralischen Vorstellungen, mit dem Streben danach gut zu sein? Glückliche Pärchen? Große Familien? Mir setzte es enorm zu, dass ich hier ganz allein war, jetzt wo Opa nicht mehr lebte.

Ob es hier wohl irgendwo einen Mann gab, der für mich bestimmt war? Orangeglühende und eisblaue Augen, die sich vermischten und mich verwirrten … das war das Letzte, an was ich mich erinnern konnte.

Dann wachte ich auf.

Die erste Sonne ging gerade am Horizont auf und ich lag seitlich im weichen Sand. Zum Glück war mir beim Schlafen kein Käfer ins Ohr geklettert! *Schlafen?* Wenn ich geschlafen und mich nicht bewegt hatte, hätte ich eigentlich tot sein müssen, es sei denn, jemand hatte mich gewärmt!

Mit verengten Augen richtete ich mich auf und blickte über das runtergebrannte Feuer hinweg. Kein Wolf! Ich sah mich um, nur leere Wüste, hellblauer Himmel, die sich jagenden Sonnen und natürlich die halb toten Bäumchen.

Der Wolf war weg. Mein Magen zog sich erneut heftig zusammen. Selbstverständlich schob ich es auf den Hunger …

Gut, dann hatte ich jetzt wenigstens wieder meine Ruhe und konnte weinen, wann und wie es mir gefiel! Dann konnte ich mich wieder einsam und verlassen fühlen … Mit ein wenig Optimismus ist das Leben eben einfacher zu ertragen … Wirklich positiv war allerdings, dass ich seit Ewigkeiten endlich mal durchgeschlafen hatte und völlig ausgeruht war. Gähnend rappelte ich mich auf und streckte die Hände der Sonne entgegen. Dabei fiel mein Blick auf meine, schon wieder dreckigen, Fingernägel und ich zuckte zusammen. Wenn ich eine Oase fand, musste ich dringend ein Bad nehmen, egal was oder wer mir am Wasser auflauern würde.

Obwohl ich wieder allein war, ging ich hinter die nächste Düne, um mein morgendliches Geschäft zu erledigen.

Als ich jedoch auf dem Rückweg zur Feuerstelle schaute, stockten meine Schritte. Dort, an jener Stelle, die er gestern Abend als seinen Platz auserkoren hatte, saß der weiße Wolf – geduldig, prächtig und stolz wie eh und je. Ohne es mir eingestehen zu wollen, entspannte mich sein Anblick. Verdammter manipulativer Angeberwolf!

»Bist du immer so hartnäckig?« Ein breites Grinsen war die Antwort. Langsam ging er mir damit wirklich auf den Geist. »Ich werde nicht auf dich warten, oder stehenbleiben, wenn du mal musst«, warnte ich ihn mehr im Scherz als ernsthaft und marschierte drauflos. Ich wusste, dass er mir wieder folgte, dafür musste ich mich nicht umdrehen.

Als ich mein Lächeln bemerkte, wischte ich mir schnell über das Gesicht und war froh, dass die Bestie es nicht gesehen hatte. Jawohl, Bestie und nein, er hatte mich in der Nacht sicher nicht gewärmt! An so etwas wollte ich erst gar nicht denken! In dem Tier steckte schließlich ein Mann … und zu was Männer fähig waren, hatte mir der Panther nur zu gut gezeigt … mit seinen starken Händen und seinem atemberaubenden Lächeln … Oh nein, nein, nein, nein! Der Hunger verwirrte mich, kein Wunder, dass mein Kopf solche verrückten Bilder projizierte.

Meine Schritte wurden bestimmter, als ich mir verbot, an jegliche Monster zu denken. Stattdessen erinnerte ich mich an Opas Märchen, während ich, mit dem Wolf im Rücken, durch die Wüste lief. Auf der Suche nach der nächsten Oase. Dort musste ich erst mal meine Wasserflasche auffüllen, ansonsten würde ich nicht lebendig durch diese Sandhölle kommen.

***

›Ich werde sterben‹, dachte ich am Nachmittag, als die Sonnen hell und erbarmungslos auf mich niederbrannten. Die Luft flirrte, und dort, wo ich eine Oase vermutet hatte, befand sich nichts weiter als verdorrtes Gestrüpp. Ich glaubte, mich zu erinnern, dass die nächste zwei Tagesmärsche von hier entfernt war. Drei bräuchte ich für den Rückweg oder um die Waldebene zu erreichen. Ich saß hier also inmitten dieser verflixten Wüste fest und stand kurz davor zu verdursten.

Mit Tränen in den Augen griff ich nach meiner Flasche und schüttelte sie. Doch ich hörte nichts, also öffnete ich sie und hielt sie an meinen Mund, in der Hoffnung noch etwas Wasser auf meine ausgestreckte, ausgetrocknete Zunge zu bringen. Aber kein einziger Tropfen berührte sie. Wütend schleuderte ich das Gefäß weg und fiel auf die Knie. Verzweifelt raufte ich mir die Haare, nur um dann wieder zu meiner Flasche zu krabbeln, und sie einzusammeln. Ich besaß nicht mehr viel, also war es dämlich, den letzten Rest meiner Habseligkeiten auch noch in die Wüste zu pfeffern.

Es würde sehr knapp werden, ohne Wasser bis zur Waldebene zu kommen. Aber vielleicht war es möglich. Doch sollte mich auf dem Weg dorthin jemand angreifen, wäre ich so wehrhaft wie der Osterhase, der zur Verteidigung mit seinen bunt bemalten Eiern schmeißt.

Im Augenwinkel sah ich, wie die weißen, großen Wolfspfoten, mit den spitzen, schwarzen Krallen, neben mich traten und er nüchtern das betrachtete, was von der Oase übrig war.

Es war mir egal, dass er so nahe war, denn ich würde sowieso sterben. Diese Welt war einfach nicht für mich gemacht. Ich war zu schwach – zu allein. Niemals würde ich es bis zum Pan schaffen.

Ich fühlte eine kühle Schnauze, die mir in die Schulter stupste, und wich angeekelt zurück. »Hör auf damit und sag mir lieber, was ich jetzt machen soll!« Fragend, enttäuscht und auch wütend blickte ich zu ihm hoch, in seine hellblauen, menschlichen Augen. Auch wenn er mir keine Antwort geben konnte, so war sein Ausdruck deutlich genug, um meinen Herzschlag zu beschleunigen. Kopfschüttelnd sah ich wieder weg.

Aufgeben war etwas für Schwächlinge und allein war ich eigentlich nicht. Er war doch da. Also rappelte ich mich auf und ging weiter.

»Komm«, sagte ich, ohne zu überlegen und erschrak vor mir selbst.

***

Der Hunger trieb mich eindeutig in den Wahnsinn, der Durst sowieso. Meine Beine zitterten vom vielen Laufen. Die Muskeln zogen und ziepten. Meine Kehle war staubtrocken und die Lippen brannten wie Feuer, dafür war jeder Zentimeter meines Körpers mit Schweiß bedeckt.

›Ich werde in dieser elendigen Wüste umkommen‹, schoss mir immer wieder durch den Kopf. Je später es wurde, umso mehr grübelte ich. ›Wäre ich doch einfach oben im Nebelwald geblieben und seine Sklavin geworden.‹ Kaum war dieser Gedanke zu Ende gedacht, hätte ich mich am liebsten selbst geschlagen. Aber nicht mal dazu hatte ich noch die Kraft.

Am Abend konnte ich nicht mal mehr ein Feuer machen. Ich ging, solange ich konnte. Aber irgendwann war jegliche Energie verbraucht und ich ließ mich einfach kraftlos in den Sand fallen. Es tat so gut, einfach nur zu liegen, auch wenn die Nacht bereits anbrach und es langsam eiskalt wurde.

Ich sah dabei zu, wie die zweite Sonne hinter einem fluffigen Sandberg verschwand und das letzte Stück Wärme mit sich nahm. Die Dunkelheit streckte ihre kühlen Finger nach mir aus. Doch ich konnte einfach nicht mehr. Weder aufstehen, um endlich ein Feuer zu machen, noch mich weiterhin motivieren. Hier war mein Weg wohl zu Ende. Ich würde sowieso verdursten oder einem Monster zwischen die Klauen geraten, da war Erfrieren geradezu human. Also rollte ich mich so klein zusammen, wie es ging und wartete auf irgendwas. Auf was, wusste ich selber nicht, während sich die Nacht komplett und ohne jegliches Erbarmen über mich senkte.

***

Schon bald war ich ausgekühlt und fing so sehr an zu frösteln, dass meine Brustwarzen vor Kälte schmerzten und meine Zähne klapperten. Das mit dem Erfrieren war vielleicht doch keine so gute Idee gewesen. Es tat höllisch weh und mein Körper weigerte sich, taub zu werden.

Mit einem Mal überdeckte ein Schatten einen der Monde und ich schaute zitternd hoch, direkt in die besorgten Augen der Bestie, die eigentlich gar keine Bestie war, weil sie mich bis jetzt noch nicht gefressen hatte. Jetzt war ich kalt, daher war es klar, dass er keinen Appetit auf mich hatte, aber selbst von der Wüstensonne erhitzt, hatte er seine Beißerchen bei sich gelassen.

Was wollte er nur von mir?

Fragend sah ich ihn an. Ich hatte keine Ahnung, ehrlich nicht. Warum konnte er nicht mit mir reden?

Plötzlich legte er sich eine Armeslänge von mir entfernt hin und ich runzelte verwundert die Stirn. Sein Blick war mit meinem verwoben, als er Stück für Stück zu mir robbte, und da wurde es mir klar: Die Bestie wollte mir das Leben retten, indem sie mich wärmte!

Im ersten Moment wich ich zurück, doch war es zu schmerzhaft mich zu bewegen und im Grunde wollte ich gar nicht sterben. Also biss ich die klappernden Zähne zusammen und hob mit aller Anstrengung, die ich aufbringen konnte, einen Arm. Er sah fast schon erleichtert aus, bevor er ganz an mich herankroch. Ich machte mich etwas lang, sodass er sich genau neben mir niederlassen konnte. Auf dem Bauch liegend, die Hinterbeine unter sich, die Vorderbeine ausgestreckt, schaute er wartend auf mich herab. Den letzten Schritt musste ich tun. Und ich wagte ihn!

Ich schob mich über den kalten Wüstensand und umklammerte seinen Rücken mit einem Arm, den anderen schlang ich um die dichte Mähne seines Halses. Er war nicht nur warm, sondern heiß wie ein Ofen und stank keineswegs. Stattdessen roch er frisch und rein. Seufzend vergrub ich mein Gesicht in dem weichen, langen Fell seines Halses. Leicht lehnte er seine Schnauze auf meinen Kopf, was ein derart inniges Gefühl der Geborgenheit in mir auslöste, wie ich es noch nie empfunden hatte. Salzige Tränen traten in meine Augen und liefen in heißen Bahnen über meine gesprungenen Lippen. Ich presste mein Gesicht tiefer in sein Fell und genoss die schützende Wärme, die meinen gesamten Körper umfing, mit einem tiefen Seufzer. Selbst bei Opa hatte ich mich nicht so beschützt gefühlt, vermutlich, weil er nicht nur aus Muskeln und flauschigem Fell bestand, und ganz sicher hatte er keine rasiermesserscharfen Zähne. Er war eben nur ein Mensch gewesen. Das hier aber war ein Raubtier. Von der Natur erschaffen, um zu töten. Doch langsam wurde mir klar, dass es unter den Gestaltwandlern wohl auch gut und böse gab. Nur ungern wollte ich es zugeben, aber dieser hier war wohl doch nicht so schlecht ... Er half mir und wärmte mich in der kalten Nacht.

Irgendwann wollte ich gern den Menschen hinter dem Tier kennenlernen, wenn ich noch die Gelegenheit dazu haben würde. Doch nicht mehr heute. Heute Nacht war ich einfach nur froh, dass er mir als lebendiger Ofen diente.

Und als meine Zähne aufhörten zu klappern, die verkrampften Muskeln sich lockerten und ich einschlief, tat ich es das erste Mal seit Jahren mit einem Lächeln im Gesicht.

***

Das Lächeln auf meinen Lippen war, als ich erwachte, ebenso verschwunden wie mein wärmender Begleiter, ich war also wieder allein.

Im ersten Moment wollte ich mich selbst davon überzeugen, dass es gut so … dass er eine Bestie … war … dass ich ihn nicht brauchte … während ich blinzelnd im mittlerweile warmen Sand lag.

Ich würde ihn nicht rufen und mich nicht nach ihm umsehen, sondern einfach wieder mein Geschäft erledigen gehen.

Als ich über den Sandhügel zurückkam, saß er da und wartete geduldig auf mich, als wäre es niemals anders gewesen. Wieder lächelte ich und dieses Mal beließ ich es dabei. Auch wenn der Hunger und der Durst mich immer noch halb wahnsinnig machten, so war ich wenigstens nicht mehr allein. Er war anscheinend eine treue Seele und genau so etwas brauchte ich jetzt. Vielleicht war das egoistisch von mir, aber er gab mir Zuversicht und verdeutlichte mir, dass ich überleben wollte.

Wortlos gingen wir drauflos. Der Wolf schlenderte jetzt nicht mehr hinter, sondern neben mir, sodass ich seinen geschmeidigen Bewegungen bewundern konnte. Er war ein hübscher, ein majestätischer, mächtiger Wolf, dessen strahlendes Weiß mich regelrecht blendete, ebenso wie seine magischen Augen, die so außergewöhnlich waren wie seine ganze Erscheinung.

Er linste zu mir und ich schaute schnell weg. Peinlicherweise wurde ich rot, weil ich beim Starren erwischt worden war. Toll! Wunderbar! Der sollte sich jetzt bloß nichts drauf einbilden. Hoffentlich hatte er die Bewunderung in meinem Blick nicht bemerkt, aber als er mir plötzlich verspielt mit der Schnauze in den Oberschenkel stieß, wurde es mir klar. Natürlich war es ihm aufgefallen! Betont gleichmütig versuchte ich ihn von nun an zu ignorieren.

Immer breiter und höher wurden die Dünen und es wurde immer anstrengender sie zu erklimmen. Eine war so uneben, dass ich versehentlich ins Tal hinabkullerte, weil ich nicht darauf achtete, wo ich hintrat. *Auch eine Art vorwärtszukommen*, dachte ich, als ich mich mit Sand im Mund langsam aufrappelte. Ich wollte ihn auszuspucken, was mir aber durch den Flüssigkeitsmangel nicht gelang. Auch der Versuch, ein paar Körnchen mit den Fingern zu entfernen, war keine gute Idee, denn an ihnen haftete ebenfalls Sand, weswegen ich mich noch mehr nach Wasser sehnte. Also lief ich mit Streuselkuchengefühl am Gaumen weiter, bis jede Faser meines Körpers schmerzte.

Die Luft wurde mit jedem Schritt, den wir gingen, ein wenig kühler. Ich stolperte mehr als alles andere und spürte, wie ich immer schwächer wurde. Der Durst hatte den Hunger komplett abgelöst, dabei bräuchten wir nur noch eine Nacht zu laufen, um die Hochebene zu erreichen. Dort, wo es etwas zu essen und zu trinken gab, dort, wo der Pan lebte, der mir raten könnte, was ich als Nächstes tun sollte.

Der Wolf roch die kleine Veränderung in der Luft sofort, merkte wohl auch, dass wir immer näherkamen, denn er wurde eindeutig nervös. Er spitzte die Ohren und blieb plötzlich stehen. Ich wusste nicht wieso, aber ich tat es ihm gleich und überließ ihm somit unerwartet die Führung. Verwundert sah ich zu ihm herüber und registrierte, wie sein Körper vor Anspannung ganz starr geworden war. Dann sträubten sich seine Nackenhaare und er knurrte leise.

»Was ist?«, flüsterte ich ihm zu. Sein dunkles Drohen und der tödliche Ausdruck in seinen Augen machten mir Angst, auch wenn es nicht mir galt. Automatisch wich ich einen Schritt zurück. Er duckte sich ein wenig, legte die Ohren an und sein Knurren wurde lauter, eindringlicher. Ich folgte seinem Blick und erstarrte, als ich zum Horizont schaute.

Dort oben, auf einer Sanddüne befand sich eine Schlange … eine Amphisbaena. Diese hatte nicht nur einen Kopf, sondern gleich zwei. Einen vorne, einen hinten. Ich hatte mich schon immer gefragt, wie die das mit ihren Ausscheidungen anstellte, aber dieser Frage würde ich ganz sicher zu einem anderen Zeitpunkt auf den Grund gehen.

Sie lauerte dort mitten in der letzten untergehenden Sonne, mit hoch aufgerichtetem, grünlich schimmerndem Leib, gelben Augen und herausblitzender Zunge, und mir war klar, wir würden kämpfen müssen oder sterben.

Sicherheitshalber wich ich noch ein paar Schritte zurück, mobilisierte meine letzten Kraftreserven und griff instinktiv schon mal nach meinem Dolch. Der Wolf gab nicht klein bei. Er wusste wohl, dass sie nicht vorhatte, uns vorbeizulassen, denn er schlich sich geduckt nach vorne.

Dabei konnte ich genau beobachten, wie seine Schultermuskeln arbeiteten. Angriff war eben die beste Verteidigung. Nur würde er mit diesem massigen Körper klarkommen? Sie war sicher zehn Meter lang und begann sich jetzt, in aller Ruhe, die Düne hinunterzuschlängeln. Jede Flucht wäre zwecklos. Sie war zu nah. Und ich war mir sicher, dass er niemals kampflos aufgeben würde. Auch wenn es dämlich war!

Jetzt stand ich hier also Seite an Seite mit einem Gestaltwandler und müsste mich gegen eine Amphisbaena zur Wehr setzen. Toll, dabei war der Tag heute gar nicht mal so schlecht gewesen! Bis auf die Tatsache, dass ich vor Durst extrem geschwächt war. Aber zum Glück gibt es ja noch das Adrenalin, das jetzt anfing, durch meine Blutbahnen zu rauschen.

Sie kam näher und näher, während er sich so weit duckte, dass er fast mit dem Sand verschmolz. Ganz ruhig lauerten wir, wagten nicht mehr, uns zu bewegen. Ich hatte mal gehört, dass

Amphisbaenas nicht gut sehen konnten. Vielleicht hatte sie auf diese Art Schwierigkeiten, uns auszumachen.

Als sie nur noch etwa zwei Meter entfernt war, wollte sich mein Fluchtinstinkt durchsetzen und erst recht, als sie vor dem Wolf verharrte. Sie richtete sich auf, verdeckte mit ihrem massigen langen Körper die Sonne und wartete … Wir warteten … Die gesamte Welt wartete ein paar Sekunden. Dann schnellte sie plötzlich nach vorne.

Ich schrie vor Schreck auf. Der Wolf jedoch war schnell genug und sprang zur Seite, sodass sie nur eine Ladung voll Sand erwischte. Doch da war noch der Kopf am Schwanzende oder am Anfang ich war verwirrt, und der schnappte auch nach ihm. Gekonnt duckte er sich darunter hinweg und griff dann zielsicher den Hals der Schlange an. Er verbiss sich darin, zerrte sie herab und stemmte sich mit allen vier Pfoten gegen den Boden, zog das schwere Reptil zappelnd durch den Sand. Das Blut tropfte dick auf die Erde und über seine weiße Brust.

Der andere Teil zischte und wollte ihn auch attackieren. Mir wurde klar, dass er mit beiden Köpfen nicht fertig werden würde und anstatt wegzulaufen und das Weite zu suchen, wie es mein Körper verlangte, schrie ich sie an und fuchtelte wild mit den Armen.

»Hey, hey! Hier bin ich! Komm und friss mich!« Sie schaute mich kurz, an, fast schon arrogant. Der riesige Wolf zerrte noch einmal an ihr und riss ein großes Stück Fleisch aus ihrem anderen Hals. Sie zischte, wandte sich von mir ab und wollte ihn angreifen. Okay, ich war wohl nicht gefährlich genug, um sich weiter mit mir zu befassen. Nett …

Bevor sie ihm allerdings in den ungeschützten Rücken beißen konnte, sprang ich drauflos und rammte ihr mit beiden Armen mein Messer mitten in den Leib. Mir war egal, wo ich sie erwischte.

Ich wusste, ich konnte sie nicht tödlich verwunden, aber ich würde den einen Kopf wenigstens beschäftigen, bis der andere keine Gefahr mehr darstellte. Weitere Fleischbrocken fielen. Blut tropfte in den heißen Sand, doch jetzt hatte ich ihre Aufmerksamkeit. Sie wollte nach mir schnappen, doch ich sah sie kommen und rollte mich schnell über ihren Körper, sodass sie sich selber verletzte. Dabei zog ich mein Messer aus ihr und lief aus Versehen in den Wolf, der sich in dem anderen Kopf festgebissen hatte.

Mit einem Keuchen fiel ich ungraziös auf meinen Hintern. Mein Messer landete, nicht gerade griffbereit, im blutgesprenkelten Sand.

Hinter mir hörte ich ein dumpfes Geräusch und sah, wie der andere Kopf abgetrennt zu Boden fiel. Mich würgte es fast, doch ich hatte für Übelkeit keine Zeit. Der noch unversehrte, nun sehr wütende Schlangenkopf raste nämlich bereits auf mich zu. Mist!

Gerade so konnte ich die Hände heben, da stand plötzlich der Wolf vor mir und zwang sie schnappend dazu, innezuhalten, wenn sie nicht direkt mit seinen imposanten Beißerchen Bekanntschaft machen wollte.

Fast hätte ich applaudiert, aber ich verkniff es mir. Denn dass sie nur noch einen Kopf hatte, hieß nicht, dass sie den Rest ihres Körpers nicht nutzen konnte.

Er lockte zwar ihre Zähne von mir weg, doch ich lag immer noch wehrlos im Sand und fühlte plötzlich, wie sich ihre feste trockene Schlangenhaut um mich schmiegte, mich einwickelte, zuallererst ganz leicht und dann immer fester. Ich schrie und strampelte, konnte aber nicht weiter reagieren, oder gar an mein Messer herankommen, während sie mich komplett umschlang und anfing, mir das Leben aus dem Körper zu pressen …

Der Druck, den sie ausübte, ließ nach und nach meine Sinne schwinden, während sie nach wie vor nach dem Wolf schnappte.

Stöhnend streckte ich meine Finger über den heißen Sand und versuchte, an meinen Dolch zu gelangen. Beinahe schaffte ich es, aber es reichte nicht ganz, bevor Schwärze mich umfing und mir wortwörtlich die Luft ausging.

4.

Gehetzt lief ich durch den Nebelwald und fühlte mich dabei, als wäre ich schwerelos. Kaum berührte ich mit meinen nackten Füßen das bunte Laub unter mir und dennoch wirbelte es um meinen Körper. In meinem Nacken fühlte ich die Gefahr prickeln. Die finstere Bedrohung.

Ich wusste, dass mich etwas verfolgte, aber wenn ich mich umdrehte, sah ich nichts als die Dunkelheit, die alles um sich herum verschlang. Wenn es ihr gelang, von mir Besitz zu ergreifen, würde ich mich selbst verlieren – davor hatte ich panische Angst. Doch gleichzeitig wusste ich, dass ich ihr nicht entkommen konnte. Irgendwann würde sie mich einholen.

So war es auch …

Aber sie war nicht kalt, sondern flimmernd heiß wie die Sonnen. Sie versengte mir den Rücken und ich wollte schreien, doch kein Ton schlüpfte über meine Lippen. Ich fühlte etwas über mein Gesicht laufen und meinen Mund berühren. War es Blut? Immer mehr davon, auf meiner Stirn, meinen Wangen und wieder meinen Lippen. Ich schnappte danach, noch bevor ich wild keuchend zu mir kam.

Es war Wasser. Klares, reines Wasser.

Mein Kopf wurde angehoben und die vertraute runde Öffnung meiner Flasche an meinen Mund gehalten. Gierig trank ich und verschwendete dabei viel eiskaltes Wasser, das über mein Kinn hinablief. Es war wunderbar frisch und belebend. Und ich war nicht tot. Die Dunkelheit hatte mich also doch nicht erwischt.

Schlagartig schlug ich die Augen auf und bemerkte einen unscharfen düsteren Umriss vor mir. Ich kniff die Lider zusammen, öffnete sie wieder … konnte aber immer noch nicht begreifen, was ich sah.

Eiskalte, blaue Augen schauten erleichtert auf mich herab. Aber das war auch schon alles, was von dem Wolf übrig war. Der Rest war alles andere als tierisch … und ich lag halb auf seinem Schoß – seinem sehr *männlichen* Schoß!

»Lass mich los!«, war das Erste, was ich aus meinem immer noch trockenen Hals presste. Was eigentlich als empörter Schrei durchgehen sollte, endete in einem kläglich heiseren Flüstern. Doch siehe da, er folgte aufs Wort. Braver Wolf.

Zum Glück nicht so abrupt, dass ich hart mit dem Kopf aufkam, aber seine Hände und sein Schoß waren sofort verschwunden. Ich blinzelte und versuchte mich zu orientieren.

Erstaunt bemerkte ich, dass es nicht heiß war. Eher etwas kühl, aber so, dass man es gerade noch ertragen konnte. Über mir erkannte ich ein dichtes tiefgrünes Blätterdach, das leicht im Wind wehte. Der Boden unter mir war rau, weil er mit vertrockneten Tannennadeln, Blättern, Nussschalen und Ästchen bedeckt war. Die Luft war erfüllt vom Geruch nasser Erde, von Moos, Tannen und Pilzen. Wir waren nicht mehr in der Wüste und wir lebten!

Ich war fast an meinem Ziel angekommen.

Tief seufzend richtete ich mich auf. In meinem Kopf drehte sich alles, aber ich ließ mich davon nicht beirren. Zwangsläufig musste ich mich jetzt mit etwas anderem befassen und es schockierte mich, welche Frage mir als Erstes auf der Seele brannte.

»Bist du verletzt?«, fragte ich mit einem Blick in diese eiskalten Augen, die sich plötzlich in einem menschlichen männlichen Gesicht befanden. Das sehr ausdrucksstark mit ebenmäßigen Linien und auf subtile Art schön war. Doch ein Merkmal fesselte mich sofort. Ich hatte noch niemals zuvor so volle Lippen gesehen wie seine. Weiter hinab schaute ich erst gar nicht, denn ich wusste schon jetzt, dass er nichts trug. Schamgefühl war anscheinend wirklich eine komplett menschliche Angewohnheit.

Er wirkte erst leicht verwirrt, wegen meiner Frage, dann grinste er langsam auf diese selbstzufriedene Wolfsart, sodass seine leicht tief liegenden Augen funkelten wie eine Gletscherspalte im Sonnenlicht. Blendend weiße Reißzähne kamen zum Vorschein. Es hätte erschreckend sein müssen, aber das war es nicht. Es war ganz anders …

»Du sorgst dich um mich.« Es war keine Frage, sondern eine Feststellung. Und die war freudig. Seine Stimme klang tief und besaß einen rauen Beiklang.

»Wie du mir, so ich dir«, wiederholte ich einen Spruch von meinem Opa. Er grinste noch breiter. Das stand ihm in Menschengestalt eindeutig besser als in Tiergestalt, vor allem wirkte er damit nicht so dämlich, weil seine Zunge nicht aus dem Mund hing.

»Also wirst du nicht mehr vor mir davonlaufen und mich als Bestie beschimpfen?« Er hörte sich nicht gekränkt an, nicht im Geringsten. Überhaupt schien er alles ziemlich locker zu nehmen.

»Nicht, wenn du es nicht verdient hast. Du hast mir das Leben gerettet, mehr als ein Mal …«, nuschelte ich. »Also hast du es nicht verdient.« Vorsichtig rappelte ich mich an dem Baum hinter mir auf und er folgte mir, wie an Fäden gezogen in die Senkrechte – wich immer noch nicht von meiner Seite.

»Wieso tust du das?«, fragte ich ihn abgekämpft und lehnte mich gegen den Stamm. Meine Beine waren noch ganz schwammig.

»Was?« Aufmerksam inspizierte er mich und runzelte etwas die buschigen, hellbraunen Brauen über seinen ausdrucksstarken Augen. Sogar seine langen Wimpern waren hellbraun, als wären die Spitzen von der Sonne ausgebleicht.

»Wieso … beschützt du mich?«, hakte ich leise nach.

»Weil du diesen Trieb in mir geweckt hast.« Er zuckte mit seinen breiten Schultern. Und verdammt, er war genauso muskelbepackt und riesig wie sein Wolfskörper. Ich musste meinen Kopf in den

Nacken legen, um in sein Gesicht blicken zu können. Auch wenn ich ansonsten nicht gerade klein war.

»Wie habe ich diesen Trieb geweckt? Und welchen überhaupt?«, fragte ich und versuchte, nicht weiter diese scharf geschnittene Brust zu betrachten.

»Deine Angst riecht gut und weckt gewisse Urinstinkte in mir.«

»Toll …«, murmelte ich, sah dabei an seiner Schulter vorbei. »Solltest du dann nicht eher versuchen, mich die ganze Zeit zu Tode zu erschrecken?«

Er lachte sanft. Ich erschauerte, verdammt! Wieso mussten diese Gestaltwandler in Menschenform nur so eine Ausstrahlung haben, von der mir ganz heiß im Bauch wurde?

»Deine Angst riecht gut, sie lockt meine tierische Ader, aber etwas anderes in dir … berührt auch meine menschliche Seite …« Seine Stimme war zum Schluss hin leise geworden, hatte diesen spöttischen Ton verloren und zwang mich, hoch in diese faszinierenden Augen zu blicken. Mein Herz machte ein paar Saltos und mein Magen fühlte sich an, als würde er sich entleeren wollen. Schweiß floss mir in Strömen den Rücken hinab. Einfach ekelhaft, zu was mein Körper fähig war.

»Du bist aber kein Mensch.« Auch ich war leiser geworden. Er lächelte, aber nicht wölfisch oder spöttisch, sondern zärtlich. Er besaß sehr helle rosa Lippen. Überhaupt war alles außer seiner Haut hell, auch seine Haare. Sie waren ebenso hellbraun wie seine Brauen und mit sonnengebleichten blonden Strähnen durchzogen und reichten ihm sicherlich bis zum Kinn. Allerdings trug er sie zusammengebunden. Deswegen konnte man jeden einzelnen weich geschnittenen Zug in seinem Gesicht genau erkennen. Mit dem kleinen Zöpfchen, der hellen Haut, den vielen Muskeln und den strahlend weißen spitzen Zähnen wirkte er sehr verwegen, gefährlich … Wie ein Aufreißer, vor denen mich mein Opa immer gewarnt hatte – dabei hatte er betont, dass es von dieser Sorte hier mehr gab als in der Menschenwelt. Mir fiel auf, dass dieser

Gestaltwandler das im wortwörtlichen Sinne auch war, und erschauerte erneut.

»Ich bin also kein bisschen Mensch?« Plötzlich nahm er meine Hand. Seine Haut war wärmer als meine, aber nicht unangenehm heiß. Er legte meine Finger auf seine Brust und drückte meine Handfläche dorthin, wo sein Herz schlug.

»Auch Tiere haben einen Herzschlag« Es kam schnell aus meinem Mund. Er schüchterte mich mehr ein, als der Wolf in ihm. Also zog ich meine Hand weg, denn wenn ich ihn berührte, konnte ich nicht klar denken.

»Können Tiere etwa auch sprechen?«, hauchte er, stützte sich mit einem muskulösen Arm hinter mir am Baum ab, als ich flüchten wollte, und kam meinem Gesicht sehr nahe. Eindeutig zu nahe. Ich drückte mich an das Holz in meinem Rücken.

»Können sie ihren Trieben widerstehen, so wie ich im Moment?«, flüsterte er. Fragend schaute ich ihn an. Was für Triebe meinte er denn jetzt? Kurzerhand verlor ich mich in diesen funkelnden Augen, die direkt vor meinem Gesicht schwebten.

»Kannst du dich bitte …«, ich schluckte mühsam an meinem stark pochenden Herzen vorbei, »… etwas entfernen?« Laut lachte er auf, was den Bann brach, den er soeben um mich gesponnen hatte, und rückte gnädigerweise von mir ab.

»Immer willst du mich loswerden. Aber das wirst du nicht schaffen!« Er drehte sich von mir weg und überblickte den Wald. Wir waren auf einem kleinen Hügel und hatten einen guten Ausblick auf das dichte grüne Blätterdach.

»Sag mir, wieso. Es kann nicht nur an deinen Trieben liegen.«

»Mein Rudel hat deinen einzigen Beschützer getötet«, knurrte er plötzlich düster und mir verschlug es die Sprache. Seine Hände ballten sich zu Fäusten, bis die Sehnen an seinen Unterarmen hervortraten.

Ich schluckte. »Bist du der Anführer?«

»Nein. Ich tue aber trotzdem, was ich für richtig halte. Es sollte eigentlich die Aufgabe unseres Alphas sein, dich jetzt zu beschützen, aber er hat das Menschenfleisch einmal gekostet und will es wieder. Er ist regelrecht versessen darauf.«

»Das Menschenfleisch war mein Opa!«, schoss es gequält aus mir hervor. Wie konnte er nur so über ihn sprechen? Verwundert drehte er sich wieder zu mir herum, um anhand meiner Mimik meine Gefühle abzuschätzen. Dabei legte er neugierig den Kopf schief. Meine Hände hatte ich zu Fäusten geballt und schon wieder Tränen in den Augen. Er hatte wohl noch niemals jemanden verloren, der ihm wichtig war. Aber vielleicht können Tiere nicht so stark fühlen wie Menschen.

»Ich gehe jetzt zum Pan«, verkündete ich und marschierte an ihm vorbei.

Er war sprachlos, doch genauso wie als Wolf, folgte er mir jetzt als Mensch unauffällig und leise. Er tat gut daran, Abstand zu halten. Mit seinen Worten hatte er mich verletzt.

Ich ging den Hügel hinab und war froh, dass ich mich darauf konzentrieren musste, nicht hinzufallen. Der laubige Untergrund konnte allerhand Gefahren unter sich verbergen, deswegen machte ich jeden Schritt überlegt und hielt mich an den Bäumen fest, um mich zu stabilisieren.

Schweigend gingen wir so vor uns hin. Dabei tat er mir den Gefallen, nicht weiter mit mir reden zu wollen und ich tat ihm einen, indem ich ihn nicht anblickte. Wahrscheinlich konnte er nichts für seine unbedachte Äußerung. Er hatte es nicht gesagt, um mir wehzutun, sondern wusste es nur nicht besser. Und trotzdem fühlte ich mich wie am Anfang, als er eine Bestie für mich gewesen war. Was hatte sich auch schon daran geändert? Na ja ...

Er hat mich vor seinem Alpha beschützt, er hat mich in der Nacht mit seinem Körper gewärmt, er hat eine Riesenschlange getötet, bevor sie mich töten konnte. Außerdem hat er mich aus der Wüste gebracht, bevor ich verdursten konnte. Er sieht es als seine Aufgabe an, auf mich aufzupassen.

Nein, er war keine Bestie. Er war eben nur anders. Ich wusste nicht, ob ich damit klarkommen würde. Vielleicht wäre es doch besser, wenn ich allein weiterging. Bald wäre ich sowieso beim Pan und seinen Schafen. Was, wenn er sich auf sie stürzen und sie zerfleischen würde?

Ich kannte ihn doch gar nicht und doch drehte ich ihm so unbedacht meinen Rücken zu. Könnte sich das womöglich als Fehler erweisen?

»Warte!« Mit einem Mal schlüpfte er an mir vorbei und fasste dabei nach hinten, um meinen Weg zu blockieren. Ich blieb stehen, ansonsten wäre ich mit meiner Brust in seine ausgestreckte Hand gelaufen und machte dabei einen bösen Fehler. Über seinen muskulösen Rücken schaute ich nach unten, am Steißbein vorbei und keuchte, als ich seinen nackten Hintern ins Visier nahm. Er hatte einen wirklich hübschen Hintern, der jetzt angespannt war, so wie der Rest seines Körpers, was mein Dilemma nicht gerade erleichterte.

Ach Dilemma, da war ja noch was! Er hatte Gefahr gewittert und ich hatte nichts Besseres zu tun, als mich mit seiner Anatomie zu befassen. Kopfschüttelnd stellte ich mich auf die Zehenspitzen, um an seinen Schultern vorbeisehen zu können.

»Was ist denn?«, flüsterte ich, denn natürlich sah ich nichts.

»Pssst!« Plötzlich wirbelte er herum, packte mich mit einer Hand am Oberarm, drückte mir die andere auf den Mund und presste mich gegen den Baum, vor dem wir standen. Das war eng, zu eng für meinen Geschmack. Mit großen Augen hob ich meinen Kopf und starrte halb wütend, halb verwundert in sein angespanntes Gesicht.

»Katoblepas«, wisperte er mit seinen unglaublichen Lippen und ich wurde sofort mucksmäuschenstill. Hierbei handelte es sich um große dunkelbraune Büffel mit dem Kopf eines rosa Schweines. Zum Glück war dieser mit so harten schweren Schuppen bedeckt, dass er ihn oftmals nicht heben konnte und ihn immer gesenkt halten musste. Aber wenn er auf uns aufmerksam geworden wäre und sich die Mühe gemacht hätte, ihn *doch* zu heben, dann hätte uns sein Blick sofort in Stein verwandelt. Dagegen konnte nicht einmal der starke Gestaltwandler mit dem tollen Hintern etwas tun, der mich festhielt und abermals mein Leben gerettet hatte.

Ich konnte seinen Herzschlag in seiner Brust fühlen, spürte jeden gespannten Muskel und nahm seinen Atem in meinem Gesicht wahr.

So verweilten wir Stunden, bis er sich entspannte, mich aber nicht losließ. »Er ist weg«, informierte er mich – immer noch sehr leise.

»Gut.« Ich war nicht mehr in der Lage, mich zu rühren, wollte es auch nicht, nuschelte einfach gegen seine weiche Hand.

»Wie heißt du?«, fragte er plötzlich neugierig. Ich wurde rot und musste den Blick senken. Zum Glück nahm er dabei die Finger von meinem Mund.

»Seraphina«, murmelte ich.

»Und du?«, entgegnete ich und starrte dabei auf seine glatte Brust.

»Ice.«

»Ice?« Mit gerunzelter Stirn schaute ich jetzt doch hoch.

»Ja. Ice.« Ice, wie seine Augen, alles klar … Da hatte ja jemand sehr einfallsreiche Eltern.

»Lässt du mich jetzt wieder los?«

»Nein«, neckte er mich leichthin.

»Nein?«, rief ich empört, was ihn wieder zum Lachen brachte.

»Ich mag es, dich so nah bei mir zu haben.«

»Du nimmst es aber ganz schön ernst mit deiner Beschützerrolle.« Und das war irgendwie sehr beruhigend.

»Vielleicht.« Etwas flackerte da in seinen Augen, was mich beunruhigte. Vielleicht war er ja auch nur scharf auf mein Fleisch, konnte mich aber besser täuschen als jeder andere.

Zum Glück ließ er mich los und ich rückte sofort fröstelnd weiter von ihm ab.

»Gehen wir.« Er drehte sich um, marschierte los und sofort flog mein Blick nach unten.

»Stopp!«, rief ich und hielt mir die Augen zu.

»Was?«, fragte er alarmiert. Ich senkte den Sehschutz immer noch nicht.

»Du wirst jetzt sofort ein Stück von dem Stoff abreißen, welchen ich mir um den Körper gewickelt habe, und damit deine Hüften bedecken!«

»Wieso?«, meinte er völlig entrüstet und ich sah zwischen meinen Fingern hindurch, wie er verständnislos an sich hinunterblickte. Ja, er war sicherlich nicht zu verachten. Ganz im Gegenteil. Sein Körper war ein Traum. Aber wenn ich so hinter ihm herging, würde ich bei jedem zweiten Schritt auf der Nase landen … oder noch schlimmer: auf ihm drauf …

»Sagen wir einfach, das Menschlein fühlt sich dann wohler.«

»Wenn mein Bauchnabel verdeckt ist?«

»Nein!« Schnaufend rollte ich die Augen, hielt aber weiterhin die Hand davor. Ich konnte nicht darüber reden, ohne hinzusehen. »Nicht dein Bauchnabel, du Dummerchen. Der ist mir egal. Es geht um den Bereich ein Stück weiter unten.«

»Mein Unterbauch?« Er war immer verwirrter, während mein Gesicht eine knallrote Farbe annahm.

»Nein!« Bevor er weiter rätselte, zischte ich ungeduldig: »Bitte binde es dir einfach um die Hüften.«

»Gut.« Er zuckte die Schultern und wollte sich ein Stück von dem Stoff abreißen – eines das über meinen Brüsten verlief.

»Nein!«, rief ich empört und wurde noch dunkler, bevor ich nuschelte: »Nimm etwas von unten.«

Ich hörte den Stoff reißen und spürte einen kühlen Luftzug an meinen Knien. Mit der Hand vor den Augen stand ich da, bis er

»Fertig« sagte, dann blickte ich ihn erst vorsichtig an und atmete erleichtert aus.

Er hatte sich den ehemals weißen, aber jetzt dreck- und blutverschmierten Stoff wie einen Lendenschutz umgebunden und ich konnte ihn jetzt ansehen, ohne die ganze Zeit Angst haben zu müssen, dass mir etwas ins Bild wackeln würde, für dessen Anblick ich nicht bereit war. Jetzt konnte ich auch seinen Bauch betrachten, mit den ausgeprägten Muskeln, auf denen kleine Schweißperlen glitzerten, den Streifen heller Haare, die in den Stoff führten, der sich an eindeutigen Stellen verheißungsvoll etwas nach außen dellte … und die strammen Oberschenkel … Ich seufzte, während sich Hitze in meinem Bauch ansammelte, und schlug dann schockiert die Hand vor den Mund.

Ihn schien das zu belustigen, so, als ob er, wie der Panther, wüsste, was er mit meinem unerfahrenen Körper anstellte. »Geh jetzt!«, forderte ich bitter. Es war eindeutig, dass ich meine Reaktion auf seinen Körper nicht kommentiert haben wollte. Fröhlich setzte er sich in Bewegung. Ich folgte ihm, bei Weitem nicht so lautlos wie er, sondern eher stolpernd, fluchend, und erinnerte in meine Ungeschicklichkeit eher an ein Trampeltier.

Während wir weitermarschierten und ich versuchte, seinen Hintern zu ignorieren, der jetzt wenigstens von Stoff bedeckt, aber deswegen nicht weniger ablenkend war, meldete sich mein Bauch erneut laut und aussagekräftig. Ice – ich schmunzelte immer noch über den Namen – drehte mir den Kopf zu.

»Was esst ihr Menschen?«, fragte er und hielt einen dünnen Ast aus meinem Weg, damit ich vorbeigehen konnte.

»Alles, was nicht blutet.« Das war ein winzig kleiner Seitenhieb gewesen. Aber er ignorierte ihn. Vermutlich fiel es ihm gar nicht auf.

»Also esst ihr kein Fleisch?« Er konnte es nur schwer glauben.

»Doch, aber kein rohes«, murmelte ich und trat an einem dicken Baum vorbei, dessen Wurzeln alleine fünfzig Meter breit waren. Als ich geradeaus sah, zog sich mein Magen vor Verlangen zusammen.

Denn ein paar Schritte entfernt stand ein großer, imposanter Bumbeerbaum!

Ice zuckte zusammen, als ich kreischend an ihm vorbeischoss. Ich liebte Bumbeeren! Die gab es nur in diesem Wald und ich hatte sie schon als Kind immer gegessen. Mit jubelndem Magen pflückte ich eine der handflächengroßen lilaschwarzen Früchte und zeigte sie meinem Begleiter fröhlich. Angewidert verzog er das Gesicht und kam vorsichtig näher, als würde ich ihm etwas Verdorbenes anbieten. Doch das war mir egal. Ich war glücklich und biss in eine der runden Noppen. Sie platzte zwischen meinen Zähnen und der süße Saft lief mir den Gaumen hinab. »Mhmmm ...« Eifrig lutschte ich sie aus. Jedes süße, samtige Tröpfchen wurde vernichtet. Zufrieden widmete ich mich dann der nächsten Noppe.

Im Augenwinkel bemerkte ich, wie Ice mich umkreiste. Seine hellblauen Augen wirkten verschleiert und funkelten wild. Allein von seinem Blick wurde mir wieder heiß in den Tiefen meines Bauches. Seine Iriden waren eindeutig ein wenig dunkler als sonst.

»Was?«, murmelte ich. Er antwortete nicht, sondern trat näher und blieb direkt vor mir stehen. Als er die Hand hob und in Richtung meines Gesichts ausstreckte, wich ich ein wenig zurück. Er ließ sich nicht beirren und griff trotzdem nach mir, wischte mir mit dem Daumen ein wenig Saft aus dem Mundwinkel. Mit großen Augen sah ich dabei zu, wie er den Finger an seine Lippen legte und ihn mit seiner spitzen rosa Zunge ableckte. Schließlich schob er ihn sich ganz in den Mund und saugte daran. Das war sehr ablenkend … und ich fühlte wie heiße Vibrationen meinen Körper an Stellen zum Leben erweckten, die ich bis jetzt ignoriert hatte.

»Willst du auch probieren?« Bevor er so weitermachen konnte und ich gar nicht mehr wusste, wo oben und unten war, hielt ich ihm schnell die Frucht entgegen. Irgendwie musste dieser Moment zerstört werden! SOFORT!

»Ich weiß nicht ...«, skeptisch betrachtete er die dunkle, leicht lila glänzende Bumbeere. »Ich glaube nicht, dass mir das schmeckt.«

»Das kannst du erst dann sagen, wenn du es auch probiert hast.« Das hatte Opa auch immer zu mir gesagt.

»Ich habe aber auf etwas anderes Appetit ...« Sein intensiver Blick machte klar, was genau er meinte und mir brannten die Wangen sofort wieder lichterloh. Ich hatte keine Ahnung von Männern, aber ich konnte fühlen, dass er meinen Körper attraktiv fand und mehr von mir wollte als Freundschaft. Die Gestaltwandler waren da sehr eindeutig. Sogar eine der ewigen Jungfrauen hätte ihren Tonfall und ihre Anspielungen richtig interpretieren können und wäre vor Scham im Boden versunken.

»Das Andere ist aber nicht zum Vernaschen da! Hier!« Grob drückte ich ihm die Frucht einfach in die großen Hände. Als sich bei der Übergabe unsere Finger berührten, zuckte ich zurück, denn ich bekam einen kleinen pulsierenden Stromschlag.

Er versuchte es mir nachzumachen, hielt die Bumbeere an seine Lippen und biss vorsichtig in eine Noppe. Sie platzte nicht in seinem Mund, sondern vor seinem Gesicht, woraufhin der ganze kostbare lila Saft auf seine Haut spritzte. Ich erschrak über das Geräusch, als ich lachte. Es hörte sich an wie ein hysterisch wieherndes Pferd. Zu selten hatte ich in der Vergangenheit diesen Ton vernommen, als dass ich daran gewöhnt war. Sein Gesichtsausdruck war köstlich, während er sich angewidert den Saft aus den Augen und von den Wangen wischte und mir die Frucht zurückgab. Dabei motzte er auch noch leise vor sich hin. Irgendwas von: »Das kommt davon, wenn man einem Menschen traut.«

Als wir ein wenig später wieder auf dem Weg waren, musste ich immer noch kichern. Mein Bauch war jetzt voll mit süßem leckeren Bumbeersaft und irgendwelchen kleinen Zwergen oder Gnomen, die mich innerlich kitzelten, sodass es kribbelte. Ein paar der kleineren unreifen Früchte hatte ich in meine Gürteltasche gepackt, für den Fall, dass wir so schnell nichts zu essen fanden.

Fasziniert beobachtete ich seine geschmeidigen Bewegungen, während er vor mir ging. Er stolperte nie, wirkte keineswegs unsicher, lief zwischen den Bäumen und Büschen hindurch, als wäre er Teil des Waldes, als wäre er Teil der Natur. Er war ein Tier, aber konnte ich ihn deswegen weiterhin als schlecht deklarieren?

Mein Opa hatte mir immer diese Schauergeschichten erzählt. Von zügellosen Gestaltwandlern, die ihren Hunger nicht unterdrücken konnten und kopflos ihre Beute hetzten, bis sie nicht mehr laufen konnte, sich dann auf sie warfen und erbarmungslos folterten und zerfleischten.

Früher hatte ich geglaubt, dass sie bösartig wären, weil sie andere Lebewesen bei lebendigem Leib verschlangen. Jetzt, wenn ich Ice betrachtete und mich an seine Wolfsgestalt zurück erinnerte, konnte ich ihn nicht als bösartig ansehen. Es gehörte eben zu seiner Natur. Er fraß, um zu überleben. Nicht, weil ihm das Töten Spaß machte.

Aber so war nur er. Ich war mir sicher, vor dem schwarzen Wolf müsste ich auch weiterhin Angst haben. Er war eine wirkliche Bestie, aber nicht aufgrund des tierischen Anteils. Der Mensch in ihm war das Monster. Das Tier in ihm war unkompliziert. Fressen oder gefressen werden. Der Mensch machte daraus eine sadistische Folter, eine Qual. Er ergötzte sich an dem Leid seiner Opfer. Der Wolf beendete es schnell, indem er sofort die Kehle durchbiss und sich dann sättigte.

Ich hatte in den Augen des schwarzen Wolfes genau gesehen, dass ihm meine Angst gefallen … ja, sogar berauscht hatte. Er hatte die Jagd mehr ausgekostet als das Fressen selbst.

Mir drängte sich weiter die Frage auf, ob in diesem Szenario nicht die Tiere, sondern die Menschen die Bösen waren. Was nichts anderes hieß, als dass eine grausame, dunkle Seite auch in mir schlummerte. Ich wollte es nicht wissen, wollte mich nicht weiter mit meinen verworrenen Gedanken befassen. Aber eins war klar: Ice war keine Bestie. Ich vertraute ihm, was einem Wunder glich. Innerhalb weniger Tage hatte er mich von sich überzeugt, und wenn er das einmal geschafft hatte, dann brauchte es viel, um das Vertrauen wieder zu zerstören.

∗∗∗

Während wir durch den Wald gingen, unterhielten wir uns. Er fragte mich Sachen, die ihm so in den Kopf schossen: wie alt ich sei. Wo ich bis jetzt schon überall gelebt habe, ob ich wisse, wie ich in diese Welt gekommen sei. Ehrlich beantwortete ich alles so gut ich konnte. Aber es gab Dinge, die ich selber nicht wusste.

Dann erkundigte er sich, was ich jetzt vorhabe. Ich sagte ihm, dass ich beim Pan bleiben wollte. Was ihm nicht sonderlich gefiel, das konnte ich an seinem Ausdruck erkennen. Aber er ging nicht weiter darauf ein. Als ich ihn fragte, was er noch vorhabe, zuckte er lediglich mit den Schultern.

»Wirst du bestraft, wenn du zurückkommst?«, wollte ich von ihm wissen.

»Ganz sicher.« Es schien ihm gleichgültig zu sein, doch er sah mich nicht an, als er das murmelte.

»Hat dein Alpha dir verboten, mir zu folgen?«

»Nein. Ich habe mich heimlich davongeschlichen, um ihn nicht auf deine Fährte zu locken.«

»Dann hast du ja keinen Befehl missachtet und kannst auch nicht bestraft werden.«

Er schmunzelte ein wenig.»So einfach ist das nicht. Wir haben keinen eigenen Willen. Wenn ich mich vom Rudel entfernen möchte, muss ich um Erlaubnis fragen. Erst recht, wenn ich vorhabe, tagelang wegzubleiben.«

Ich schnaufte. Das wäre kein Leben für mich. Zwischen Opa und mir war immer alles einvernehmlich abgelaufen, und wenn ich nachgab, dann, weil ich wusste, dass Opa immer zu unserem Besten handelte.

»Ich könnte mich niemals so unterwerfen«, meinte ich.

»Wenn man den Schutz von so etwas Mächtigem wie einem Rudel voller Gestaltwandlern genießt, dann muss man auch Opfer bringen.«

»Also stört es dich im Grunde genommen?«, nagelte ich ihn fest und schaute kurz auf, um zu sehen, wie er nachdenklich in die Ferne blickte. Er musste nicht die ganze Zeit auf den Boden starren, um nicht zu stolpern, sondern schien instinktiv zu wissen, wo er hintreten konnte und wohin nicht.

»Ja. Aber nur, weil ich nicht als Unterwürfiger geboren wurde.«

»Als was dann?« Das war faszinierend.

»Ich bin der Bruder von Ash. Unsere Eltern waren schon immer die Anführer, das heißt, in unseren Adern fließt dominantes Blut.«

»Und Ash ist der schwarze Wolf?« Toll! Der Superkillerwolf war sein Bruder. Wieso beunruhigte mich das nur? Er nickte knapp. Eine Strähne seiner Haare hatte sich gelockert und strich über sein Gesicht. Ich wollte diese Locke sein. »Wieso bist du nicht der Anführer?«

»Weil ich jünger bin.« Klar. Irgendwie.

»Aber nicht schwächer?«, fragte ich weiter, denn ich konnte mich noch zu gut daran erinnern, dass er in Wolfsgestalt um einiges größer und muskulöser war als der Schwarze.

Er grinste jetzt. Die Spitzen seiner Zähne blitzten auf und ich schaute weg, während mein Nacken prickelte, als wollte er, dass ich ihn verdeckte. »Ich bin stärker als er.«

»Wieso besiegst du ihn dann nicht und nimmst die Führerschaft an dich. Dann könnte dir niemand sagen, was du zu tun oder wohin du zu gehen hast.«

»Ich kämpfe nicht gegen meine Familie.« Er wirkte entrüstet. Der Gedanke war ihm anscheinend noch nie gekommen.

»Aber er würde gegen dich kämpfen«, gab ich zu bedenken.

»Nur weil er sich zu etwas verleiten lassen würde, was nicht richtig ist, muss ich seinem Beispiel nicht folgen.«

»Wieso denn nicht, wenn es zu deinem Vorteil wäre?«

»Weil es wichtig ist, dass ich mir selbst in die Augen sehen kann und nicht was für Vorteile ich aus meinem Verhalten ziehe.« Mir fiel auf, dass er wirklich ein hohes Ehrgefühl hatte. Er – das Tier …

»Aber wäre es nicht auch besser für das Rudel, wenn du – der Gerechtere von euch beiden – es führen würdest?« Wieso versuchte ich überhaupt, ihn so zwanghaft zu überzeugen? Es war nicht meine Sache. Ich konnte seinen Blick auf meinem Gesicht fühlen und zwang mich dazu nicht zurückzusehen. Es reichte, dass meine Haut prickelte.

»Sie beschweren sich nicht«, antwortete er langsam und nachdenklich.

»Was nicht heißt, dass sie zufrieden sind. Sie geben sich wahrscheinlich nur mit ihrem Schicksal zufrieden, weil sie keinen Ärger wollen … wie kleine Schafe, die dem Pan nach der Pfeife tanzen, um gewisse Vorteile zu genießen.«

Jetzt wurde er langsam wütend. Ich konnte seinen Zorn förmlich in kühlen blauen Wellen spüren, die meine Wirbelsäule hinaufkrochen. Bis jetzt hatte ich ihn noch nie so erlebt. Es gefiel mir nicht und gleichzeitig war es faszinierend, wie stark ich seine Gereiztheit fühlen konnte und wie mein Körper auf die Energie reagierte, die er soeben freisetzte.

»Wieso interessierst du dich überhaupt dafür?« Ein leichtes Knurren schwang in seiner Stimme mit, welches er anscheinend nicht unterdrücken konnte. »Ist das eine Angewohnheit von euch Menschen, eure Nase in Dinge zu stecken, die euch nichts angehen?« Punkt für ihn. So war es … Es ging mich eigentlich wirklich überhaupt nichts an. Aber es nervte mich, dass er damit recht hatte, also tat ich etwas sehr Kindisches.

»Und bei euch Wölfen ist es wohl Angewohnheit, um des Friedens willen, Tyrannei und Ungerechtigkeit über sich ergehen zu lassen.« Ich sah den lodernden Zorn hinter den Gletschern. Fast wäre ich zurückgewichen, als ich bemerkte, wie er abwechselnd die Hände zu Fäusten ballte und leicht zitterte. Die Muskeln an seinem

Oberkörper und seinen Armen waren gespannt. Traumhaft … ohne jede Frage. Faszinierend und gleichermaßen einschüchternd.

»Es ist keine Tyrannei. Es sind einfache Regeln, nach denen wir schon seit Anbeginn der Zeit leben. Der Alpha hat immer das Sagen. Sein Wort ist Gesetz und wird nicht angezweifelt. Für uns muss es keinen Sinn ergeben.« Er kam mit jedem Wort einen geschmeidigen Schritt weiter auf mich zu und ich wich immer weiter zurück. Seine Stimme klang viel zu gepresst und ruhig, als dass ich ihm abgekauft hätte, dass er sich noch sehr lange im Griff haben würde und doch konnte ich nicht aufhören.

»Ist wohl leichter, sich führen zu lassen, ohne das eigene Hirn zu gebrauchen.« Keuchend knallte ich mit dem Rücken gegen unebene Rinde.

»Auf was willst du eigentlich hinaus?«, grollte er in mein Gesicht und es kam aus meinem Mund, bevor ich darüber nachdenken konnte.

»Wenn nur einer von euch auch nur ein Fünkchen Eigenwillen gehabt hätte, dann würde mein Opa jetzt vielleicht noch leben!« Als meine Wangen nass wurden, merkte ich, dass ich weinte. Wie oft wollte ich eigentlich noch heulen? Und das auch noch vor ihm.

Meine Worte wirkten allerdings, denn alle Wut wich aus seinem Blick. Wenn ich nicht so damit beschäftigt gewesen wäre vor Scham im Boden zu versinken und gleichzeitig wütend auf ihn zu sein, dann wäre mir aufgefallen, dass Zärtlichkeit seinen Zorn überdeckt hatte, doch ich war schon dabei, ihn von mir fortzustoßen und an ihm vorbeizustapfen.

Über dem nächsten Hügel konnte ich bereits Rauch erkennen, der gemächlich aufstieg. Der Pan machte sicher gerade sein Abendfeuer und rief dann seine Tiere nach Hause. Wir waren fast da. Einerseits war ich froh. Andererseits … auch eben nicht.

Die Frage, ob er mir folgte, blieb aus. Wobei ich mir dieses Mal wirklich nicht sicher war. Doch da ich ohnehin beinahe mein Ziel erreicht hatte, stieg ich, ohne auf ihn zu achten, den Berg hoch.

Wenn ich an den freundlichen Mann mit dem Ziegenkörper dachte, der mich mit seinem Flötenspiel schon als Kind verzaubert hatte, machte sich Erleichterung in mir breit.

Ich trat auf die Hügelspitze und sämtliche positive Gedanken lösten sich in Rauch auf. In dem Rauch, der aus den Trümmern seiner Hütte aufstieg.

Ein Bild der Verwüstung bot sich mir: schwelendes Holz, zerbrochene Gatter, tote Ziegen und Schafe und ein zerstörter Garten. Kein Leben war mehr zu sehen.

All meine Hoffnung war mit einem Mal wie weggewischt.

5.

Meine Füße rannten den Berg hinab, noch bevor ich es realisierte. Das Laub flog umher. Kleinere Äste peitschten in mein Gesicht und spitze Steinchen bohrten sich in meine Fußsohle.

»Paaan! Paaaan!«, schrie ich panisch. Mein Herz überschlug sich beinahe und Tränen bahnten sich ihren Weg über meine Wangen und verschleierten meinen Blick.

Als ich aus dem Wald direkt auf die angrenzende Wiese, die das Gebiet des Pans markierte, laufen wollte, wurde ich fest am Oberarm gepackt und zurückgerissen. Meine Haare flogen in mein Gesicht und ich wischte sie schnell aus meinen Augen.

»Lass mich los, Ice!« Wild versuchte ich ihn abzuschütteln, doch er packte mich fester und zog mich etwas zurück in den Schutz der Bäume und vor allem in den Schutz seines imposanten Körpers, ignorierte mich aber ansonsten komplett. Seine Nasenflügel waren gebläht, seine Muskeln angespannt. Er checkte die Lage. Witterte jede Gefahr, die auf uns lauern könnte.

Erst als die Luft anscheinend rein war, wandte er sich mir zu und schaute fast schon gequält auf mich herab.

»Ich rieche Blut und Tod«, flüsterte er heiser, »du solltest da nicht hingehen.«

»Mit Blut und Tod kenne ich mich, dank deiner Artgenossen, nur zu gut aus. Ich komme damit klar. Und. Jetzt. Lass. Mich. Los!« Ich war zu aufgewühlt, um ruhig argumentieren zu können oder gar freundlich zu sein. Seine Augen verengten sich, aber seine Finger ließen locker.

Ich riss mich trotzdem affektiert von ihm los und marschierte über die grüne Wiese. Sie war wie immer etwas feucht, weil dies ein von grünen Bergen umringtes Tal war. Die Sonne ließ sich hier aus

Prinzip nicht blicken. Aber der Pan hatte es trotzdem irgendwie geschafft, die Kälte zu vertreiben. Jetzt war dem nicht so.

Meine Knie schlotterten, als meine Finger, die vom Moos überzogenen feuchten Latten berührten und ich somit das braune, knarrende Gartentor öffnete. Es war als Einziges heil geblieben, ebenso wie das Holzschild mit dem verschnörkelten Namen ›PAN‹, das noch am Zaun hing und einsam im Wind hin und her pendelte. Über den Kiesweg, der mit funkelnden Edelsteinen ausgelegt war, ging ich auf die Reste der Hütte zu. Es stieg immer noch Rauch auf, also konnte es noch nicht lange her sein … was auch immer passiert war.

Tief durchatmend blickte ich mich nach Ice um. Er stand ein paar Meter entfernt, mit vor der Brust verschränkten Armen an den Zaun gelehnt und wirkte ganz ruhig. Das hieß wahrscheinlich, dass die Luft rein war. Vorsichtig öffnete ich die verkohlte Holztür, die nur noch in den Angeln hing, und zuckte zusammen, als sie widerlich knarrte.

Erst mal musste ich mich orientieren, denn alles war zerstört und verwüstet. Der große Esstisch war zusammengebrochen – ja fast schon zermalmt. Das Keramik-Geschirr darauf in Einzelteile zersplittert, genauso wie die drei Stühle. Die Asche der Feuerstelle lag im Zimmer verstreut. Hier und da glimmte noch ein wenig Glut. Der dunkle runde Kessel, der normalerweise über der Feuerstelle hing, war umgekippt und die darin enthaltene Pilzsuppe hatte sich über den Boden ergossen. Mein Blick glitt weiter über den rauen Holzboden. Ich schluchzte auf, als er neben dem Bett strandete, und schlug meine Hände vor meinen Mund.

Dort lag er. Reglos. Die Augen weit aufgerissen, starrte er in den nun freien Himmel.

Ich wusste, dass er tot war, trotzdem stürzte ich zu ihm und fiel neben ihm auf die Knie, fühlte nach dem Puls an dem starken Hals, aber fand nichts.

»Nein, bitte … nein …«, flüsterte ich vor mich hin. Meine Sicht trübte sich zunehmend, als weitere Tränen meine Wangen hinabliefen und ich weiterhin in das leere hübsche Gesicht blickte, das von einem leichten Bart bedeckt wurde. Der tierische braune Ziegenkörper war verdreht. So, als wäre er gefallen doch beim Aufprall bereits tot gewesen. Ich hoffte, er war schnell und schmerzlos gestorben.

Verzweifelt beugte ich mich hinab, lehnte meinen Kopf an seine Brust und schluchzte hemmungslos. »Nein, nein, nein …«

Alle Hoffnung war zerstört. Jetzt hatte ich wirklich niemanden mehr …

Plötzlich fühlte ich eine Hand an meiner bebenden Schulter. Als mein Oberkörper hochgezogen wurde, wehrte ich mich nicht, auch nicht, als ein Arm sich um meinen Rücken legte und mein Gesicht gegen eine warme Brust gedrückt wurde.

Einen Moment fragte ich mich, wieso er als Tier so gut trösten konnte, doch so schnell, wie der Gedanke gekommen war, verschwand er auch wieder, und ich klammerte mich an ihm fest, weinte, schluchzte und schrie an seiner warmen, glatten Haut.

Wieso war diese Welt so grausam?

Ich verlor mich in meiner Trauer und vergoss Tränen um alle, die es gut mit mir gemeint und die ich verloren hatte. Um meinen Opa, den einzigen Mann in meinem Leben, den ich jemals über alles geliebt hatte, und um Pan, den ich während der letzten Tage als meinen Rettungsanker angesehen hatte.

»Du bist nicht allein. Ich bin da«, flüsterte Ice immer wieder in meine Haare und strich beruhigend über sie. Und irgendwann glaubte ich ihm.

Vielleicht war ich auch nur zu schwach, um weiter zu trauern. Auf jeden Fall sank ich erschöpft in seine Arme, ließ es zu, dass er mich ganz auf seinen Schoß zog wie ein kleines Mädchen und blickte dann leer in die Glut des Feuers …

Die Welt blieb nicht stehen und wartete geduldig auf mich, nur weil ein kleiner Teil von ihr zerbarst.

Ich löste mich langsam und ließ zu, dass Ice sanft die Tränen aus meinem Gesicht wischte. Er lächelte dabei einfach viel zu mitfühlend und auch irgendwie atemberaubend. Es wirkte von Grund auf ehrlich, weshalb ich Dankbarkeit … und Faszination empfand.

Mit genau diesen Gefühlen in den Augen schaute ich hoch in sein Gesicht. Er war schön … Nicht so verwegen wie der Panther, nicht so sinnlich mit seinen Narben und seiner draufgängerischen Ausstrahlung. Ice' Körperbau war geradezu erschlagend männlich, aber sein Verhalten war mitfühlend. Er strahlte nicht diesen puren Sex aus und reizte mich so enorm wie die Raubkatze, war jedoch auf seine eigene Art sehr anziehend. Bei ihm war nicht Sex, was zählte … Oh nein!

Er war ein Fremder, aber doch da und hielt mich, als wäre er mein engster Vertrauter. Auf seinem Schoß fühlte ich mich nicht nur sicher und geborgen, sondern merkte auch … dass mein Bauch flatterte und dass da noch etwas anderes war. Mehr als bloße Bewunderung und Dankbarkeit. So viel mehr …

Vorsichtig strich ich über seine Brust nach oben. Sie war spiegelglatt. Unter meinen Fingerspitzen zuckten die ausgeprägten Muskeln. Er hielt die Luft an, als ich weiter forschte, und blickte mich abwartend, aber mit einem Glühen hinter den Gletschern an. Zittrig griff ich mit einer Hand in seinen langen Nacken. Keine Ahnung, ob ich sein Gesicht zu mir herabdrückte, aber ich wusste, dass ich das Verlangen hatte, diese unsagbar vollen Lippen auf mir zu spüren. Um etwas anderes zu empfinden als Tod und Verzweiflung – das Leben.

Als Antwort auf etwas, was er in meinen Augen sah, keuchte er und eine kühle erfrischende Energiewelle überströmte mich, sodass sich die Härchen auf meinen Armen aufstellten …

Er fügte sich … In Zeitlupe kam sein ebenmäßiges Gesicht näher – er beugte leicht den Kopf zur Seite. Meine Lider senkten sich. Nach einem endlos wirkenden Moment strichen seine Lippen sanft über meine, gaben nach, so wie ich gehofft hatte, waren samtweich – perfekt. Dann stockte er jedoch, mit seinem Mund auf meinem, öffnete die Augen und sah mich an.

Er wartete … Seine seidigen Lippen bebten leicht. Ich wollte mehr, während sein frischer Atem in meinen Mund strömte. Wir keuchten schon jetzt und unsere Herzen schlugen im gleichen Takt.

Ich fühlte ihn. Alles … Das Menschliche und auch das Tierische. Dieses knisternde Flimmern, das von ihm auf mich überging, mich schier versengte, obwohl es kühl war und meinen Puls zum Rasen brachte. Ich konnte die Macht des Tieres in ihm erkennen, spürte, wie es lauerte. Wenn es angriff, würde es mich in eine triebgesteuerte Welt der Lust und Leidenschaft mitreißen. Ich zitterte förmlich vor Erwartung und presste meine Brust gegen seine, um ihn unauffällig zum Weitermachen zu bewegen.

Gleich würde er über mich herfallen, aber nicht, um mich zu fressen. Seine Selbstbeherrschung hatte nun ein Ende und seine plötzliche aufwallende Leidenschaft und die immer weiter anschwellende Energie raubte mir den Atem. Ich ertrank in ihr und das mehr als gern.

Mit einem kehligen Stöhnen, von dem sich die Muskeln in meinem Bauch zusammenzogen, griff er plötzlich von hinten fest in meine Haare und zog meinen Kopf zurück. Ich erschrak und wimmerte. Doch gleichzeitig wollte ich es, alles, was er gleich mit mir tun würde! Mein Körper lechzte nach ihm, auch wenn ich etwas Angst verspürte, da ich so etwas Intensives noch nie empfunden hatte. Allerdings kam mir nicht in den Sinn, mich zu wehren. Das konnte und wollte ich nicht.

Ein übermenschlich lautes Knacken und ein tiefes Grölen rissen mich aus dem Bann. Wir schreckten auseinander und ich sah mit geweiteten Augen einen haushohen, übergewichtigen Zyklopen vor uns stehen, der uns mit einem zornigen Auge anvisierte. Er hielt mühelos einen kleinen Felsen in der Hand und schmiss diesen kurzerhand nach uns!

Ich wäre niemals schnell genug auf die Beine gekommen. Sie waren dafür zu weich. Doch Ice packte mich mühelos und sprang blitzschnell auf, fast bis ans andere Ende der Hütte. Der Felsen krachte auf die Stelle, wo wir gesessen hatten und begrub den Pan unter sich. Zum Glück bekam er davon nichts mehr mit.

Der Zyklop grölte erneut – mehr als nur böse. Ich fragte mich, was nur mit ihm los war. Hühnerauge oder was? Normalerweise waren Zyklopen recht friedfertig und nicht ohne Grund so rasend. Er trat in das offene Haus, visierte uns weiter zornig an und wollte sich auf uns stürzen.

Ice durchschaute ihn rechtzeitig und warf mich kurzerhand durchs Fenster.

Ich landete im nassen Gras, rollte mich ab und fluchte ... Er hatte mich unter einen heilen Berdbeerbaum geschmissen, sodass der Zyklop mich nicht mehr sah. Dafür brüllte der jetzt erneut, aber anscheinend vor Schmerzen. Vorsichtig krabbelte ich an der Mauer entlang wieder in Richtung des Hauses, sodass ich unentdeckt blieb, und spähte durch die offene Tür.

Ice hatte sich in Wolfsgestalt in dem Unterschenkel des Zyklopen verbissen ... Zwar war er in dieser Gestalt groß, aber bei Weitem nicht groß genug, um so einen Riesen dauerhaft in Schach zu halten.

Der Zyklop schlug wütend um sich. Eine Wand stürzte ein, während er versuchte, den weißen Wolf zu erwischen. Doch er war zu ungelenk, schwerfällig und fett. Ich überlegte fieberhaft, wie ich weiterhelfen konnte ... da fiel mein Blick auf die Feuerstelle. Um dorthin zu gelangen, musste ich allerdings mitten durch das Schlachtfeld.

Ein schrilles Jaulen lenkte meine Aufmerksamkeit wieder auf den Kampf und ich sah gerade noch, wie Ice an einer Wand hinabrutschte und dort reglos liegenblieb. Mein Herz setzte ein paar Schläge aus. Der Zyklop – verwundert, dass er den Wolf jetzt doch abgeschüttelt hatte – ging zwei schwerfällige Schritte auf ihn zu. Der Boden unter mir erzitterte, sogar die Balken verbogen sich.

Hinter seinem Rücken stürmte ich los, direkt auf das Feuer zu. Im Vorbeilaufen schnappte ich mir ein abgebrochenes Tischbein, das ziemlich schwer war. Damit hatte ich zwar nicht gerechnet, aber ich schaffte es, das Teil hochzuheben und hielt es schwankend in die heiße Glut. Es war trocken und fing schnell Feuer.

Der Zyklop war abgelenkt. Er tippte den reglosen Wolf mit einem fleischigen Zeh an … *›Bitte lass ihn nicht tot sein!‹*, betete ich schnell und schlich mich von hinten heran. Der Riese mit dem einen Auge ging vor Ice in die Hocke. Somit kam ich perfekt an seinen Lendenschutz heran, hielt meine selbst gemachte Fackel mit aller Kraft hoch und zündete den Stoff an. Der Zyklop merkte davon anfangs nichts. Im selben Moment erwachte Ice von den Toten und sprang dem Riesen an die Kehle.

Aha.

Er hatte sich nur tot gestellt, damit sich der Zyklop zu ihm runterbeugte und er ihm problemlos an die Kehle konnte. Schlauer Wolf, dummer Mensch.

Ich hatte nicht damit gerechnet, dass er das tun würde und so war ich nun also genau an der falschen Stelle, als der Fleischklops zurücktaumelte und dabei gurgelte. Grellrotes Blut lief ihm über die Brust und tropfte als gewaltiger Schwall auf den Boden. Ice ließ nicht los, auch als der Riese sich wieder aufrichtete. Knurrend riss Ice mit seinem enormen Gebiss ein schönes Stück aus dem dicken Hals, stützte sich ab … und sprang leichtfüßig auf den Boden, wo er das blutige Zyklopensteak auf die Dielen spuckte.

Währenddessen duckte ich mich unter einem taumelnden Fuß weg und stolperte, sodass ich seitlich auf dem Untergrund landete, mitten in der Glut.

Aua!

Ich war viel zu benommen, um dem anderen Fuß auszuweichen. Einige Sekunden schwebte er über mir. Kurz darauf nahm ich an, mein letztes Stündlein hätte geschlagen, denn es fühlte sich alles andere als gut an, von so einem Koloss zerquetscht zu werden, auch wenn es nur den Unterkörper betraf. Es reichte, um vor Schmerzen ohnmächtig zu werden, während mein greller Schrei in meinen Ohren widerhallte.

6.

Die Dunkelheit verfolgte mich. Ich lief wieder durch den Nebelwald, während Schweiß an meinem Körper hinabströmte. Zumindest dachte ich das. Doch bei genauerem Hinsehen sog sich etwas anderes in meine Kleidung und bedeckte den Großteil meiner Haut. Blut! Erst jetzt nahm ich die Schmerzen in meinen Beinen wahr, aber ich rannte weiter. Da ich mein Tempo nicht drosselte, im Gegenteil, es sogar noch beschleunigte, kam die Dunkelheit leise rauschend näher. Ihre Hitze versengte mich von hinten und ich schrie vor Qual auf. Meine Beine konnten mich nicht mehr tragen … sie knickten einfach unter mir weg, und ich war zu keinem klaren Gedanken mehr fähig. Ich wusste nur noch, dass ich um mein Leben schrie wie niemals zuvor, als mich schließlich die Schwärze verschlang.

»Pssst, Seraphina, es wird alles gut.« Eine weibliche, verschwommene Stimme. Sanfte Hände, die mir mit etwas Kühlem über die Stirn wischten.

Muskulöse Arme trugen mich, aber ich war nicht in der Lage, meine Umgebung zu erkennen. Ich wünschte, sie hätte mich nicht geweckt, denn sofort waren die Schmerzen wieder präsent und mir deshalb speiübel. Trotzdem versuchte ich meinen Blick zu fokussieren und sah geradewegs in die schönsten tiefgrünen Katzenaugen, die ich jemals zu Gesicht bekommen hatte.

»Schlaf jetzt, meine Kleine. Wir sind bald daheim.« Und als hätte ihre Stimme Macht über mich, verabschiedete sich mein Bewusstsein wieder ins Nirvana.

Es war erleichternd … auch wenn ich mich nun trotz Hitze in der Dunkelheit befand.

Ganz allein.

Da ich nicht aufstehen konnte, zog ich mich auf den Armen über den Boden. Da war aber nichts, wo ich mich hinziehen konnte. Hinter mir schlängelte sich eine strahlend rote Spur aus Blut durch die Finsternis. Das war alles, was ich sah. Mein Atem war das Einzige, was ich hörte; mein Körper alles, was ich fühlte. War das mein Ende? War ich tot? Vermutlich. Zumindest schwebte ich in einer Art Zwischenwelt.

Verlassen.

Ich rief nach Ice, doch er antwortete nicht und kam auch nicht, um mich zu retten – ließ mich stattdessen im Stich. Enttäuschung machte sich in mir breit. Wieso hatte ich ihm nur vertraut? Wahrscheinlich war ich einfach ein Opfer meiner Hormone geworden.

Kraftlos verharrte ich an Ort und Stelle, sank hinab und legte meinen Kopf auf den ebenen Untergrund, der im Grunde gar nicht da war. Ich bewegte mich nicht mehr, stattdessen starrte ich einfach in die Schwärze und wartete. Auf was auch immer.

Mir wurde kalt. Der Atem, der aus meinem Mund kam, dampfte.

Die Hoffnung war weg. Mein Opa war tot. Der Pan tot. Ich war wahrscheinlich auch tot. Und das sollte es jetzt gewesen sein? Ich hatte noch nicht mal richtig gelebt! Ich hatte noch nicht mal geliebt! Hatte es nicht geschafft, von Ice' verführerischen Lippen zu kosten, oder mich dem Panther hinzugeben, wie ich es vom ersten Moment an tief in mir gewollt hatte, auch wenn ich es jetzt erst wagte, mir einzugestehen.

Da schimmerte plötzlich etwas Orange in der undurchdringlichen Düsternis … Ich hob meinen Kopf und starrte in die Richtung. Es wurde immer heller, bis über einem imaginären Horizont ein rundes Stück von der orange-gelb glühenden Sonne aufging. Sie glich der Augenfarbe des Panthers.

Ihre Strahlen krochen verheißungsvoll auf mich zu und boten mir Wärme. Aber zu was für einem Preis? Ich wich vor ihnen zurück. Das Bedürfnis wegzulaufen, war riesig, aber meine Beine gehorchten mir nach wie vor nicht. War es der Schmerz, der sie lähmte? Aber die Sonne ging sehr langsam auf, so hatte ich eine Chance – wenn auch eine geringe. Licht kämpfte mit der Dunkelheit, doch ich hatte Angst vor den Strahlen der Sonne. Obwohl sie mich im ersten Moment wärmen würden, wollte ich ihnen ausweichen, denn sie würden mich mit Sicherheit versengen.

Doch plötzlich war da mitten im Nichts eine Wand, an die ich stieß. Ich konnte nicht mehr zurück und der erste Schein berührte heiß meine Füße. Er kroch an meinem Körper hinauf, während die Sonne fast komplett aufgegangen war.

Die Wärme breitete sich in mir aus, hüllte mich ein wie eine flauschige Wolldecke, die sich um meine inneren Organe schmiegte, und ich sah fasziniert, wie meine Haut zu leuchten begann, wie meine Beine von der kribbelnden Wärme geheilt wurden und die Schmerzen verebbten. Ich brannte eisblau, stöhnte erleichtert und ließ meinen Kopf nach hinten fallen. Es tat gut, als der Schmerz nachließ. So unendlich gut.

»Seraphina …« Ice' Stimme flüsterte mir zu … leise, eindringlich und ich lächelte. *Ja, hier bin ich* … wollte ich sagen, aber meine Kehle war zu trocken. Mittlerweile war ich komplett in das Licht getaucht. Mir ging es wunderbar, ich fühlte mich schwerelos. Alles war warm, außen sowie innen, denn Ice war da. Er hatte mich nicht im Stich gelassen.

»Komm zu mir, mach die Augen auf.« Ich tat es, weil ich ihm vertraute. Und war verwirrt, weil die Sonne und der dunkle unendliche Raum verschwanden, und ich stattdessen in Ice' Augen blickte.

Erleichtert seufzte er, sobald ich ihn verwirrt anblinzelte, und setzte sich auf der weichen Unterlage zurück, auf der ich lag. Er hielt meine Hand in seiner und ich beließ es erst mal dabei, während ich mich umsah, und dabei Konturen zu erkennen versuchte.

»Sie ist geheilt, doch ich habe nicht viel dazu beigetragen …« Das war eine krächzende, kultivierte Stimme rechts von mir.

Verwirrt blickte ich jetzt in das Gesicht eines riesengroßen Hundes mit Schlappohren, der jedoch kein Fell, sondern rotes prachtvolles Gefieder besaß. Sein Körper war der eines Vogels, und ich erkannte in ihm einen Simurgh, ein Wesen, das Magie und die Heilkunst beherrschte.

Anscheinend hatte er meinen Unterkörper wieder gerichtet. Aber wie kam er hier her oder besser gesagt, wie kam ich zu ihm und wo war ich überhaupt? Diese vogelhundähnlichen Wesen waren sehr selten und lebten meist abgeschieden.

Ich schaute mich weiter in dem Raum um, in dem ich mich befand. Zumindest war ich mir sicher, dass es ein Raum war. Trotzdem wirkte es, als wäre ich im Wald, wenn ich die Wände betrachtete. Es roch sogar nach Wald und fühlte sich so an. Dennoch wusste ich, dass ich nicht einfach aufstehen und die Bäume berühren konnte, weil dort in Wirklichkeit keine waren. Erstaunt versuchte ich, mehr um mich herum zu erfassen.

Ich lag in einem großen viereckigen Ding auf vier Stelzen, es war weich und warm, weil Decken unter und über mir ausgebreitet waren.

Einige besorgte Augen blickten auf mich herab. Darunter auch die smaragdgrünen Katzenaugen, die ich während meiner Trance gesehen hatte. Zu diesen leicht schiefen Seelentoren auch noch blasse porenreine Haut, ein Muttermal auf dem hohen Wangenknochen, hellrosa sinnliche Lippen und flammend rote lange Haare zu haben, grenzte an Sünde. Nicht nur ihre wachsamen Augen waren wunderschön und verführerisch, sondern auch der Rest ihres komplett unbekleideten Körpers.

Normalerweise war das untypisch für mich, aber sie musste ich einfach mit offenem Mund anstarren. Von oben bis unten. Jede Rundung war genau da, wo sie sein sollte – sie war perfekt. So rot wie ihr Haar wurde ich, als ich bemerkte, dass es offensichtlich echt war, denn es besaß nicht nur auf dem Kopf diese außergewöhnliche Farbe. Ihr Kichern riss mich aus meiner Beobachtung und machte das Ganze noch peinlicher. Sie hatte meine Glotzerei anscheinend mitbekommen.

»T… Tut mir leid …«, nuschelte ich. Gott, ich hatte noch nie jemanden so dämlich angestarrt wie sie. Sie ließ sich anmutig ans Fußende meines Bettes gleiten und tätschelte mit filigraner Hand und langen Fingernägeln mein Bein. Zum Glück war es verheilt, sonst hätte ich jetzt vor Schmerzen geschrien.

»Aber das macht doch nichts, Menschenmädchen. Ich bin Lava und ich mag dich.« Ach okay … gut zu wissen. Offensichtlich benannten sich alle Gestaltwandler nach ihren körperlichen Merkmalen. Ihre Haare sahen wirklich aus wie seidenes Feuer und flossen bis zu ihren ausgeprägten Hüften hinab, hüllten ihren zierlichen Rücken ein wie ein Mantel und fielen über hoch angesetzte Traumbrüste.

»Gebt den anderen Bescheid, dass sie wach ist und dass wir gleich runterkommen werden!«, befahl Ice.

Damit war wohl der mürrisch dreinblickende Mann mit Glatze gemeint, der in der Ecke stand. Der kam dem Befehl unverzüglich nach und verließ, vor sich hin grummelnd, das Waldzimmer. War es jetzt Wald oder Zimmer? Wenn er sagt »nach unten kommen«, meinte er dann, wir müssten Treppen hinabsteigen, wie in einem Haus, oder befanden wir uns gar in einer Baumkrone und mussten den Stamm hinunterklettern? Es irritierte mich und ich wollte später wirklich die Wände anfassen, um zu testen, wie sie sich anfühlten. Dass man hindurchgehen konnte, glaubte ich nicht. Es war die perfekte Täuschung. In einer Welt voller Wunder und Magie aber nicht ungewöhnlich.

Neben dem Ding, das anscheinend ein Bett war, so wie es Opa mir beschrieben hatte, befanden sich zwei kleine Schränkchen und in einer Ecke stand auf einer blank polierten dunklen Kommode eine Waschschüssel. Außerdem gab es mitten in diesem Waldzimmer zwei viereckige normale weiße Türen. Durch die eine war der Glatzkopf gerade entschwunden, was meine Theorie bestätigte. Ich blickte zu Ice, der leise und still am Bettrand saß und mich betrachtete.

»Wo bin ich hier?«, flüsterte ich. Aus irgendeinem Grund wusste ich, dass sie mich trotzdem hörte. Sie strich mit ihren langen Krallen über die Decke an meinen Beinen entlang, als würde mich das irgendwie beruhigen. Mir war klar, dass sie es nett meinte und mich lediglich fasziniert musterte, also versuchte ich ihre Berührungen zu ignorieren, ohne sie anzumotzen.

»Du bist bei uns zu Hause, bei unserem Meister.« Ice' Kiefermuskeln hätten Stein malmen können.

»Hier lebt ihr?« Ich hätte gedacht, sie würden unter freiem Himmel hausen, wie die Bestien, welche die meisten von ihnen auch waren.

Lava lachte und mein Bauch vibrierte. Ich wusste nicht, was sie so lustig fand, aber sie klärte mich mit ihrer glockenklaren Stimme auf, die eine Gänsehaut bei mir auslöste. »Du bist witzig … wir leben doch nicht alle in einem Zimmer. Es gibt noch mehr davon.« Das hatte ich ja angenommen, aber ich wollte sie nicht beleidigen … auch wenn sie mich anscheinend für absolut dämlich hielt.

Ungehalten runzelte Ice die Stirn, sagte aber nichts zu ihr. »Wir befinden uns in einer Art Festung. Jeder Raum ist anders. Hier leben sehr viele von uns zusammen und nach unseren Regeln, also solltest du auf dich aufpassen und lernen, diese Regeln zu befolgen.« Toll … Wie gut, dass er ganz genau wusste, was ich von den meisten Gestaltwandlern und ihren Unterwürfigkeitsregeln hielt!

»Wieso hast du mich hergebracht?«, fragte ich und es klang mehr als vorwurfsvoll. Leicht verlegen zog er seine Hand aus meiner zurück, um sich durch die Haare zu streichen. Nicht nur eine Strähne hatte sich mittlerweile aus dem Band gelöst.

»*Er* hat es befohlen.«

»Und du bist gesprungen. So wie du dich verhältst, nicht zum ersten Mal«, erwiderte ich trocken. Ice schaute mich zuerst leicht hilflos an, dann verengten sich seine Augen jedoch. »Der Meister steht noch höher als mein Rudelführer. Er ist der Anführer *aller* Gestaltwandler. Keiner darf sich ihm verweigern. Niemals! Unter keinen Umständen.«

»Wieso nicht?«

Lava lachte wieder. »Oh, sie ist wirklich süß!«, mischte sie sich ein und beugte sich hinab, um mit ihrer Wange über meine zu streichen und ihr Gesicht in meinen Haaren zu vergraben. »Und sie riecht so gut. Ich kann gar nicht genug davon bekommen.« Bei ihrer seligen Rumschnüffelei gab sie ein schnurrendes Geräusch von sich, das mich irritierte. Ihre Brust berührte außerdem meine, und ich war froh, unter einer Decke zu liegen.

»Ice.« Ich schaute ihn an und er verdrehte tatsächlich die Augen.

»Lava.«

»Was?«, nuschelte sie lächelnd in meine Haare.

Er nahm sie einfach bei der Schulter und schob sie ein Stück zurück. Verärgert runzelte sie die Stirn.

»Was ist denn?«, fauchte sie, fast wie eine Wildkatze. Ihre blitzenden Augen zeigten sehr deutlich, wie gefährlich sie wirklich werden konnte.

»Versuche wenigstens, dich ein wenig zu beherrschen«, forderte er freundlich und hielt sie immer noch an der Schulter zurück. Es gefiel mir nicht, wie vertraut er ihre nackte, makellose Haut berührte, aber ich wollte mir nichts anmerken lassen.

»Was soll ich hier?« Zum Glück zog er aufgrund meiner Frage seine Hand zurück und strich sich erneut durch die Haare.

»Er will dich«, informierte sie mich schulterzuckend. »Und ich kann auch wirklich verstehen, wieso. Du bist köstlich … Egal, ob es deinen Geruch oder dein Wesen betrifft.« Sie nahm jetzt wenigstens nur meine Hand und schnüffelte an meinem Unterarm bis zu meiner Beuge hinauf, rieb ihre glatte Wange an meiner Haut und schmuste mit mir wie eine übergroße Katze. Ja, sie mochte mich wirklich … Ich fand es etwas verrückt, aber süß verrückt.

»*Wer* will mich?« Einen Moment dachte ich an Ice, aber da dieser mehr als übel gelaunt wirkte, verwarf ich den Gedanken.

»Na, unser Meister. Und was er will, bekommt er auch.« Er knurrte es fast und ich schauderte. Lava glitt inzwischen weiter hinauf bis zu meiner Schulter. Ich kicherte leise, als mich ihre Haare im Gesicht kitzelten, auch wenn es wohl leicht hysterisch klang. Der Meister wollte mich … Wieso gefiel mir das überhaupt gar nicht? Da ich nicht gerade der unterwürfige Typ war, konnte das ja noch witzig werden.

»Ach schön …« Die Ironie war meiner Stimme deutlich anzuhören. »Und was hat er dann mit mir vor, wenn er mich hat?«, fragte ich und wirkte dabei genauso verbissen wie Ice. Lava machte inzwischen seelenruhig mit ihrer Rumreiberei weiter, worauf meine Decke runterrutschte.

»Oh mein Gott!« Erst jetzt merkte ich, dass ich darunter nackt war, und zerrte sie so schnell über meinen entblößten Körper, dass Lava erschrocken vor mir zurückwich. »Hast du mich ausgezogen?«, brüllte ich Ice an. Er wusste gar nicht, wie ihm geschah, und sah mich mit großen Augen an, während ich ihn mit hochrotem Kopf anschrie. Lava amüsierte sich inzwischen köstlich. »Hast du mich nackt gesehen, Ice?«, bohrte ich weiter. Er schüttelte panisch den Kopf, aber nicht um zu verneinen, sondern um seiner Verwirrung Ausdruck zu geben. Wahrscheinlich war ihm absolut nicht klar, wieso ich mich so aufregte.

»Hat er mich nackt gesehen?«, wandte ich mich jetzt unwirsch an die kichernde, entzückte Schmusekatze.

»Was heißt nackt?«, fragte sie und versuchte sich, um meinetwillen zu beherrschen, indem sie sich dafür mit geraden weißen Zähnen auf die Unterlippe biss. »Es heißt ohne Kleidung!«, erklärte ich ungeduldig.

»Kleidung?« Sie schien noch konfuser und ich seufzte schwer, während ich die Augen schloss, mir in den Nasenrücken kniff und langsam bis zehn zählte … Das Zählen war Opas Beruhigungstrick.

Oder man massiert sich die Ohrläppchen und sagt »Wooooooozaaaaaa«. Mit diesen Gestaltwandlern war es manchmal wirklich nicht leicht, also hatte ich ein wenig Beruhigung dringend nötig.

»Du meinst, ob ich das hier gesehen habe?«, erkundigte er sich jetzt fast schon amüsiert und ich war über alle Maßen schockiert, weil er auch noch die Decke anhob.

Mit einem wütenden Schrei packte ich den Stoff und presste ihn an meinen Körper. Mit der anderen Hand schlug ich nach seinen Fingern wie nach einer lästigen Fliege, was ihn zum Glucksen, mich zum Schmelzen und Lava dazu brachte, sich vor Lachen auf den Boden zu legen und dort auf dem Rücken herumzukullern wie ein rolliges, belustigtes Kätzchen.

Sie waren wirklich unmöglich!

Während ich beschämt *und* sauer war, amüsierten sie sich prächtig über mich. Toll … ich war ja wirklich froh, hier den Clown für die Tiere spielen zu dürfen. So hatten wenigstens sie ihren Spaß.

Mit vorgeschobenen Lippen verschränkte ich die Arme vor der Brust und weigerte mich, einen der beiden anzusehen. Sie gingen mir gewaltig auf die Eierstöcke!

»Bist du jetzt wütend auf mich?«, fragte er mich immer noch belustigt, doch ich sah ihn nicht an, sondern ignorierte ihn stattdessen. Im Augenwinkel bemerkte ich jedoch, dass er mir langsam näherkam. Und als er mit seinen Lippen unauffällig die Stelle unter meinem Ohr berührte, erschauderte ich. »Ich könnte dich dazu bringen, die Wut auf mich zu vergessen, oder aber sie rauszulassen, und zwar so, dass es uns beiden gefällt.« Gänsehaut kroch meinen Rücken hinab, als er mir heiser ins Ohr flüsterte.

»Oh ja, das kann er sogar sehr gut …«, wisperte plötzlich die belustigte Lava in mein anderes Ohr und zerstörte damit sein Netz der Verführung, worüber ich froh war.

Ich musste kichern und sie wichen vor mir zurück. Ice war eindeutig genervt und verschränkte die Arme vor der breiten Brust.

Gerade wollte er etwas zu Lava sagen, was sicher nicht nett war. Aber die legte sich einfach mal so mir nichts dir nichts neben mich aufs Bett und ihren Kopf auf meine Brust. Da ging plötzlich die Tür auf und ein Chor weiblicher Stimmen schrie wie wild, heulte schon fast wie Wölfe.

Wie ein Wirbelwind schossen zwei Frauen ins Zimmer. Perfekt geformt, eindeutig Gestaltwandler, und dass sie nackt waren, verstand sich schon fast von selbst.

Sie blieben einen Moment stehen und starrten Ice an. Der lächelte aufreizend, einladend, angeberisch … WAS?

Mit wiegenden Hüften und geschmeidigen Schritten kamen sie zu ihm – ohne zu schreien. Eine von ihnen war dunkelhäutig mit passenden lockigen, schulterlangen Haaren. Die der anderen waren blond und ergossen sich über ihre milchfarbene Haut bis zu ihrer Hüfte. Verführerisch lächelnd glitten sie auf ihn zu, dabei strichen ihre langen Finger verheißungsvoll über ihre Brüste, ihren Bauch, zwischen ihre Beine.

Mein Mund klappte schockiert auf.

Sein Grinsen wurde breiter, sodass man die Spitzen seiner Zähne sehen konnte. Sie sanken vor ihm auf die Knie, während er locker breitbeinig mit aufgestützten Armen auf dem Bett saß. Meine Augen weiteten sich, als sie ihre Wangen an seine nackten Unterschenkel legten und dann mit ihren Gesichtern nach oben strichen. Eine links, eine rechts. Wie verschmuste Katzen rieben sie sich an ihm und schauten ihm dabei ergeben in die Augen.

Ich sah, wie sich seine perfekten Bauchmuskeln anspannten, die Hände folgten ihren Mündern … Sie ehrten seine Haut, küssten sie, bissen leicht hinein und leckten sie dann unterwürfig ab. Mir wurde schlecht, als ich bemerkte, wie sein Körper unter dem Stück Stoff reagierte und gleichzeitig wurde hinter meinen Augen alles rot und ich ballte die Hände zu Fäusten.

Anscheinend gehörte das hier aber zum regulären Begrüßungsritual, und da sie keine Scham empfanden, machten sie hier einfach so auf meinem Bett weiter und zeigten ihm, wie sehr sie sich freuten, dass er wieder da war. Lava an meiner Seite spielte währenddessen leise schnurrend und gedankenverloren mit einer Locke meiner Haare, als wäre so ein Verhalten für sie auch normal und als würde es sie nicht weiter interessieren.

Sie waren an seinem Unterleib angekommen … Die Blonde lächelte verschwörerisch zu ihm hoch und ich sah ihre spitzen Eckzähne, als sie über seinen Schritt strich. Stöhnend ließ er den Kopf nach hinten fallen, als sie ihn berührte. Die Sehnen an seinem Hals traten hervor, als die andere sich mit ihrem Mund dazu gesellte und sich an der Härte unter dem Stoff entlangküsste. Die dunkelhäutige Schönheit löste ihre Lippen von seinem Unterkörper und glitt weiter über seine Bauchmuskeln nach oben … lutschte an seinen harten, dunklen Brustwarzen, biss leicht hinein, bis er keuchte, und kletterte schließlich einfach so breitbeinig auf seinen Schoß – nackt! Ice begann schneller zu atmen, als sie mit runden fließenden Bewegungen ihren Unterleib an ihm rieb. Zum Glück war noch der improvisierte Lendenschutz dazwischen.

Er beugte den Kopf zurück und sofort nahm sie seine Lippen in Beschlag, hielt sein Gesicht in beiden Händen, schob ihre Zunge tief in seinen Mund und versuchte ihn schier aufzufressen. Er stöhnte erneut, als die Blonde ihn zwischen den Beinen verwöhnte, indem sie wohl den Stoff wegschob und ihn massierte.

Oh mein Gott! Ich war völlig perplex, fühlte mich überfordert, peinlich berührt und wollte das nicht mit ansehen! Hatten diese Gestaltwandler denn überhaupt keinen Anstand?

»Nein!«, schrie ich auf und alle drei stoppten sofort. Er löste seine Lippen von der Schwarzhaarigen und blickte mich benebelt an. Sein Atem kam stoßweise, weil die Blonde weiterhin ihre Hand zwischen seinen Beinen hatte.

Ich hielt mir, ohne es zu bemerken, beide Hände vors glühend heiße Gesicht und schüttelte einfach nur den Kopf hin und her.

Vorsichtig linste ich dabei zwischen meinen Fingern hervor. Was sollte ich jetzt nur sagen?

»Was ist?«, fragte er mich leise, aber vor allem erregt ... er konnte sich kaum beherrschen, doch wenigstens hielt er nach wie vor inne. Sein Blick war immer noch vor Lust verschleiert, aber er packte die Hand der Blonden, als sie einfach weitermachte, und stoppte sie. Die Schwarze sah mich mit zusammengezogenen Augenbrauen und gefletschten Zähnen an. Die Unterbrechung gefiel ihr gar nicht!

»Bitte, kannst du ... aufhören?« Ich schluckte und spürte, wie auch Lava erstarrte. Immer noch hatte ich die Hände vor dem Gesicht, als würden sie einen Schutz darstellen zwischen mir und dem, was da gerade fast direkt neben mir geschehen wäre.

»Wieso? Willst du etwa mitmachen?«, fragte er auch noch, ohne mit der Wimper zu zucken. Konnte es eigentlich noch peinlicher werden?

Erneut schüttelte ich eilig den Kopf, wusste nicht mehr, was ich sagen wollte, und der Drang, schon wieder zu heulen, wurde übermächtig. Ich hatte gedacht, er wäre anders als die anderen Gestaltwandler und nicht bloß ein Tier in Menschengestalt, gesteuert von Trieben. Ich hatte gedacht, er würde vielleicht etwas für mich empfinden, nur für mich, und nicht für anscheinend alle ›Weibchen‹ aus seinem Rudel. Ich hatte gedacht, er wäre menschlicher, aber offensichtlich hatte ich mich getäuscht.

Lava kam mir jetzt endlich zur Hilfe und richtete sich auf. Sie schlug ihm in einer für mich überraschenden Geste auf den Hinterkopf und er zuckte zusammen.

»Sie hat sich noch nie gepaart, du Idiot!«, rief sie aus. Seine Augen wurden groß, größer am größten und fielen spontan aus ihren Höhlen. *Plop*, na gut ... so stellte ich es mir zumindest vor.

»Du meinst, keiner hat sie jemals bestiegen?«, fragte er sie empört und ich konnte nicht anders, als hysterisch zu lachen. Gott, das war ja so verrückt! Und ja, es ging anscheinend peinlicher ...

Irgendwann würde ich mit Sicherheit vor Scham im Boden versinken.

»Du riechst ihre Erregung, aber *das* erkennst du nicht, du Held? Tja, du bist eben ein Männchen und nimmst nur das wahr, was dir gefällt. Aber ich als Weibchen fühle ihre Unschuld. Und auch ganz andere Dinge …« Er starrte mich an, als würde er mich zum ersten Mal in seinem Leben sehen.

»Ist das wahr?« Ich konnte nicht antworten. Die Schwarzhaarige zuckte mit den Schultern und wollte sich wieder auf Ice stürzen, um ihn mit den Lippen weiter zu verschlingen, da knurrte Lava plötzlich neben mir. Währenddessen packte er die Haare der Frau, die ihn besteigen wollte, und hielt sie auf Abstand, schaute mich dabei aber immer noch mit diesem komischen Blick an.

»Runter. Von. Ihm!« Lava klang tödlich und ich hätte ihr fast applaudiert. Denn sie sagte das, was ich mich niemals getraut hätte, was aber eigentlich genau das war, was ich wollte. »Er wird euch später begrüßen. Geht jetzt!« Es war ein eindeutiger Befehl. Sie sahen Ice fragend an, doch als er knapp nickte, gehorchten sie aufs Wort. Mit bildlich eingezogenem Schwanz und hängenden Schultern lösten sie sich von ihm und verschwanden enttäuscht.

Ich wagte immer noch nicht, meine Hände zu senken, wollte mich dieser unangenehmen Szene nicht stellen und ihm geradewegs in die Augen blicken.

»Was ist denn jetzt noch mit dir?« Als seine Finger mich berührten und die Hände wegziehen wollten, wich ich zurück und schüttelte erneut den Kopf. Zu etwas anderem war ich nicht mehr fähig. »Was ist mit ihr?« Jetzt wandte er sich wieder schon fast verzweifelt an Lava – die Menschenversteherin.

»Ich fühle bei ihr so etwas wie … Mordlust …«

»Mordlust?«, fragten Ice und ich gleichzeitig. Jetzt senkte ich die Hände. Sie grinste und zuckte mit ihren feinen Schultern. »Anders kann ich es nicht nennen. Aber ich lag neben dir, während sie ihn begrüßt haben. Ich habe gefühlt, was du gefühlt hast. Du hättest sie gerne umgebracht und ihn auch.« Scheiße, zum Glück kannten sie das Wort Eifersucht nicht.

»War das so? Du wolltest mich töten?«, raunte er glucksend. Ich konnte ihn einfach nicht mehr ansehen und wusste auch nach wie vor nicht, was ich sagen sollte. Mein Herz schlug zu schnell, ich hatte Angst, mich in eine dieser Bestien zu verwandeln, die ihn »begrüßen« wollten und genauso über seinen wunderschönen erregenden Körper herzufallen, wenn er mich jetzt berührte.

Diese Show war einfach zu viel und zu nah gewesen. Mein Blut wallte immer noch siedend heiß und sammelte sich in meinem Schoß. Ihn so zu sehen, ihn stöhnen zu hören … das hatte Dinge in mir bewirkt, von denen ich selber nicht wusste, dass mein Körper dazu fähig war. Es machte mir Angst.

»Bitte geh«, hauchte ich.

Verdutzt sah er mich an und öffnete den Mund, um etwas zu sagen.

»Geh dein Rudel begrüßen. Ich will gar nicht wissen, wie viele Weibchen ihr habt …«, murmelte ich und Lava strich mir über die Haare. Sie konnte meinen Zorn und auch meine Verletztheit fühlen.

»Es sind nur acht.«

»Acht.« Ich lachte, dabei war mir nach Weinen zumute.

»Geh jetzt, Ice«, sagte Lava bedächtig, und er stand verwirrt auf, sah mich dabei misstrauisch an und dann fragend zu Lava. »Geh!«, forderte sie noch einmal mit Nachdruck und er ging. Sanft schloss er die Tür hinter sich und ich versuchte weiterhin, nicht zu weinen.

Sie drang nicht weiter in mich, sondern sprach einfach. »Ich kann fühlen, dass er dir viel bedeutet und dass du ihn nur für dich allein haben willst.« Meine Augen wurden groß, denn ich hätte nicht gedacht, dass sie so gut verstanden hatte. Dennoch konnte ich ihr nicht antworten. Was hätte ich auch dazu sagen sollen?

»Seid ihr Menschen alle so besitzergreifend, wenn es um euren Partner geht?«, fragte sie mich belustigt und lenkte mich damit von meiner Fastheulattacke ab.

»Ich denke …«, nuschelte ich einfach nur und zuckte mit den Schultern. Eigentlich wusste ich das ja nicht …

»Er wird dir niemals allein gehören. Er ist an sein Rudel und seine Weibchen gebunden.«

»Ich will ihn doch gar nicht.« Sie sah mich mit hochgezogener, feiner Augenbraue an.

»Willst du damit mich oder dich selbst belügen? Denn ich kann dir gleich sagen, dass es bei mir nicht klappt, meine Kleine.« Frustriert schnaufte ich.

»Kann er auch so gut wahrnehmen, was ich fühle?« Gott, ich hoffte nicht. Sie schüttelte den Kopf.

»Nein, das ist mein persönliches Talent und außerdem bin ich ein Weibchen und du auch. Keine Sorge. Er wird nichts erfahren, solange du das nicht willst, zumindest nichts über deine Gefühle. Deine körperlichen Anzeichen, wie dein Verlangen nach ihm, bekommt er natürlich mit. Ich wundere mich sowieso, dass er dich noch nicht unterworfen hat.«

»Unterworfen?«

»Na, dich markiert, dich zu seiner gemacht, dir gezeigt, dass er der Dominante ist.«

»Mich vergewaltigt, meinst du?«

»Vergewaltigt?« Sie wirkte verwundert und ich schüttelte den Kopf.

»Wahrscheinlich hat er das noch nicht, weil er mich gar nicht will«, entgegnete ich. Sie lachte, warf dabei ihren Kopf zurück, sodass ihre langen Haare über ihren Rücken flossen und ihre Brüste mit den rosa Brustwarzen sich nach vorne drückten.

»Oh, ihr Menschen seid wirklich süß, so naiv und … blind.« Sie tätschelte mir die Wange, was mir nicht gefiel, also nahm ich ihre Hand und zog sie von meinem Gesicht.

»Wieso?«, fragte ich mehr als zickig.

Sie beugte sich zu mir herab. »Ice … hatte noch nie so ein Verlangen nach einem Weibchen wie nach dir. Du musst wirklich etwas Besonderes sein, wenn er sich, trotz der Anziehung, zurückhält und dich nicht ohne dein Einverständnis nimmt.«

Ihr wunderschönes Gesicht war von meinem nur Zentimeter entfernt, während ich sie dämlich anblickte. Er wollte mich, so sehr? Das machte mir Angst, aber gleichzeitig flatterte mein Bauch vor freudiger Aufregung …

»Fürchte dich nicht.« Sie streichelte zart meine Wange. »Er wird dir nicht wehtun.«

Ja toll, dachte ich. *Er wird mir nicht wehtun, zumindest nicht absichtlich.*

Leider waren unsere Welten und Denkweisen aber so verschieden, dass dies auch ohne Probleme ungeplant passieren konnte, zum Beispiel, als ich zusehen musste, wie er sich anderen … Lebewesen hingegeben hatte, obwohl ich nichts dagegen gehabt hätte, an ihrer Stelle zu sein.

Oh nein, wo sollte das nur hinführen?

7.

Nachdem ich mich von dem Schock erholt hatte, soeben fast mit meinen eigenen Augen gesehen zu haben, wie Ice von zwei Wölfinnen in Menschenform auf äußerst liebliche und vor allem anrüchige Weise ›begrüßt‹ wurde, musste ich mich erst mal sammeln. Gründlich.

Lava ließ mir nicht lange Zeit. Sie scheuchte mich förmlich aus dem Bett und knurrte, dass wir uns beeilen mussten, weil ihr Meister es verabscheute zu warten. Als ich mir die Decke an die Brust drückte und auf die Tür zuging, visierte sie mich mit ihren grünfunkelnden Katzenaugen äußerst skeptisch von der Seite an.

»Was?«, erkundigte ich mich eigensinnig und presste den dünnen Stoff noch fester an meine Brust. Niemals würde ich ihn hergeben.

»Wenn ich dich frage, ob du das hier lässt, wirst du nein sagen, richtig?« Ich nickte heftig. »Und wenn ich dich dazu zwinge, wirst du mir böse sein, richtig?« Noch heftigeres Genicke meinerseits. Sie verdrehte die Augen, öffnete aber die Tür. Selber Schuld. Schließlich hatte sie mir gerade erst verkündet, dass sie mein Leinen-Etwas, welches mir eigentlich als Kleidung diente, entsorgt hatten.

Nachdem ich ein paar Mal über die lange weiße Decke stolperte, versuchte ich sie um meine Brust zu schlingen und zu befestigen, aber der Stoff war zu glatt und machte sich selbstständig, sodass ich ihn die ganze Zeit würde festhalten müssen. Großartig!

»Bis zur Treppe nach unten sind es genau zwanzig Schritte. Du musst wissen, wann sie kommt, ansonsten findest du sie nicht«, erzählte Lava, die mit schwingenden Hüften auf langen geraden Beinen vor mir herstolzierte. Verstört schaute ich mich im strahlend weißen Gang um, der keinen Anfang und kein Ende zu haben schien. Man konnte auch keine anderen Türen sehen, außer meiner.

Der Gang endete, wenn man es wusste, nach genau zwanzig Schritten an einer steinernen weißen Wendeltreppe, der wir nach unten folgten. Sie war kalt unter meinen Füßen und ich fragte mich, was uns erwarten würde.

Wer der Meister der Gestaltwandler wohl war? Und wo war Ice abgeblieben? Ob er die Weibchen schon zu Ende begrüßt hatte? Nein, nein, daran wollte ich gar nicht denken! Schnell schüttelte ich den Kopf und kniff kurz die Augen zusammen, um die unliebsamen Bilder zu verdrängen. Prompt stolperte ich gegen Lavas zierlichen Rücken, weil sie einfach vor mir stehengeblieben war.

Offensichtlich hatten wir unser Ziel erreicht.

Wir befanden uns in einer großen Halle ... Höhle ... mit ähnlich verzauberten Wänden wie in meinem Zimmer. Nur konnte man hier an jeder einen orange-strahlenden Sonnenuntergang bewundern. Sogar riechen konnte ich ihn in der frischen Luft, die ich plötzlich fühlte. Er tauchte den großen, aus glänzendem dunklem Stein bestehenden Ort in mystisches orangerotes Licht.

In der Mitte erstreckte sich ein großes Steinviereck in die Höhe, auf dem ein Mensch Platz fand. Es wirkte wie ein Altar, vielleicht um lebende Opfer zu bringen, während um ihn herum Fackeln aus dem Boden ragten. Deren Feuer ließ den Stein in verschiedenen Farben schimmern, fast wie ein Diamant, an dem sich das Licht brach. Von der Opferstätte führten verschieden große Erhebungen wie Treppen nach oben zu ebenfalls mit Fackeln beleuchteten Nischen. Von diesen aus wurden wir aus übermenschlichen Augen akribisch inspiziert. Lava nahm meine Hand, als sie merkte, dass ich mich unwohl fühlte und ich entzog sie ihr nicht, spähte nur vorsichtig an ihrem Rücken vorbei. Die Einlassungen befanden sich in verschiedenen Höhen und waren alle etwa gleich groß. Doch eine davon, die am höchsten liegende, war eine riesige Vertiefung in der Wand. Und mir wurde schon bald klar, warum. Auf einem großen flachen Plateau davorliegend, genau uns gegenüber, war *er*.

»Oh mein Gott!« Meine Augen wurden groß, als sein Blick mich traf, und meine Gliedmaßen versteiften sich einen Moment vor Schreck. Automatisch wich ich einen Schritt zurück und mein Herz fing an zu rasen.

Er grinste gemächlich. Lasziv. Verführerisch.

Es war der Panther. In Menschenform.

Ich hatte ganz vergessen, wie seine Augen strahlten, wie vollkommen sein Körper war, was für eine Wirkung er auf mich ausübte.

»Das ist er … unser Meister«, erklärte Lava ehrfürchtig. Sie starrte ihn verträumt und einem leichten Lächeln auf den sanft rosa Lippen an, während ich noch einen Schritt zurückwich.

»Lass mich raten, wie er heißt.«

Lava schaute mich jetzt fragend an.

»Sun«, sagte ich und versuchte mich nicht von diesen Sonnenuntergangstrahleaugen hypnotisieren zu lassen.

»Woher weißt du das?«, wollte sie wissen und zog mich nach vorne, um mit mir die verschieden großen Stufen hinunterzugehen und in die Mitte der Halle zu gelangen, die am tiefsten lag. Ich sträubte mich, schüttelte immer noch den Kopf, aber sie ließ mir keine Wahl.

»Komm schon. Er wird dich schon nicht beißen, zumindest nicht fest.«

»Toll!« Wieder quoll all die Ironie in meiner Stimme hervor, die ich aufbringen konnte und ich stemmte mich fester gegen ihre Bewegung. Sie wurde langsam ungehalten.

»Seraphina, ich verspreche, dass dir nichts geschehen wird!«

»Nein!« Ich ließ mich einfach auf den Boden fallen, sodass ich auf meinem Hintern landete. Dabei hielt ich natürlich krampfhaft meine Decke umklammert. Doch Lava ließ mich nicht los, presste die Lippen aufeinander und ihre eindrucksvollen Augen funkelten mich so wütend an, dass sich mein Bauch warnend zusammenzog.

Bestimmt schüttelte ich den Kopf, worauf sie seufzte und Hilfe suchend zu ihm aufschaute. Mein Blick folgte ihrem, ich wünschte mir aber gleich darauf, ich hätte es nicht getan. Dann wäre mir diese herablassende Belustigung in seinem Gesicht erspart geblieben. Als würde er mich süß finden oder so etwas Ekliges. Ich war nicht süß! Eine ein Meter fünfundsiebzig große Frau ist nicht süß! Ich wollte es ihm entgegenbrüllen, dabei mit dem Fuß aufstampfen, um meinen Standpunkt zu verdeutlich, und die Arme vor der Brust verschränken. Doch stattdessen tat ich nichts von alledem.

Er ließ meinen Blick nicht los, hob die Hand und winkte mich mit einem langen Finger zu sich heran.

»Komm jetzt.« Lava zog mich fester, so fest, dass ich auf die Beine flog und sie mir klarmachte, was für Kräfte wirklich in ihr steckten.

»Nein!«, rief ich aus und wollte mich wieder auf den Boden sinken lassen, um mich an allem festzukrallen, was sich dafür anbot. Ganz egal wir erniedrigend es werden würde. Aber offensichtlich hatte sie jetzt keine Lust mehr auf meine Mätzchen und warf mich kurzerhand über ihre Schulter, als wäre ich ein Fliegengewicht und hätte nur die Größe eines Gnoms.

»Lass mich runter!«, zischte ich und versuchte den Kopf zu heben.

Sie reagierte nicht, sondern schlenderte einfach mit wiegenden Hüften und fließenden Bewegungen weiter, als würde sie keine ausgewachsene Menschenfrau mit sich herumschleppen. Das war jetzt wirklich entwürdigend!

Doch das war nicht nur peinlich, in erster Linie war ich genervt. Ich hatte ihn verletzt, war vor ihm geflüchtet und doch ging er aus dieser Schlacht als Sieger hervor, denn ich wurde ihm ja geradewegs auf dem Silbertablett serviert. Sun, ja der Name mochte passen, aber ich war mir sicher, dass er die Dunkelheit aus meinen Träumen war, anstatt das Licht, den der Name verhieß. Ebenso stand fest, dass ich ihm immer noch nicht gehören wollte und dass ich eigentlich so schnell laufen sollte, wie es mir möglich war. Da ich hier aber durch die Gegend getragen wurde, schied abhauen schon einmal kategorisch aus.

Wir durchquerten die Halle, an den Fackeln und dem schimmernden Altar vorbei und zu den verschieden großen Stufen, die zu *ihm* nach oben führten. Die Wände wurden stetig dunkler, denn langsam aber sicher, gingen die orangeglühenden Sonnen immer weiter unter.

Erst als ich an ihnen vorbeibaumelte, fiel mir auf, dass hier und da auf ein paar großen Steinen Raubkatzen lagen. Ich sah ein Löwenmännchen mit imposanter Mähne und messerscharfen weißen Zähnen, das träge gähnte, zu unserer Rechten. Über ihm thronten zwei Pumas mit beigem, leicht geflecktem Fell, die steif dasaßen und mich mit ihren gelben Augen starr beobachteten. Bei dem Löwen lag ein Mann mit langen schwarzen Haaren, ausdrucksstarken bernsteinfarbenen Augen und einem genauso prächtigen Körper, wie alle Gestaltwandler ihn zu haben schienen. Und eine Frau mit fast schon orangenen, lockigen, schulterlangen Haaren, hellblauen Augen und sehr vielen Sommersprossen. Mit einer intelligenten Neugier im Blick musterten sie mich. Die Gestaltwandlerin hatte dabei den Kopf an den samtigen Bauch des Löwen gelehnt, als wäre er ein gemütliches Kissen, während der Mann im Schneidersitz neben den beiden saß, sodass seine Haare über eine Seite seiner bleichen Brust flossen, und mich kurz angrinste. Dabei entblößte er seine Reißzähne, weshalb diese an und für sich freundliche Geste alles andere als beruhigend wirkte und ich leicht zusammenzuckte. Ein Lachen wie sanfte Wellen, die über ein Meer dahintrieben, stellte meine Nackenhaare auf und streichelte gleichzeitig mein Inneres. Es war mir bestens bekannt und ich verrenkte mich halb, um an Lava vorbeizusehen und in seine Augen zu blicken.

Geduldig wartend lag er auf der Seite. Auf den Ellenbogen gestützt beobachtete er mich und sein Gesicht zierte ein umwerfendes Lächeln. Dieses eine, das mich in meinen Tagträumen verfolgte. Er war ein Bild für die Götter, das gestand ich mir genau für eine Millisekunde ein, dann flammte wieder der Zorn darüber auf, was ich alles auf mich genommen hatte, um vor ihm zu flüchten, nur um doch wieder bei ihm zu landen.

Hinter ihm erschien eine Frau mit kurzen schwarzen Haaren, die aussahen wie die Stacheln eines Igels. Sie hatte extrem schiefe Augen, die gelb und tierisch wirkten. Besitzergreifend ließ sie ihre Hände über seine Brust gleiten und setzte sich hinter ihm in die Hocke, während sie auf uns warteten. Ihre Lippen verzogen sich zu einem angedeuteten warnenden Knurren, je näher ich kam und demonstrierte damit ihre gefährlichen Reißzähne. Ihre Fingernägel waren sehr lang, lang und dünn. Erst nach ein paar Sekunden ging mir auf, dass sie echte Krallen hatte, mit denen sie Suns glatte Brust kraulte.

Ich wollte da nicht raufgehen oder besser gesagt, raufgeschleppt werden. Ich wollte einfach nicht. Trotzdem ließ ich mich von Lava bis auf eine Steinplatte unter ihm tragen.

Sie stellte mich mit einem Ruck auf meine Beine, wobei sie sich weit nach hinten bog, ohne aus dem Gleichgewicht zu geraten. Sobald ich stand, ballte ich die Hände zu Fäusten und starrte ihn an.

Mehr als selbstzufrieden grinste er und setzte sich plötzlich auf. Ich wäre ja zurückgewichen, aber mir blieb auf dem kleinen Plateau nicht viel Platz, sodass ich ohne Weiteres hinuntergefallen wäre. Also zwang ich mich zu bleiben, wo ich war. Währenddessen schwang er seine Beine über die Kante, setzte seine Füße auf unserer Platte auf, und stemmte locker die Ellbogen auf seine Knie. Zwanghaft ignorierte ich seinen Geschlechtsteile, auch wenn es mir schwerfiel. Am liebsten hätte ich die Hände über die Augen gelegt und zwischen meinen Finger hindurchgelinst, wie ich es bei Ice getan hatte, denn hier gab es zu viel, was ich nicht sehen wollte. Doch das war mir nicht möglich, da ich immer noch meine Decke an mich presste.

Lava ging vor ihm auf die Knie, krabbelte die zwei Schritte zu ihm und fing an, sich schnurrend an seinen Waden zu reiben. Zuerst mit dem Kopf, dann mit dem ganzen Körper. Langsam, sinnlich, was für einen Mann ein phänomenales Bild abgeben musste. Dabei ließ er mich keinen Moment aus den Augen. Sie lächelte friedlich, während sie verführerisch mit dem Gesicht weiter nach oben strich, kleine Kreise mit ihrer Nase malte und an seiner Haut schnüffelte. Unablässig rieb sie sich an ihm, mit dem Kopf, den Brüsten und dem Bauch. Ihre Hände strichen ehrfürchtig an den Seiten seiner muskulösen Beine nach oben. Über die Waden und die Oberschenkel, bis sie aufrecht zwischen seinen Schenkeln kniete und erwartungsvoll zu ihm hochsah, wie ein kleines Mädchen, das es geschafft hatte, zum ersten Mal den eigenen Namen zu schreiben.

»Lava, meine Schöne …«, hauchte er fast schon ehrfürchtig und blickte ihr dabei tief in die Augen. Ich konnte förmlich fühlen, wie sie dahinschmolz. »Wen hast du mir da mitgebracht?« Die Ironie schwang in seiner Stimme mit und sie antwortete lediglich mit einem verschwörerischen Lächeln. Ich hätte es nie für möglich gehalten, aber er nahm ihr Gesicht sanft in seine großen Hände und gab ihr einen zarten respektvollen Kuss auf die Stirn. Darauf schnurrte sie zufrieden und schmiegte sich tief seufzend an ihn. Lässig legte er einen Arm um ihren Rücken und drückte ihr Gesicht seitlich an seine Brust – kraulte ihre langen roten Haare und sah mich triumphierend an. Die Frau in seinen Armen schloss selig die Augen und genoss sichtlich seine Berührungen.

Der schwarzhaarige Igel trat von hinten heran und legte eine Hand auf seine Schulter. *Ihr* Ausdruck war mehr als feindselig, als sie Lava taxierte, die weiterhin von ihm gestreichelt wurde, während sie sich glücklich an ihn presste.

»Und?«, fragte er mich jetzt. Sein Grinsen machte mich schon wieder wütend, denn mir fiel wieder ein, wie er mich bei unserem ersten Treffen für dumm verkauft hatte.

»Was und?«, zischte ich.

»Jetzt bist du doch hier, bei mir.« Er zeigte auf die Halle, die sein war. Die Sonnen waren schon fast ganz untergegangen. Seine Iriden schienen im Halbdunkel das Licht zu reflektieren, wenn er den Kopf etwas drehte. Es wirkte gespenstisch, aber ich ließ mir nichts von meiner Furcht anmerken.

»Mach dir deswegen mal nicht in die Hosen!« Zuerst sah er eine winzige Sekunde lang verwirrt aus, weshalb ich böse schmunzelte. Doch dann sprach er wieder mit dieser Stimme, die einem runterging wie warme Milch mit Honig.

»Es ist wohl Schicksal, dass du mir jetzt doch zu Diensten sein wirst.«

»Du kannst meinen Körper versklaven. Aber meine Seele wirst du niemals besitzen. Wenn du etwas von mir verlangst, dann werde ich es voller Widerwillen tun und ich werde dich bei jeder Gelegenheit wissen lassen, dass du meinen Respekt nicht verdient hast!« *Und außerdem, werde ich so schnell wie möglich versuchen von hier wegzukommen, du Arschkater,* ergänzte ich noch in Gedanken. Lava verspannte sich in seinen Armen und warf mir einen warnenden Blick zu, doch es war mir egal. Sie hatte mich hierher getragen. Ihre Loyalität galt ihm, nicht mir. Sein Lächeln erstarb jedoch auf der Stelle, die Augen begannen, stechend zu funkeln. Sein Mundwinkel verspannte sich ein wenig und der Muskel an seiner leicht stoppligen Wange zuckte. Anscheinend wurde seine Autorität nicht oft in der Öffentlichkeit infrage gestellt.

»Eigentlich muss ich Ice ja danken, dass er dich mit seiner feinen Nase, ganz ohne meinen Befehl, aufgespürt hat, aber leider hat er dabei gegen die Regeln verstoßen ...«, hauchte er langsam und bedacht – wartete auf die geplante Regung, die diese Nachricht wohl in mir auslösen sollte.

Es kam so unvorbereitet, dass sich meine Finger in die Decke verkrallten und ich einen Moment die Kontrolle über meinen Gesichtsausdruck verlor. Ich wusste, dass er meine Angst um Ice sehen konnte. Das war schlecht. Sehr, sehr schlecht! Würde ich ihn jetzt aber auch noch verteidigen, würde er merken, wie tief die Gefühle *wirklich* gingen. Und diese gegen mich verwenden. Diesem Arschkater war wirklich alles zuzutrauen, das wusste ich mittlerweile. Also erwiderte ich völlig gleichmütig seinen Blick und zuckte als Antwort mit den Schultern. So würde er das garantierte Zittern in meiner Stimme nicht bemerken und damit die Lüge nicht erkennen.

Jetzt schien er wieder amüsiert und beugte sich vor.

»Dir macht es also nichts aus, bei seiner Bestrafung, die er deinetwegen erhalten wird, zuzusehen? Hast du kein bisschen Mitgefühl für ihn übrig? Kein schlechtes Gewissen, Menschenmädchen?«

Oh Gott, natürlich hatte ich das! Ich wollte diesem Pseudokater hier über mir am liebsten die Augen auskratzen! Aber wieder gelang es mir, meine Wut über meine Lage und meine Angst um Ice für mich zu behalten und ich wiederholte meine nonverbale Antwort.

»Gut«, bemerkte der Panther in Menschenform betont lang und lehnte sich zurück. Lava wirkte nun alles andere als glücklich und hatte das Schnurren komplett eingestellt. Aus dem Augenwinkel hatte sie das ganze Gespräch konzentriert verfolgt. Kurzerhand glitten ihre Nägel in seinen Nacken und sie umfasste plötzlich mit beiden Händen sein Gesicht – zwang seinen Kopf nach unten, damit ihm keine andere Wahl blieb, als sie anzusehen.

Dies tat er mit warnend hochgezogener Augenbraue, wenn auch geduldig. Sie richtete sich auf und flüsterte etwas in sein Ohr, aber ich konnte sie genauso gut hören wie der Igel, der als Missbilligung in Person hinter den beiden stand.

»Lass mich ihn bestrafen«, hauchte die rothaarige Schönheit mit einem drängenden Tonfall. Es fiel ihm offenkundig schwer, diesen flehenden, wunderschönen Augen etwas abzuschlagen. Aus der Nähe war sein Kampf unverkennbar, bei dem sich die Sekunden anfühlten wie kleine Ewigkeiten. Scheinbar hielten alle Anwesenden in der Halle die Luft an, während sich die beiden ohne Worte unterhielten.

Dann schüttelte er den Kopf.

Schmerzerfüllt verzog Lava das Gesicht, ließ sich aber auf ihre Hacken herabsinken und die zarten Schultern hängen. Eines war klar: Sie wollte Ice schützen, denn ihre Strafe wäre bei Weitem milder ausgefallen als von diesem verflixten Arschkater geplant. Und schon war ich wieder auf ihrer Seite. Verdammt!

»Sie wird es tun.« Sun griff hinter sich und legte seine Hand auf den Rücken der Igelfrau. Diese verzog die Mundwinkel nach oben … langsam und voller Vorfreude, was ihr sonst hübsches Gesicht in eine fiese, bösartige Fratze verwandelte. Dabei sah sie mich an. Und ich wusste, sie liebte es, zu quälen und zu foltern. Ihr sadistisches Lächeln erinnerte mich an Ice' Bruder Ash, den schwarzen Wolf.

»Komm raus, Ice, wo auch immer du biiiist …«, singsangte Sun voller Vorfreude und grinste mich an. Ich drehte mich um, genau in dem Moment, als Ice jenen Gang verließ, aus dem Lava und ich vorher auch gekommen waren. Aufrecht. Mit gestrafften Schultern.

Er hatte sich die Haare frisch zusammengebunden, sodass sein makelloses Gesicht betont wurde – die hohen Wangenknochen, seinen kantigen Kiefer und die unglaublich vollen Lippen. Das dreckige Stück Stoff befand sich noch an seinen Hüften … umschmiegte zärtlich die anschmachtungswürdige Leiste. Er wirkte alles in allem sehr imposant und nahm Sun sofort ins Visier. Eiskalt.

Als mein Bauch sich, allein von seinem Auftreten, zusammenzog und mein Herz anfing zu rasen, versuchte ich es zu verstecken, aber ich konnte Suns eindringliches Starren in meinem Rücken fühlen. Sicherlich hatte er registriert, wie mein Körper auf Ice reagierte …

MIST!

Ice' Blick glitt zu mir und ich konnte etwas in seinen Augen aufblitzen sehen, das mich fast zum Keuchen brachte. Bedauern. Er wünschte sich, er hätte mich nicht hierhergebracht, mich nicht dem Willen seines Meisters ausgeliefert. Er wünschte, er hätte aufbegehrt. Der Gestaltwandler kannte mich besser als jeder andere hier und wusste, was es in mir anrichten würde, sollten sie ihm Leid zufügen, dass es zu viel für mich wäre und ich hier nicht hergehörte, weder in diese Höhle noch in diese Welt.

Wortlos versuchte ich ihm zu vermitteln, dass ich stark genug war.

Doch Ice schüttelte den Kopf und blickte wieder zu Sun. Anscheinend hatte der etwas hinter meinem Rücken getan, denn Ice zog leicht seine Oberlippe zurück und entblößte mit einem leisen eindringlichen Knurren seine Reißzähne.

Suns Antwort darauf bestand aus einem Lachen, mit dem er mich wieder für ein paar Sekunden einlullte. Mit gleitenden Bewegungen, die ich nicht mal in meinen Träumen zustande bringen würde, floss Ice die Treppen herunter.

Der Igel ging an mir vorbei, rempelte mich dabei so fest an, dass ich stolperte und fast von meiner Stufe fiel, doch eine braun gebrannte Hand schlang sich um meinen Oberarm und hielt mich vom Fallen ab. Als ich bemerkte, dass es nicht Lava war, sondern Sun, der plötzlich direkt hinter mir stand, riss ich mich undankbar aus seinem Griff und entfernte mich, von ihm, soweit der Platz es zuließ.

Er verengte ein wenig die Lider und lenkte seine Aufmerksamkeit erhaben auf den Wolf und diese unverschämte Igelfrau, die sich unten vor dem Altar trafen.

Sie lächelte Ice an, strich ihm über die Brust, immer weiter hinab. Doch als sie unter den Stoff greifen wollte, packte er ihren Arm, woraufhin sie den Kopf zurückwarf und so grell lachte, dass es unangenehm von den Wänden widerhallte. Es hatte was von einer hysterischen Hyäne – vielleicht war sie ja eine?

Die Sonnen gingen komplett unter, sodass alles, außer dem Altar, in der Dunkelheit verschwand. Ich war mir sicher, dass jeder andere mich trotzdem haarscharf erkennen konnte, und fühlte mich als schwaches Menschlein wieder mal schutzlos ausgeliefert.

Die Flammen der Fackeln spielten auf Ice' Haut, tanzten über seine angespannten Muskeln, als er sich seitlich auf den Altar schwang und sich dann auf dem Rücken niederließ. Die Gestaltwandlerin stolzierte ruhig um ihn herum und streckte dabei seine Arme weit nach oben. Sein wachsamer Raubtierblick folgte jeder Bewegung misstrauisch.

Gekonnt machte sie eine richtige Show aus ihrem Tun und es wurde so still, dass man das Fallen eines jeden Staubkörnchens hätte hören können.

Ohne den Griff um meine Decke zu lockern, setzte ich mich, denn ich war mir nicht sicher, Ice' Folter aufrecht zu überstehen.

Erneut strich sie an seinen Armen hinauf, über seine zu Händen geballten Fäuste und befestigte erst dann seine Gelenke. Sein Blick haftete nun starr und unbeugsam an die Decke, als sie an der anderen Seite wieder zurücktänzelte, dabei mit ihren ausgefahrenen schwarzen Krallen über seine Haut fuhr und sie ein wenig in das Fleisch drückte. Dann spreizte sie <u>leicht</u> seine Beine und fixierte seine Füße mit silbern glühenden Schlingen.

Jetzt war er hilflos, wirkte aber trotzdem so stark und unbezwingbar.

Schließlich stellte sie sich zwischen seine Beine, legte jeweils eine Hand auf seinen Knöchel und sah dann hoch zu Sun, der irgendwo hinter mir stand. Ich konnte ihn fühlen, seine Wärme, seine Energie, versuchte aber ihn ansonsten zu ignorieren. Er musste seine Zustimmung gegeben haben, denn nun schenkte sie Ice ihre ganze Aufmerksamkeit. Ihre Augen strahlten voller Vorfreude.

Als von irgendwoher Trommeln erklangen, zuckte ich zusammen. In einem langsamen, fast einschläfernden Takt schlugen sie vor sich hin, ganz im Gegensatz zu meinem Herzen. Das raste geradezu in meiner Brust.

Kleine leisere bildeten Zwischentöne, große dunkle Trommeln erzeugten einen starken Bass, der durch meine Gliedmaßen hallte und sich schwer in meinem Bauch einnistete.

Der Igel begann sich im Rhythmus zu bewegen, schwang lasziv ihre Hüften und strich mit ihren Händen von ihrem Hals über ihre Brüste, ihren flachen Bauch, ließ alle bestaunen, wie perfekt ihr Körper war und sich vorstellen, wie es wäre, diesen zu berühren.

Ice starrte sie jetzt auch an, aber nicht verlangend, sondern tödlich.

Verzweifelt versuchte ich auszublenden, was sie mit ihrem Pseudo-Verführungstanz zwischen seinen Beinen anrichtete und ahnte, dass dies kein sinnlicher Akt, sondern kaltblütige Folter war. Was für ein krankes Miststück! Trotzdem bewunderte ein kleiner Teil in mir ihr grenzenloses Selbstbewusstsein, die angeborene Anmut und ihr Wissen, wie sie ihre weiblichen Rundungen perfekt zur Geltung brachte.

Zum Takt der spannungsgeladenen aber verführerischen Melodie packte sie jetzt wieder seine Knöchel und schob ihre Hände an seinen Beinen hoch. Dabei kletterte sie langsam auf den Altar, streckte ihren bleichen wohlgerundeten Hintern weit in die Luft und drückte sich mit ihren kleinen runden Brüsten an seinem Fleisch nach oben. Dabei betrachtete sie sein Gesicht und biss sich auf die volle Unterlippe. Als ein Bluttropfen auf seinen Mund perlte, ließ er den Kopf nach hinten fallen und verkeilte seinen Kiefer. Die Bauchmuskeln zuckten, weil sie anfing, ihn an genau der richtigen Stelle zu massieren und ihn zu küssen. Sein Gesicht verzog sich jedoch schmerzerfüllt.

Er wollte nicht erregt werden!

Doch gegen so eine Frau hat wahrscheinlich kein Mann eine Chance. Zumindest nicht, wenn er angekettet und bewegungsunfähig ist und nicht das Weite suchen kann.

Ihr Spiel weitertreibend, ließ sie beißende Zähne und sanfte Lippen über ihn gleiten. Sie beugte den Kopf über seine Leiste, leckte dort den Muskel hinab … Mir stockte der Atem, als sie das Gesicht in dem Tuch vergrub, welches ihn bedeckte und einen tiefen Atemzug nahm. Lasziv fuhr sie mit ihrer rosa Zunge über sein V, zwischen den Bauch- und Brustmuskeln wieder nach oben. Währenddessen ballte er seine Hände zu Fäusten, lockerte sie, ballte sie, lockerte sie ...

Ihre Reise ging weiter, seinen Hals hinauf und über seine entblößte Kehle. Sanft biss sie hinein, knurrte dabei leise ... widmete sich dann seinem kantigen Kinn ... bis zu seinem Mundwinkel.

Doch als sie ihn erneut küssen wollte, hob er den Kopf und schnappte mit einem tiefen Grollen nach ihr. Sie wich schelmisch grinsend vor seinen blitzenden Reißzähnen zurück, während in seinen Augen eisiger Hass loderte. Ihr darauf folgendes Lachen war kein Streicheln, so wie bei Sun, sondern ein heftiger Peitschenhieb. Unangenehme Gänsehaut schoss meinen Rücken hinab.

Im nächsten Moment griff sie sich plötzlich mit einer unmenschlich schnellen Bewegung eine Fackel zu ihrer Linken. Er taxierte nicht das Feuer, sondern sie, als sie sich aufrecht auf seinen Bauch setzte und damit millimeterweit entfernt über seiner Brust kreiste, so nah, dass er die Hitze schmerzhaft fühlen musste. Sein Körper glänzte bereits vor Schweiß, was trotz der grausamen Situation, phänomenal aussah.

Mit einer Hand packte sie sein Haar, bog seinen Kopf zurück und bot ihm wieder ihre Lippen dar, während sie die Fackel warnend neben sein Gesicht hielt. In dem Moment schwor ich mir, sie zu töten, sollte sie ihn verunstalten!

Erneut zog er die Lippen zurück und knurrte. Niemals würde er sie küssen. Dies nicht zu tun, stand ihm offensichtlich frei und diese Freiheit nutzte er augenscheinlich. Mein kleiner Kämpfer ... Hatte ich gerade *mein* gedacht? Ich ertappte mich dabei, wie ich dämlich keuchte, und konzentrierte mich kopfschüttelnd auf die Show da unten.

Die Foltermeisterin wich zurück und richtete sich wieder auf, lächelte jetzt nicht mehr, sondern warf die Fackel erzürnt auf den Boden, wo sie sofort mit einem Zischen erlosch.

Das soeben war wohl nur Vorspiel gewesen.

Nun begann sie, ihre Hüften langsam auf ihm zu kreisen. Der Takt der Trommeln wurde schneller – genauso ihre Bewegungen. Dabei glitt sie mit beiden Händen durch ihre Haare, über den Nacken und ihren Oberkörper hinab zwischen ihre und seine Beine. Sie massierte ihn über dem Tuch, starrte ihn dabei an, als wollte sie ihn fressen.

Nach einiger Zeit ließ er den Kopf zurückfallen und ... stöhnte tief. Bis zu mir war dieser lüsterne, fast schon ergebende Laut zu vernehmen. Die Hexe lächelte mehr als zufrieden, weil sie ihm endlich eine Reaktion auf ihr erotisches Treiben entlockt hatte.

Für mich – als Jungfrau wohlgemerkt – war das alles schon wieder zu viel des Guten, aber ein dreckiger kleiner Teil in mir, der eigentlich keine Ahnung davon hatte, was vor sich ging, wand sich erregt. Allein wegen ihm und der aufgeheizten Atmosphäre. Ich presste die Lippen aufeinander und drückte die Decke in meiner Faust etwas fester, um mich von dem unpassenden Ziehen zwischen meinen Beinen abzulenken.

Als hätte er nur darauf gewartet, war Sun hinter mir. Ich fühlte ihn ganz genau. Er berührte mich nicht, aber seine Lippen geisterten neben meinem Ohr, als er heiser flüsterte:

»Die Ebene der körperlichen Begierde hat etwas Faszinierendes an sich, nicht wahr? Wenn du willst, werde ich dich einführen und dir zeigen, wie man sich dort auch seelisch auslebt.« Seine Stimme ... Allein seine Stimme brachte mich zum Erschauern. Auch wenn er mich eindeutig nicht berührte, fühlte es sich an, als würde er sanft über meine Brustspitzen streichen, sie zärtlich zwirbeln.

»Geh weg ...«, flüsterte ich gepresst und kniff die Augen zusammen. »Ich will das nicht!«

»Nicht mehr lang, dann wirst du um genau das Gegenteil flehen, mein kleines Menschenmädchen.«

»Ich bin nicht klein!«, japste ich. Sein leises Lachen glitt warm zwischen meinen Beinen entlang, doch schon war er verschwunden, wie die Ahnung eines Gewitters, welches doch noch einmal vorbeizieht. Ich war verwirrt, genervt und über meine Reaktionen erschüttert. Schwer keuchend konzentrierte ich mich wieder auf Ice. Es war zwar schmerzhaft mit anzusehen, aber allemal besser, als sich mit Suns Drohung, denn es war ganz klar eine, zu befassen.

Die Igelfrau kreiste weiter, massierte ihn dabei verborgen zwischen ihren Beinen. Die Flammen tanzten auf ihren schönen Körpern, auf denen sich der Schweiß spiegelte. Er floss in feinen Bahnen zwischen ihren Brüsten hinab und verschwand in dem dunklen Flaum zwischen ihren Schenkeln.

Ice' glatte Brust hob und senkte sich immer schneller; sein Blick verschleierte sich und er presste schließlich die Lider aufeinander und ballte seine Hände fester zu Fäusten. Ich konnte förmlich fühlen, wie sich seine Lust steigerte und wie er den Kopf hin und her wand, weil er immer noch nicht komplett seine Gegenwehr aufgegeben hatte.

Fast brachte sie ihn zum Höhepunkt.

Doch im letzten Moment stoppte sie ihr Treiben und bewegte ihren Arm so schnell, dass ich alles nur noch verwischt wahrnehmen konnte.

Blutige, tiefe Striemen zierten jetzt beide Seiten seines Oberkörpers.

Schockiert keuchte ich auf. Er knurrte laut und andauernd, zerrte ein wenig an den Fesseln, während sie glücklich und dämonisch lachte. Meine Nackenhaare stellten sich auf, als sie sich vorbeugte und über seine Kratzer leckte. Es musste ihm noch mehr wehtun, als sie mit grober, bohrender Zunge das Blut aufnahm, doch er verzog keine Miene. Das war absolut widerlich, sie allerdings schien es noch anzuheizen.

Denn sie kratzte ihn erneut, als sie alles aufgeleckt hatte und noch mal und noch mal … Ich konnte es nicht mehr mit ansehen und schloss erschöpft die Lider. Schließlich war kein Zentimeter seines einst makellosen Oberkörpers heil und sie genoss diesen Anblick.

Er wand sich umher und rutschte mit seinen Hüften herum. Die Sehnen an seinen Armen traten hervor, weil er sie so stark anspannte und gegen den Drang zu schreien ankämpfte. Er musste extreme Schmerzen haben, denn sie war wie das Tier, das in ihr steckte, über ihn hergefallen. Ich fragte mich, welche Bestie sie in sich trug.

Offenbar hatte sie ihre sadistischen Neigungen zur Genüge ausgelebt, denn ihre Augen glänzten und wirkten gesättigt, jetzt wo sie so viel von seinem Blut aufgeleckt hatte. Dabei kreiste sie die ganze Zeit auf seinen Hüften, befriedigte sich aber nur selbst damit.

Die Trommeln wurden noch einen Takt schneller und schärfer. Mein Herzschlag beschleunigte sich automatisch. Denn jetzt würde wohl oder übel erst das große Finale kommen – als ob diese Verstümmelung nicht gereicht hätte!

›*Was denn noch?*‹, wollte ich schreien, doch ich hätte mit meiner trockenen Kehle keinen einzigen Ton rausgebracht.

Sie schlängelte sich weiter auf ihm herum, während er sie nur keuchend und schwach aus halb geöffneten Lidern betrachtete … Bevor sie hinter sich griff und plötzlich ein langes glänzendes Schwert beidhändig weit über ihren Kopf hob. Ich wusste nicht, woher sie es hatte, nur, dass die scharfe glänzende Spitze genau auf seine blutüberströmte Brust zielte.

Die Trommeln wurden noch schneller und eindringlicher, ebenso wie mein Herzschlag.

Anscheinend konnte auch ich mich mit Supergeschwindigkeit bewegen, denn ich war längst auf den Beinen und stürmte die Treppen hinab. Sun schrie etwas hinter mir. Die Igelfrau jedoch grinste Ice immer noch an und verharrte in der Pose, schürte so die Spannung.

Die Trommeln schlugen lauter und verschluckten mein »NEIN!« Irgendeine Hand griff nach meinem Knöchel. Doch ich trat demjenigen mit aller Wucht auf die Finger. Ich wehrte mich gegen jeden, der mich stoppen wollte. Wie eine Löwin kämpfte ich, um nach unten zu kommen und dabei rannte ich, rannte um sein Leben.

Die Musik wurde noch eindringlicher und lauter. Mein Herz pochte im selben Takt in meinen Ohren.

Ich stürmte an den heißen Fackeln vorbei, direkt auf die beiden zu, als das große Finale nur noch Millisekunden entfernt war, und warf mich mit einem lauten gequälten, »Nein!« quer über seine Brust.

Die Trommeln verstummten abrupt. Ich fühlte die Klinge direkt an meiner Wange stoppen, und blickte keuchend hoch in die Augen dieses Miststücks. Sie waren weit aufgerissen und voller Wut.

»Geh weg …«, stöhnte Ice gequält und bäumte sich unter mir und meinen Haaren auf, die sich wie ein Fächer auf ihm ausgebreitet hatten.

Ich schüttelte nur den Kopf, roch seine Haut, sein Blut, fühlte jeden einzelnen Kratzer unter meiner Wange und starrte sie kämpferisch an. Mit einer Hand hielt ich meine Decke. Die andere hatte ich besitzergreifend auf seinen Bauch gelegt.

»Geh weg, Mensch«, zischte sie ungehalten.

Niemals!

»Ich werde euch beide erstechen, aber nur einer wird es überleben.« Der Igel strich mit der Spitze des Schwertes über meine Wange, sodass sie die Haut leicht aufritzte. Sie wollte mich doch ohnehin tot sehen, vom ersten Moment an. Ich konnte es in ihrem Gesicht lesen, als hätte es jemand auf ihre Stirn geschrieben.

Keinen Schritt würde ich zurückweichen.

»Hau ab!«, knurrte Ice. Leise. Warnend. Ich wusste, er hätte mich schon längst von sich gestoßen, wenn er nicht gefesselt wäre.

»SERAPHINA!«, dies kam nun *etwas* eindringlicher …

»Dann wirst du sterben!« Gleichgültig hob sie erneut das Schwert. Die Fackeln tanzten auf der glatten Klinge. Ich kniff die Lider zusammen und drehte mein Gesicht, drückte es in Ice' harten Bauch.

»Nein, nein, meine Wildkatze ... *Das* wirst du nicht tun.« Unverhofft schlang sich von hinten Suns Arm um den Bauch der Igelfrau und zog sie mit einer fließenden Bewegung von Ice herunter. Er nahm ihr das Schwert mit einer Hand ab, während er sie mit der anderen immer noch festhielt und ihr etwas ins Ohr flüsterte. Das wütende Lodern in ihren Augen schwächte etwas ab.

Als Sun die Szene aus nächster Nähe betrachtete, wie ich schützend halb auf Ice lag, legte sich etwas in seinen Ausdruck, was ich dort noch nie wahrgenommen hatte – Unsicherheit, aber auch Wut.

»Was wird das, wenn es fertig ist?«, verlangte er mit einiger Mühe zu erfahren. Es schien, als würde ihm dieser Anblick noch viel weniger gefallen als alles andere, was ich jemals getan hatte. Sogar noch schlimmer als damals, wo ich ihm das Messer in den Körper gerammt hatte ... Nun war er das erste Mal *wirklich* sauer und das machte mir *wirklich* Angst.

»Ich lasse nicht zu, dass er wegen mir getötet wird. Wenn, dann sterbe ich mit ihm. Das ist nur gerecht!«, antwortete ich fest.

Sun verdrehte die Augen. Gott, wie ich das hasste ... »Er wird nicht sterben«, meinte er so, als würde ich es nicht verstehen, wenn er nicht jede Silbe einzeln betonte. »Selbst wenn sie ihm mitten ins Herz sticht, wird die Wunde verheilen. Bei dir ist das nicht so. Also geh aus dem Weg und lass sie die Strafe beenden. Ich habe heute noch was vor ...«

»Nein! Das hier ist unmenschlich.« Jetzt lachte er samten und ein paar andere Gestaltwandler gesellten sich laut tönend dazu.

»Oh, glaub mir! Für das hier ist ausschließlich der menschliche Teil verantwortlich!« Er ging um Ice herum und stemmte sich mir gegenüber mit beiden Armen auf den Altar. Ich folgte ihm mit meinem misstrauischen Blick. Sanft strich er mit dem Zeigefinger über meine Wange, sammelte mein Blut auf und leckte es dann genüsslich und provozierend ab. Es schien ihm zu schmecken und den Zorn etwas aus seinen Augen zu vertreiben. Was ich allerdings stattdessen dort fand, gefiel mir genauso wenig. *Gier*. Er wollte mehr.

»Was mach ich jetzt nur mit dir?«, hauchte er sehr leise.

Ich zuckte mit den Schultern und lag dabei immer noch mit dem Oberkörper auf Ice.

Plötzlich trat ein Funkeln in Suns Augen, von dem mir ganz schlecht wurde.

»Du könntest seine Strafe abwenden, indem …«, er machte während seiner dämlichen Erleuchtung eine Kunstpause und ich wusste, es würde nichts Gutes folgen, »… du sie auf dich nimmst.« Ergeben schloss ich die Lider, denn mit so etwas hatte ich gerechnet.

»Nein.« Das war jetzt Ice. Er war kurz vor dem Durchdrehen. »Nein, Seraphina. Ich lasse das nicht zu!« Ha, wie wollte er es verhindern? So schön angekettet, wie er war. Er begann sich wieder unter mir zu winden und ich konnte hören, wie sein Herz schneller schlug. »Nein, Sun!« Es war wahrscheinlich das erste Mal, dass er dies zu seinem Meister sagte. Es klang geradezu streng und musste ihn viel Überwindung gekostet haben.

Sun grinste nur abwartend.

Es war nicht gerecht, dass Ice wegen mir bestraft wurde. Er hatte mich immer beschützt und mich vor Schaden bewahrt, wenn er ihn verhindern konnte, also wäre es nur gerecht, mich zu revanchieren.

»Okay«, hauchte ich also. Es klang schwach und zittrig, denn genauso fühlte ich mich, als sich Suns Augen in zwei sadistische Infernos verwandelten.

Ich wusste, das hier würde kein Spaß werden, sondern die Hölle … die pure tierische Hölle!

8.

Ich war ein großes starkes Mädchen. Nein, ich war eine Frau, und ich würde mich von diesen … diesen Mistviechern nicht manipulieren und verängstigen lassen! Das redete ich mir genau drei Sekunden lang ein, doch dann schlenderte Sun um den Altar herum und stellte sich hinter mich. Zwar sah ich ihn nun nicht mehr, spürte ihn aber. Und wie! Es war erschreckend, wie mein Körper auf ihn reagierte. Wie meine Atmung schneller wurde und mein Herzschlag begann, in meinen Ohren zu dröhnen.

»Sun, tu es nicht!« Ice' Stimme klang mittlerweile nicht mehr flehend oder unterwürfig. Stattdessen bebte und zischte sie vor Wut, als würde er trotz zusammengepresster Zähne sprechen. Ich drehte meinen Kopf in seine Richtung und erschrak mich über seinen Gesichtsausdruck fast zu Tode.

Wut ist manchmal so ein schwaches Wort … Hinter seinen Augen loderte nicht nur Wut, sondern vielmehr Hass und er schockierte mich. So hatte ich Ice noch nie erlebt. So, als würde er sich jeden Moment auf jemanden stürzen wollen und ihn ohne jegliches Gewissen in Stücke reißen. Und dieser Jemand war Sun.

»Sie sieht das nicht so wie wir. Für sie hat das eine ganz andere Bedeutung als für uns. Es zeigt ihr nicht, dass du der Dominante bist und dass sie dir zu gehorchen hat, wenn du sie dir so unterwirfst, sondern dass du ein Monster bist!« Mir wurde fast schwindlig, als ich merkte, was Ice mit seinen Worten meinte. Ich keuchte, ohne es unterdrücken zu können, und sein Blick flog zu mir. Als er bemerkte, dass ich ihn ansah, presste er die Lippen aufeinander und verzog gequält das Gesicht. Ein Muskel an seiner Wange zuckte.

»Halt sie fest!« Suns Stimme hinter mir war so emotionslos, dass Gänsehaut über meine Arme strich. Er ignorierte Ice' Worte komplett.

Irgendjemand hatte die Fesseln des Wolfes gelöst, denn er kam leicht nach oben und Suns Befehl nach. Seine große Hand legte sich zwischen meine Schulterblätter und presste mich auf seinen Bauch. »Sun, ich bitte dich … Lass es nicht an ihr aus … Du bist mehr als das!«, forderte er noch einmal.

Ich hörte Sun leise lachen. Gott, wieso musste sein Lachen nur so sein, wie es war? So tief. So melodisch. So, als würde es sich in jede einzelne Pore meines Körpers schleichen und sie liebkosen. Es war beängstigender als alles andere.

Meine Nackenhaare stellten sich auf, als er plötzlich von hinten an mich heranrückte und sich über meinen Rücken beugte.

»Wieso interessierst du dich so für ihre Gefühlswelt, Ice?« Sun flüsterte direkt an meiner Haut, sodass seine Lippen mich dabei berührten, was mich erschauern ließ. Ich versuchte von ihm abzurücken und presste die Decke fester um meinen Körper. Prompt schlang sich sein Arm um meine Hüfte und zog mich zurück.

Er war bereit und rieb sich langsam an mir. Ich wusste nicht, wie ich das finden sollte. Mein Geist war dagegen, so behandelt zu werden, aber mein Körper … Dieser Verräter! Diese glühende Energie, das Gefühl von Ice' Bauchmuskeln unter meiner Wange … Seinen Duft zu riechen und gleichzeitig von hinten so berührt zu werden – ungezügelt und verlangend … Suns eindringliche Stimme, die über meinen Nacken geisterte und feinste Gänsehaut hinterließ, meinem Körper gefiel es zu gut und ich hasste ihn dafür.

Ice ignorierte Suns Worte. »Sie wird dir das nicht vergeben. Nicht so. Nicht hier.«

»Sie will es. Jetzt. Hier. Du riechst es genauso wie ich. Sie ist nur zu unerfahren, um es zu erkennen …« Suns Hand strich langsam an meinem Bauch herauf, den er immer noch umschlungen hielt, umfasste über dem Stoff leicht meine Brust. »Ich weiß besser, was sie braucht … als sie selbst.« Sein Daumen schnellte über meine Brustwarze, und als sich daraufhin tief in meinem Bauch die Muskeln zusammenzogen und ich wieder diesen peinlichen seufzenden Laut von mir gab und meine Augen zusammenkniff, sagte er. »Hörst du, sie will mich.«

»Ihr Körper will dich.« Genau! Mein Körper wollte Sun, sogar hier und jetzt … Aber mein Geist wollte es nicht so und erst recht nicht mit dem Panther in Menschenform hinter mir tun. Wenn schon, dann … Ich linste zu Ice hoch und wusste, dass er den Widerwillen gegen Sun und die Erniedrigung in meinen Augen sehen konnte. Gleichzeitig konnte er aber sicher auch erkennen, wem ich vertraute, wen ich begehrte. Dass ich nur ihm dieses erste Mal schenken wollte. Er verstand mich ohne Worte. Es hätte mir Angst machen sollen, weil wir uns eigentlich kaum kannten. Aber es fühlte sich gut an. Vertraut. Intim. Schön.

Seine freie Hand streckte er nach mir aus und umfasste zärtlich meine Wange. Ich lehnte mich in seine warme Trost spendende Berührung und versuchte den Panther hinter mir auszublenden und vor allem auch die vielen hungrigen Augen, die uns drei, von den Fackeln erleuchtet, beobachteten.

Unmöglich, Sun zu ignorieren war einfach unmöglich. Er war wie ein Hurricane, der um mich herum wütete. *Du kannst dich nicht vor ihm verstecken. Du kannst nicht davonlaufen. Er wird dich mitreißen, auch wenn du dich mit aller Kraft dagegen wehrst.*

Sun wusste, was er tat, und das war gut.

Jetzt nahm er meine aufgestellte Verräter-Brustwarze und zwirbelte sie gefühlvoll zwischen den Fingerspitzen. Meine Hüften zuckten ihm entgegen und er keuchte in meinen Nacken, als ich mich ganz aus Versehen gegen ihn presste, obwohl ich nicht von dem Strudel erfasst werden wollte.

Ich würde nicht aufgeben!

Also kniff ich die Augen zusammen und ballte die Hände zu Fäusten. Meinen Hintern zog ich wieder ein. Sun lachte mir erneut in meinen schutzlosen Nacken und biss mir dann leicht in den Hals. Bestimmend zog er meine Hüften zurück.

»Du wirst so oder so mein werden, auch wenn du dich wehrst.« Er kreiste zwischen meinen Schenkeln und ich fühlte, wie die Hitze sich weiter in meinem Unterkörper ausbreitete. Wie es begann, zwischen meinen Beinen vor Verlangen, nach dem unbekannten Versprechen hinter mir, zu ziehen.

Er würde siegen …

Ich wimmerte, gleichzeitig löste sich eine Träne aus meinem Augenwinkel. Zärtlich wischte Ice sie weg, doch als ich versuchte, mich hochzukämpfen, um ihm zu entkommen, drückte er mich sanft hinab. Daraufhin lösten sich weitere Tränen und er wischte auch diese geduldig weg.

Ich vergrub mein Gesicht an seinem aufgeschnittenen Bauch, um die Schluchzer zurückzudrängen, die aus meiner Kehle entschwinden wollten. Außerdem hatte ich kein Interesse an seinen verräterischen Fingern in meinem Gesicht, die mich trösteten, obwohl er mich in dieser Zwangslage festhielt.

»Du wolltest es so. Du hast die Strafe auf dich genommen. Wenn du das nicht getan hättest, dann wäre das hier ganz anders geschehen, aber so …« Plötzlich rückte Sun von mir ab und klappte mir die Decke bis über meinen Hintern hinauf. Er entblößte mich, vor allen, mitten in dieser düsteren Halle. Die Fackeln erhellten meine bleiche Haut sicher perfekt.

»Nein!«, schrie ich und presste meine Oberschenkel aneinander. Ich versuchte erneut hochzukommen, doch Ice drückte mich weiterhin an sich.

»Oh doch!« Sun kickte mit dem Fuß gegen meine Fußknöchel, sodass ich meine Beine spreizen musste, dann packte er meinen Nacken und drängte sein Knie dazwischen.

Der Punkt war überschritten. Jegliche Lust verflog und ich geriet in blinde Panik. Ich wand mich gegen ihn, und versuchte erneut zu fliehen. Doch Ice' Kraft hatte ich nichts entgegenzusetzen und Suns Griff um meinen Nacken wurde so schmerzhaft, dass ich aufschrie. Ice knurrte daraufhin, aber ich wusste, dass er nicht mich meinte. Mir war geradezu übel vor Angst. Angst vor der drohenden Vergewaltigung, Angst davor, dass mir Sun im Eifer des Gefechts das Genick brechen würde. Aber Letzteres war unbegründet, denn der Panther lockerte fluchend seine Finger. Mein Atem stockte, als mir klar wurde, dass er mir nicht wehtun wollte, zumindest nicht mehr als nötig, und stürzte mich in das nächste Gefühlschaos.

»Halt sie fester!«, knurrte Sun und packte mich mit einer Hand an der Hüfte, um mich am Zappeln zu hindern. Ice gehorchte, wenn auch hörbar widerstrebend.

»Sun, nicht!«, knurrte er zurück. Ich wusste, dass er ihn tödlich anstarrte, seiner Stimmlage nach zu urteilen, doch selbst das konnte die Tränenflut nicht stoppen, die sich unablässig ihren Weg über Ice' aufgeschnittenen Bauch bahnte, was ihn aber im Moment nicht zu interessieren schien.

Nein. Nein. Nein!

»Bitte nicht … Sun.« Es entkam meinen Lippen als ein kleiner weinerlicher Hauch gegen Ice' Haut, dann erschlaffte ich.

»Verdammt!«, brüllte Sun plötzlich, sodass ich zusammenzuckte. Er rückte mit dem gesamten Körper von mir ab. Sobald er mich nicht mehr berührte, erstarrte ich und hörte auf zu atmen. Was war denn jetzt?

»Bring sie weg!« Sun sagte das mit leicht zitternder Stimme, als wäre ich ein giftiges Insekt. Mein Herz erfasste die Situation wohl schneller, denn es machte einen Sprung, noch einen und noch einen … Dann raste es los.

Vorsichtig ging ich einen Schritt zurück und richtete mich dabei langsam, aber angespannt auf. Wieso plötzlich der Sinneswandel? Mit großen, tränenden Augen, die Decke gegen meine Brust gepresst und mit Ice' verschmiertem Blut im Gesicht, drehte ich mich zitternd zu Sun um.

Er hatte die Lippen über seine glänzenden Zähne zurückgezogen und aus seinem Blick schienen Funken zu sprühen. Die Fackeln spielten über seinen angespannten Körper, hüllten ihn in wirre Schatten und erhellten ihn doch auf dämonische Art. Der Gestaltwandlerkönig sah halb wahnsinnig aus und hielt sich mit aller Kraft, die er hatte, zurück, um sich nicht doch noch auf mich zu stürzen. In seinen Augen blitzte es so intensiv, dass ich mich ganz klein machte und einen Schritt vor ihm zurückwich.

Mit den Hüften knallte ich gegen den Altar und zuckte vor Schreck zusammen, da legte sich schon Ice' Arm um meine Seite und er zog mich schützend an sich.

»Komm!« Er hatte es eindeutig eilig. Halb laufend zerrte er mich vom Altar weg. Ich starrte Sun so lange an, bis mir unser Blickkontakt durch Lava verstellt wurde, die ihre Arme um seinen Hals legte und seinen Kopf zu sich herunterzog, um ihn zu küssen. Sun wirbelte sie sofort herum und sie keuchte, als er ihren Hintern auf den Altar platzierte, sodass er zwischen ihren langen perfekten Beinen stand, die Finger tief in ihren wallenden Haaren vergraben, die Zunge in ihrem Mund … Wahrscheinlich wollte sie ihn so ablenken, und es gelang ihr mehr als gut. Ich war ihr was schuldig.

Erst als wir uns unseren Weg durch die Gestaltwandler bahnen mussten, wurde mir klar, dass sie ihre Nischen verlassen und sich um den Altar herum versammelt hatten. Ich schaute keinem von ihnen ins Gesicht und zuckte vor jedem, der mich berührte, zurück.

Ein paarmal stolperte ich und nur Ice' Arm hielt mich vom Fallen ab.

Das eben Geschehene hatte ich noch nicht verarbeitet, denn ich war wie betäubt. Mein Körper reagierte automatisch und in meinem Kopf herrschte das blanke Chaos. Doch der wirre Schleier lichtete sich schon langsam, verfärbte sich dabei rot und ließ mich die Sache von einer ganz anderen Seite sehen.

Ich hasste das Gefühl hilflos zu sein und das war ich gerade eindeutig gewesen. Jetzt war die Gefahr gebannt und ich merkte, dass ich wütend wurde, sobald wir die weiße Wendeltreppe nach oben stürmten. Wütend auf Ice, dem ich vertraute, er mich aber ausgeliefert hatte. Außerdem auf mich selber, denn ich hätte mich mehr wehren müssen und nicht nur verschreckt ausharren, wie die Beute, die seinen Jäger anvisiert. Zwar war es genauso gewesen, denn Sun war ein gefährlicher Jäger, aber ich war kein Tier. Ich war ein Mensch und sicherlich keine Beute. Auch wenn Sun es so sehen mochte, doch ich wollte mich nicht in diese Opferrolle drängen lassen!

Selbst Ice, den ich eigentlich anders eingeschätzt hatte, half ihm. Er hätte es zugelassen, und allein diese Tatsache zeigte, dass er eben doch das Raubtier war – mindestens so gefährlich wie Sun –, was ich in letzter Zeit verleugnet hatte!

Im endlosen Gang angekommen, in dem man nicht eine einzige Tür erkannte, riss ich mich heftig von Ice los. Ich erinnerte mich, dass ich zwanzig Schritte abzählen musste, um sie zu sehen.

»Fass mich nicht an!« Er war so verwundert, dass er seinen Griff lockerte und seine Schritte stockten.

Gott! Wenn ich ihm jetzt nahe blieb, würde ich mich vor Wut auf ihn stürzen und versuchen, ihm klarzumachen, wer der Stärkere war, dass ich kein Opfer war! Doch ich wollte mich von meinen Gefühlen nicht hinreißen lassen, also ballte ich die Hände zu zitternden Fäusten, unterdrückte meine Tränen der Enttäuschung und marschierte eilig den Gang entlang. Bloß weg von ihm und seinen verräterischen Händen. Denen, die mich so sanft halten konnten, aber auch fast dazu beigetragen hatten, dass ein anderer Mann mit Gewalt meinen Körper nahm.

Bei dem Gedanken schluchzte ich auf und erstickte den Laut schnell mit einer Hand. Aufgebracht wischte ich mir die Tränen aus den Augen und marschierte weiter, immer weiter und weiter den weißen, endlosen Gang entlang.

»Seraphina!«, rief er. Ich ignorierte ihn. Allein seine Stimme zu hören war im Moment zu viel. »Warte!« Konnte er mich denn nicht in Ruhe lassen?

Plötzlich wurde ich am Arm gepackt und er wollte mich herumwirbeln, doch ich sah die Bewegung voraus, drehte mich seitlich weg und packte gleichzeitig seinen Arm. Ich nutzte seinen eigenen Schwung, als ich ihn mit der Brust gegen die Wand knallte.

»Lass mich endlich in Ruhe!« Über seine Schulter hinweg schaute er mich mit seinen eisblauen Augen verwundert an. Er hatte wohl nicht erwartet, dass ich dazu fähig war, seine Kraft gegen ihn zu nutzen.

Schnell wandte ich mich ab und marschierte weiter. Ich wollte seinen verdammt mitfühlenden Blick nicht auf mir sehen, denn es war doch ohnehin kein echtes Mitgefühl, sondern pure Heuchelei, sonst hätte er das da unten in der Höhle nicht zugelassen. Er war eben doch nur ein Tier, unfähig, so zu empfinden. Das war eine rein menschliche Emotion und es machte mich noch rasender, als mir wieder klar wurde, dass ich bewusst verdrängt hatte, was Ice war.

Ansonsten wäre ich jetzt nicht so … enttäuscht.

Dabei war es nur meine eigene Schuld. Er hatte mir nie etwas vorgespielt. So etwas tun Tiere nicht. Das Vorspiegeln falscher Tatsachen ist eine rein menschliche Eigenschaft. Aber ich hatte es so gewollt, hatte ihn nicht als das Monster gesehen, das er war. Jetzt hatte er mich vom Gegenteil überzeugt und meine naiven Illusionen zerstört.

Ich hörte, wie er mir nachlief und wurde noch zorniger. Wieso musste ich ihn mit jeder Faser meines Körpers fühlen? Wieso musste diese abwartende Energie durch mich fließen und jede Pore zum Vibrieren bringen, wenn er in der Nähe war?

Plötzlich schlang sich von hinten sein Arm um meinen Bauch und er stoppte meinen Trotzmarsch mit einem bestimmten Ruck. Sofort zog er mich gegen seinen muskulösen Körper und legte die andere Hand um meine Brust. Hielt meine Arme fest, sodass ich ihn nicht angreifen konnte, und drückte mich eng an sich.

»Wieso bist du wütend?« Was? Das hatte er jetzt nicht wirklich direkt in mein Ohr geflüstert, oder? Der fuhr jetzt aber nicht mit seiner verdammten Nase durch meine Haare, oder? Verstand er denn gar nichts?

»Ice, lass mich los!« Als ich mich wehrte, wurde sein Griff nur ein bisschen unnachgiebiger und ich ein wenig dunkler im Gesicht. Er war zu nah. Das war schon wieder zu viel für meine überreizten Nerven und meinen verräterischen Körper.

»Ich lasse dich erst los, wenn du dich beruhigt hast.« Er klang wie die Gelassenheit in Person und ich kapitulierte. Jeglicher Kampf war im Moment zwecklos, denn er hatte mich vollkommen unter Kontrolle. Gleichzeitig hasste ich, dass ich mich sofort geborgen und behütet fühlte, sobald er mich in seine starken Arme nahm. Aber das täuschte. Er hatte mir dort unten in der Halle eindeutig bewiesen, dass er mich auslieferte, sobald es sein Meister verlangte.

»Ich habe dir vertraut.« Oh nein, ich klang nicht weinerlich. Nur bitter. Super, nicht?

»Du kannst mir auch vertrauen.« Ich lachte erneut bitter. Es hallte in dem endlosen Gang. Warf fast ein gruseliges Echo.

»Ach? Kann ich das? Du hättest zugelassen, dass er mich gegen meinen Willen …« Unfähig, es auszusprechen, musste ich die Lider zusammenkneifen und einen kurzen Moment die Gefühle und Bilder unterdrücken, die auf mich einströmten. Suns Lippen auf meinem Körper, seine Finger, die mit mir spielten, seine Stimme in meinen Ohren. Ich hasste es, was selbst die Erinnerungen mit mir machten.

»Ich würde nicht zulassen, dass er dich umbringt. Du kannst mir vertrauen.« *Umbringt?* Wer sprach denn hier vom Sterben?

»Ist das für dich das Schlimmste, was dir passieren kann? Dass du stirbst?« Ich war fassungslos und konnte es kaum glauben.

Sein Körper spannte sich an, als er über meine Worte nachdachte. Dann sagte er einfach »Ja« und klang dabei ziemlich verloren. Fast rollte ich mit den Augen. Das konnte nicht sein Ernst sein. Doch andererseits war es das wohl. Bei allen Tieren existiert ein Instinkt, der die anderen überlagert. Der Überlebensinstinkt. Der Selbsterhaltungstrieb. Das war das Wichtigste, es gab nichts, was mehr zählte. Sie kannten keine Erniedrigung, weshalb er nicht verstehen konnte, dass das, was ich an diesem Altar fast erlebt hatte, schlimmer war, als zu sterben.

Ich seufzte schwer. Wie sollte ich ihm nur erklären, was in mir vorging und wieso war es überhaupt noch wichtig, nachdem, was vorhin geschehen war? Eben weil ich ihn auf eine gewisse Art und Weise verstand und ich wollte, dass er auch meine Sicht nachvollziehen konnte.

»Für mich gibt es Schlimmeres als den Tod, Ice. Ich will nicht, dass mich jemand unterwirft und meinen Körper als Objekt ansieht.« Oh je, das ging wohl gründlich in die Hose und war zudem ziemlich peinlich. Wieso sagte ich nicht gleich: *Mein erstes Mal soll das romantischste Erlebnis in meinem Leben werden, auch in dieser verrückten Welt?*

Ich konnte sein Stirnrunzeln förmlich fühlen, deswegen sprach ich weiter. Versuchte ihm zu erklären, was da unten falsch gelaufen war. »Du hast ihm selber gesagt, dass es … Dass Sex, wie wir die

Paarung nennen, für mich einen anderen Wert hat als für euch. Für euch dient es allein zur körperlichen Befriedigung und zur Fortpflanzung, aber für mich ist es viel mehr … Ich hatte noch niemals Sex und ich will mein erstes Mal mit jemandem erleben, dem ich vertraue, der mich achtet und respektiert und den ich liebe.« Ja, das hatte ich allein von den dummen Märchenprinzen und Prinzessinnengeschichten, die mir Opa erzählt hatte. *Danke Opa, echt!* Damit hatte er alles verkompliziert. Ja, wir Menschen sind um so vieles komplizierter als Tiere. Aber es war, wie es war, und ich konnte es nicht ändern.

»Den du liebst? Was heißt das?«, fragte Ice neugierig. Oh nein, erwartete er darauf jetzt wirklich eine Antwort. Okay, Philosophielektion die erste:

»Es ist ein Gefühl«, murmelte ich, doch das reichte bei Weitem nicht, deswegen sprach ich weiter. »Du empfindest das für jemanden, der dir sehr wichtig ist. Es gibt zum Beispiel Liebe zu einem Familienmitglied. Sie ist sehr stark und tief in einem verwurzelt. Sie gehört zu der Person wie das Atmen. Sie kann nur schwer zerstört werden. Dann gibt es noch die freundschaftliche Liebe, die du für Außenstehende empfinden kannst, die dir ans Herz gewachsen sind. Sie kann genauso unerschütterlich sein wie die familiäre Liebe. Aber bei diesen Arten der Liebe empfindet man keine körperlichen Gelüste …« Ich merkte selber, wie ich wieder rot wurde, aber Ice hörte so gespannt zu, dass ich mit meinen Erklärungen fortfuhr. »Die dritte Art der Liebe kann genauso stark und unerschütterlich sein wie die familiäre Liebe, wenn nicht sogar stärker, weil du nicht nur die Seele, sondern auch den Körper des anderen liebst …« Hier wusste ich nicht weiter. Wie sollte ich ihm etwas verständlich machen, was ich selbst noch nie verspürt hatte? Doch wieso fühlte es sich dann an, als würde ich genau wissen, wovon ich sprach? Vielleicht waren die mächtigen Arme daran schuld, die mich nach wie vor festhielten.

Bei dem Gedanken schüttelte ich schnell den Kopf, aber mein rasender Herzschlag wollte mir wohl etwas anderes klarmachen. Nein. Das konnte, das durfte nicht sein! Völlig unmöglich.

»Ich hab es dir erklärt, so gut ich kann. Jetzt lass mich endlich los!«, zischte ich, denn ich konnte es nicht mehr ertragen, von ihm angefasst zu werden.

Ice lockerte tatsächlich seinen Griff, sodass ich schon dachte, ich könnte mich ihm entziehen, doch er bewegte sich so schnell, dass ich keine Chance hatte, und beförderte mich fast schon grob gegen die Wand in meinem Rücken.

Plötzlich stand er vor mir und hatte die Ellbogen links und rechts von meinem Gesicht abgestützt. Seine zerkratzte Brust berührte meine. Meine freie Hand, mit der ich nicht die Decke hielt, lag plötzlich auf seinem nackten Fleisch. Ich schaute hinab und runzelte die Stirn, als ich bemerkte, dass die hässlichen, mittlerweile verkrusteten Kratzer auf seiner Brust wie im Zeitraffer unter meiner Handfläche schrumpften.

Verwundert sah ich wieder hoch, denn ich fühlte förmlich seinen bohrenden, nachdenklichen Eisblick auf mir. Er fing meinen auf und ich war sofort gefesselt. Selbst wenn ich wollte, hätte ich mich nicht mehr wehren können. Es vergingen Sekunden. Minuten. Tage oder Wochen. Ich hatte keine Ahnung.

»Empfindest du so etwas für mich?«, hauchte er in die drückende Stille und meine Augen wurden groß. Mit der Frage hatte ich nicht gerechnet oder hatte diese Möglichkeit verdrängt. Nicht einmal nachdenken wollte ich darüber.

Liebe war so ein großes Wort und ich verstand dieses Gefühl eigentlich nicht mal ansatzweise. Also die familiäre Liebe kannte ich natürlich schon, aber die zwischen Mann und Frau war mir nicht vertraut, und doch konnte ich die wohlige Wärme in meinem Bauch nicht leugnen, als ich ihm in die Augen blickte. Dabei wurde mir klar, dass ich an jedem Wort seiner Traumlippen hing, den Widerhall jeder Regung von ihm spürte, mich danach sehnte, von ihm berührt zu werden und mich ständig in seine Arme wünschte, damit er mir Geborgenheit spendete.

Mein Hals schnürte sich zu, je länger ich darüber nachdachte und ihm in die Augen blickte. Denn hinter all dem vermeintlichen Mitgefühl und der eingebildeten Menschlichkeit konnte ich seine Bestie lauern sehen. Sie lief hin und her, wartete darauf freigelassen zu werden, um zu zerfleischen, zu töten, zu zerstören. Er war kein Monster. Aber ein Teil von ihm schon.

Durfte ich ein Monster lieben?

Nein! Die Antwort war nein!

Also flüsterte ich: »Nein.«

Natürlich wäre es besser gekommen, wenn meine Stimme dabei nicht gebebt hätte und wenn mir nicht die Tränen in die Augen gestiegen wären ... Wenn ich nicht den Drang gehabt hätte, mit meinen Händen nach oben in seinen Nacken zu streichen, ihn zu umarmen und mein Gesicht an seiner Halsbeuge zu vergraben, um seinen erfrischenden Duft tief in meine Lungen zu saugen wie eine Erstickende den rettenden Sauerstoff. Aber es funktionierte nicht.

Hinter dem *Nein* konnte man die Lüge hören. Und ihm ging es offensichtlich nicht anders, denn er zog eine markante Augenbraue nach oben und sah plötzlich spöttisch auf mich herab.

Mein Herz schlug nur umso schneller, als sich ein Mundwinkel dieser anbetungswürdigen Lippen nach oben bog und seine Finger auf einmal über meine nackten Schultern nach unten tänzelten, um am Ende an meinen Hüften zu landen und mich sanft an sich zu ziehen. Seine Hände waren so groß ... ich fühlte mich, als würde ich in ihnen verschwinden.

Er beugte leicht den Kopf, und ehe ich mich versah, drückte er seine Lippen einmal kurz auf meine. Mein Herzschlag setzte kurz aus und ich hielt die Luft an.

Er rückte ein Stück ab und lächelte mich wissend, mit einem unglaublichen Funkeln in den Augen, an. Ich kämpfte damit, nicht in Ohnmacht zu fallen. »Du liebst mich also nicht?« Sanft, leise, verführerisch neckte er mich. Strich dann auch noch mit seinen Lippen provokativ über meine.

Ich konnte nicht mehr tun, als den Kopf zu schütteln. Mein Herz schlug mir bis zum Hals und unterband jede Form des verbalen Protests.

Er lachte rau direkt in meinen Mund. Wieso tat er mir das nur an?

»Wieso schlägt dann dein Herz so schnell?« Er glitt zu meinem Mundwinkel, küsste mich dort langsam, sodass ich jede Faser seiner weichen, vollen, schrecklich anziehenden Lippen fühlen konnte. Ohne es verhindern zu können, erschauerte ich unter seinen Berührungen.

»Wieso schreit jede Faser deines Körpers nach mir?« Er glitt zu dem anderen Mundwinkel. Küsste mich auch dort voller Genuss und ein kleiner wimmernder Laut kämpfte sich mühsam meine Kehle empor. »Wieso bist du dann so feucht und bereit für mich?« Meine Hände waren schon wieder in die Decke verkrallt, so verkrampft, dass ich sie am Ende des Tages sicher nicht mehr lösen konnte. Aber ich musste mich gerade mit jeder Faser meiner selbst zurückhalten, um ihm nicht körperlich zu zeigen, wie es in mir aussah, wenn er so etwas mit mir machte. Automatisch folgte ich wie eine Marionette seinen Lippen, als er sich zurückzog. Ich ertrank in seinen sanften Berührungen und wollte, dass er diese sinnliche Tortur fortsetzte. Meinetwegen bis in alle Ewigkeit. »Wieso hast du solche Angst davor, es zuzugeben?« Plötzlich klang seine Stimme distanziert und das brach den Bann, den er soeben um mich gesponnen hatte. Ich öffnete blinzelnd meine Augen und sah ihn an.

Wie auf Befehl kam die Antwort aus mir herausgeschossen, aber hätte ich gewusst, was ich damit anrichte, dann hätte ich alles dafür getan, um es irgendwie aufzuhalten.

»Weil ich deine Bestie hasse!«

Klar und eisig hallten meine Worte im Gang nach. Und obwohl ein zugegeben großer Teil diesen Satz so meinte, schämte ich mich, es so brutal ausgesprochen zu haben.

Es wirkte, als würde nun die Raumtemperatur sinken. Erst sah ich Schmerz in seinem Blick, pure Verletzung, Zurückweisung und Resignation. Mein Herz zog sich krampfartig zusammen. Dann trat Arroganz in seine Augen und ich konnte förmlich fühlen, wie er das zarte Band zwischen uns mit einer Bewegung zerriss. Er rückte von mir ab.

»Du hast dich klar ausgedrückt. Meine Bestie wird dich nicht mehr belästigen«, meinte er fest. Dann drehte er sich plötzlich um und ließ mich allein stehen, während er mit gestrafften muskulösen Schultern davonmarschierte und sich in der Unendlichkeit des Ganges verlor.

Ich starrte ihm hinterher und hob meine Hand. Mit zitternden Fingerspitzen strich ich über meine Lippen.

Instinktiv wusste ich, dass es nun nicht mehr so werden würde wie davor. Dabei hatte ich erst jetzt, in dem Moment, als er sich abwandte und mir klar wurde, was ich alles damit verlor, bemerkt, dass ich ihn wirklich lieben musste. Der Kronleuchter war angegangen, der Groschen gefallen, das Brett vor dem Kopf hatte, sich aufgelöst und die letzte verbliebene Gehirnzelle hatte ihren Streik eingestellt.

Auch wenn ich die Bestie hasste. Ice liebte ich.

Doch jetzt war er weg. Er hatte mich alleingelassen und ich glaubte nicht, dass ich das jemals wiedergutmachen konnte.

Eine einzelne Träne kullerte über meine Wange und ich wünschte mir mit aller Kraft, die ich besaß, dass er zurückkommen würde, damit ich die Möglichkeit hatte, ihm zu sagen, dass ich ihn liebte und ihn brauchte und dass ich lernen würde, mit seiner Bestie zu leben.

Doch er kam nicht. Und meine kleine Welt brach ein weiteres Mal auseinander.

9.

Ice hatte mich stehen lassen, nachdem er mir klar gemacht hatte, dass ich ihn wirklich lieben musste, wenigstens ein ganz kleines bisschen. Ich war nicht mehr erschrocken darüber, dass es so war, stattdessen hatte ich Angst davor, dass er nicht mehr zurückkommen würde. Und so war es auch.

Nachdem ich mich einigermaßen gefangen hatte, gelang es mir mein Zimmer zu finden. Dafür musste ich noch mal zu den Treppen zurückgehen und abzählen. Dort legte mich auf das Bett und starrte an den blauen Himmel meiner Decke. Schaute mir die Wolken an, die in verträumten Schleiern vorbeizogen, und musste immer wieder meine Lippen berühren, um nicht zu vergessen, wie es sich angefühlt hatte, als ich endlich seinen Mund auf mir gespürt hatte. Wenn auch nur kurz, aber dafür voller Zärtlichkeit.

Ich hatte überhaupt keine Ahnung, wie lange ich in Gedanken versunken den Himmel betrachtete, denn er wurde nicht dunkler oder veränderte sich sonst irgendwie. Wie würde es jetzt wohl weitergehen?

Konnte ich hier mit den Gestaltwandlern leben, bis ich wusste, wo mein Platz war? Und wenn mir das dann klar war, konnte ich Ice überhaupt verlassen? War mein Platz vielleicht bei ihm? Und was sollten wir wegen Sun tun? Ich war mir sicher, dass er mich auch wollte, aber genauso sicher war ich mir, dass ich auf keinen Fall geteilt werden wollte. Schließlich wusste ich nicht einmal, ob ich mit einem fertig werden würde. Und könnte ich mit Ice' Bestie klarkommen, die er zwar anscheinend gut im Zaum halten konnte – wahrscheinlich besser als jeder andere Gestaltwandler?

Sun wiederum gelang es nicht, sich zu beherrschen, denn er war viel animalischer als Ice.

Wenn Sun der Hurricane war, so war Ice eine Monsterwelle. Langsam nähert sie sich, rauschend, in aller Ruhe, und nimmt dabei sanft alles mit, was sich ihr in den Weg stellt, um es dann in ungeahnte Tiefen zu reißen. Ohne dass die Kraft, die dahintersteckt, offensichtlich zu sehen ist – weil die Macht verborgen ist ... Ein Hurricane kommt dagegen wild und aufbrausend, fast schon aggressiv. Er ist laut und chaotisch und ungezügelt. Ich hatte Angst vor ihm und seiner direkten Art.

Trotzdem war da etwas zwischen uns ...

Nur würde Sun, als Herrscher dieses Ortes, sich nicht die Zeit nehmen über mein Denken und Tun nachzugrübeln wie Ice. Er würde nicht versuchen, mich sanft an das heranzuführen, was er von mir wollte. Aber andererseits hatte er vorhin gestoppt. Er hatte mich nicht mit Gewalt genommen, auch wenn er mich mit jeder Faser zu begehren schien. Das war ein Pluspunkt. Aber die Minuspunktliste war so lang, dass er sie vermutlich niemals aufwiegen konnte.

Das wollte ich auch nicht.

Ich wollte, dass Ice endlich wieder zu mir kam.

Doch als die Tür nach gefühlten Ewigkeiten aufging, war es nicht Ice, der den Raum betrat, sondern eine nackte, immer noch bezaubernde Lava.

Eine Hand hatte ich auf der Stirn liegen, ein Bein angewinkelt und die andere Hand auf meinem Bauch. Ihr Gesichtsausdruck und ihre Körpersprache brachten mich dazu, die Stirn zu runzeln und fragend eine Augenbraue hochzuziehen. Sie sah nicht glücklich aus. Gleichzeitig versteckte sie etwas vor mir hinter ihrem zierlichen Rücken.

»Hi?«, grüßte ich lang gezogen und ließ es wie eine Frage klingen.

»Ich hab etwas für dich dabei«, rief sie ohne Vorankündigung und kam auf das Bett zu. »Ich habe es selber gemacht, weil ich gemerkt habe, dass du dich sonst unwohl fühlst. Außerdem muss deine Hand bald abfallen.« Hinter ihrem Rücken holte sie ein Stück weißen Stoff hervor. Sie hatte einfach eine sehr dünne Bettdecke mit goldenen Fäden zusammengenäht. Mit etwas Glück würde es sogar an meinem Körper halten. Ich richtete mich auf, als sie mir das Ding reichte.

»Ist das ein Kleid?«, fragte ich, obwohl es offensichtlich war, was es sein sollte.

»Es ist zum Anziehen«, sagte sie leise. Obwohl es aussah wie ein Kartoffelsack, musste ich sie einfach anlächeln, als meine Finger den weichen Stoff berührten, denn mir wurde klar, wie viel Mühe sie sich gegeben hatte.

»Danke«, erwiderte ich und musste nun wirklich strahlen. Es freute mich ehrlich.

Sofort stand ich auf, drehte mich von ihr weg, ließ die Decke schnell zu Boden fallen und zog mir den elastischen Stoff über den Kopf. Ich wollte schnell sein, da ich mich nackt in ihrer Gegenwart unwohl fühlte, auch wenn sie eine Frau und wir allein waren … Es war allerdings so eng, dass ich es mir über die Brüste zerren musste. Als Lava sah, wie ich kämpfte, kam sie zu mir und half mir. Ich geriet richtig ins Schwitzen, bis der Stoff meine Kurven umhüllte. Dabei überließ er nichts der Fantasie, aber wenigstens war ich dennoch bedeckt. Bis zu den Knien reichend, war es unten und an den Brüsten schiefgeschnitten. Der goldene Faden glitzerte an meiner Seite. Sofort ging es mir besser, denn ich war der Menschlichkeit, trotz der Gestaltwandlerhöhle, in der ich lebte, einen Schritt nähergekommen. Instinktiv musste sie erkannt haben, wie wichtig es mir war, mich nicht selbst zu verlieren.

»Danke!«, rief ich erneut aus, und ehe ich mich versah, umarmte ich sie. Zuerst versteifte sie sich, doch dann schmiegte sie sich an mich. Ich mochte es, denn sie roch gut, fühlte sich gut an, fast wie ein Mensch – abgesehen davon, dass sie schon wieder schnurrte.

»Ich dachte schon, ich werde die Faust niemals lösen können.« Ich beugte und streckte meine Finger, als wir uns aufs Bett setzten.

Sie legte sofort ihren Kopf auf meinen Schoß und schaute sich die Bäume vor uns an, deren Blätter sich, inklusive Geräusch, leicht im Wind wiegten.

»Unten in der Höhle habe ich gemerkt, wie krampfhaft du die Decke festgehalten hast. Du hattest offensichtlich Angst, dich ohne Stoff zu zeigen. Und na ja ...« Sie zuckte mit den Schultern und ließ den Satz unbeendet. Oh Mann, ich wollte nicht daran denken. Aber Traumata verarbeitet man am besten, indem man über sie spricht, oder?

»Wieso schmeißt Sun mich jetzt nicht raus? Er muss doch mittlerweile wissen, dass ich nicht so wie ihr bin und dass ich seine Befehle alle missachten werde, wenn es mir möglich ist.« Sie drehte sich ein wenig, sodass sie mich ansehen konnte.

»Du hast etwas an dir, was er noch nicht hatte. Es ist der Reiz der Jagd.« Automatisch schauderte ich, als sie es mit ihrer für eine Frau sehr tiefen, aber doch melodischen Stimme und ihrer weichen Aussprache sagte.

»Ich lasse mich nicht gerne jagen«, murmelte ich. Sie grinste breit.

»Die Jagd kann auch Spaß machen, wenn du weißt, was für Freuden dich am Schluss erwarten.«

»Freuden?«, entgegnete ich spöttisch. »Das da unten soll eine Freude gewesen sein?«

Energisch schüttelte sie den Kopf. »Nein. Das da unten war eine Strafe. Weil du eingegriffen hast und sie für Ice auf dich nehmen wolltest.«

»Wieso hat er es nicht zu Ende geführt?« Diese Frage brannte mir schon die ganze Zeit auf der Seele.

»Du weckst in uns komischerweise nicht nur Jagdinstinkte. Wir wollen dich auch beschützen«, erwiderte sie nachdenklich. »Deswegen bin ich runtergekommen und habe Sun abgelenkt. Ich wollte nicht, dass du weinst. Es ist komisch für mich, wenn du das tust, denn wir weinen sonst nie.«

»Ihr weint nicht?«, erkundigte ich mich mit großen Augen. Oh Mann, wie oft ich in den letzten Tagen schon geheult hatte, konnte ich nicht mehr zählen und sie …

Lava schüttelte den Kopf. »Nein.«

»Könnt ihr nicht weinen?«

»Ich denke schon«, sinnierte sie und zuckte mit den Schultern. »Aber ich glaube nicht, dass wir dazu fähig sind, so etwas Starkes zu empfinden wie du in der Höhle. So mächtige …«

»Verzweiflung«, seufzte ich leise. Sie nickte, auch wenn sie sicher nicht wusste, was ich meinte.

»Wer so etwas nicht fühlen kann, der kann auch nicht weinen, nehme ich an.«

»Aber fühlt ihr Trauer?«

»Ja, aber ich schätze nicht so stark wie ihr«, erklärte sie nachdenklich und langsam. »Wenn jemand stirbt, zum Beispiel, lassen wir es nicht nach außen, zeigen es den anderen nicht. Wir Gestaltwandler leiden still. Ihr Menschen scheint da extrovertierter zu sein und wollt euch immer mitteilen. Wir kommunizieren nur wegen dem Nötigsten.«

Das hatte ich gemerkt.

Ein paar Minuten vergingen schweigend … Sie drehte sich wieder um und blickte die Bäume an. Ihre kräftig roten Haare glänzten im Licht und ich wollte testen, ob ihre Locken so weich waren, wie sie aussahen. Vorsichtig strich ich am Haaransatz über eine Strähne, die auf meinen Schoß fiel. Sie schloss sofort die Augen und fing wieder leise an zu schnurren. Ich musste glucksen und konnte mich gleichzeitig entspannen. Ihr Schnurren hatte etwas sehr Beruhigendes an sich, als würde sie mich damit einschläfern wollen. Mutiger glitt ich jetzt mit allen fünf Fingern in ihr Haar. Kämmte durch die seidige Fülle und sprach dabei gedankenverloren aus, was mich am meisten beschäftigte.

»Was passiert mit mir, wenn ich hierbleibe?«

»Nichts weiter. Sun hat den anderen verboten, dich zu anzurühren. Deswegen werden sie sich nicht mal in deine Nähe wagen.«

»Sie dürfen es nicht, aber er darf alles …«

»Natürlich«, sagte sie träge und ihr leises Schnurren klang in ihrer vollen Stimme mit. Ich verdrehte die Augen. Für sie war diese Ergebenheit selbstverständlich.

»Nur ich darf in deine Nähe kommen. Sonst keiner.« Mein Herz stockte einen winzig kleinen Moment, genauso wie meine Finger.

»Sonst keiner?«, erkundigte ich mich leicht alarmiert.

Verträumt nickte sie. »Sun vertraut mir. Er weiß, dass ich dir nichts tun würde.«

Ich wagte fast nicht, zu fragen, tat es dann aber doch. »Und Ice?«

Jetzt fühlte ich einen kleinen Ruck durch ihren Körper gehen. Ihre hellen Schultern spannten sich an, dann erhob sie sich plötzlich von meinem Schoß und setzte sich gerade neben mich. Dabei fielen die roten Locken über ihre Brüste und verdeckten das meiste davon. Ernst schaute sie mir direkt in die Augen.

»Ice ist gegangen.« Die Worte ergaben für mich keinen Sinn und ich blinzelte ein paar Mal verwirrt.

»Wo ist er denn hin? Zum Jagen?«, entgegnete ich und versuchte unbekümmert zu lächeln.

Als sie den Kopf schüttelte, senkte sich langsam Grauen über mich. »Wir haben ein paar Probleme in der Waldebene … dort, wo wir euch damals gefunden haben. Die Zyklopen spielen verrückt und verwüsten das Land. Sie kämpfen sich eindeutig in den Dschungel vor. Ice hat sich angeboten einen Trupp anzuführen, der sie aufhalten soll, bevor sie hierherkommen, und Sun nahm das Angebot liebend gern an.«

Entsetzt starrte ich sie an und konnte mich nicht mehr rühren. »Ice ist weg?«, hauchte ich beinahe emotionslos, als könnte es den Schmerz, den ihre Worte mit sich brachten, auslöschen. Sie nickte erneut. »Wie lange?« Ice war weg … WEG! Und ich war wieder allein.

»Ich weiß es nicht. Es kann sein, dass sie die Zyklopen in einer Woche finden. Aber es kann sich auch über Monate hinziehen.«

Wochen … Monate … aber das Schlimmste. »Wie viele Zyklopen sind es?«

»Fünf.«

Oh mein Gott, fünf solch verrückt gewordener Monster.

»Wie viel Gestaltwandler hat Ice dabei?«

»Zehn. Mehr konnte Sun nicht entbehren.« *Nein, nein, nein, bitte nicht!* Ich schluckte.

»Werden sie gegen die Zyklopen kämpfen müssen?«

»Aller Wahrscheinlichkeit nach schon. Natürlich werden sie erst versuchen, die Sache friedlich zu regeln, aber wenn die Zyklopen nicht von ihrer Zerstörungswut abzubringen sind, müssen sie getötet werden … Was ist mit dir? Wieso hast du Angst? Ich tue dir nichts, ganz sicher nicht, Seraphina.« Plötzlich schmiegte sie sich mit ihrem Kopf an meine Schulter und rückte an mich heran. Ich schluckte erneut und versuchte an dem Kloß in meinem Hals vorbeizureden, während ich blicklos die Bäume anstarrte.

»Nein, ich habe keine Angst vor dir. Ich habe Angst um Ice.« Und wie ich das hatte. »Wieso ist er einfach gegangen? Wieso hat er mich allein gelassen?« Bevor ich mich versah, hatte ich die Fragen laut ausgesprochen.

»Er ist Suns stärkster Krieger. Geschickt, schnell, erbarmungslos, und doch der mit dem größten Verhandlungsgeschick. Genau das, was Sun braucht. Es war klar, dass entweder er oder Ash gehen werden. Ash wollte hierbleiben …«

Toll! Ice war weg. Dafür hatte ich jetzt den Psychobruder am Hals! Konnte es noch schlimmer kommen? Ich hätte verdammt noch mal einfach nicht so reagieren sollen, hätte ihn nicht zurückweisen dürfen, als wäre er nichts wert. Seine Bestie war ein

Teil von ihm und meine Worte hatten vermittelt, dass ich mit diesem Teil nichts zu tun haben wollte. Aber gab ich Ice damit nicht auch das Gefühl, ihn als Ganzes abzulehnen, ja, sogar zu hassen? … Ich war so dumm. So unsagbar dumm!

»Jetzt komm erst mal mit. Du musst baden und essen.« Ja, das musste ich wirklich, aber irgendwie rückte alles andere in den Hintergrund. Ich konnte nur noch an Ice denken. An seinen zärtlichen Blick, an das Gefühl seiner Lippen auf meinen, an seine Stimme, die mir ins Ohr flüsterte. An das, was ich empfand, wenn er seine Arme um mich geschlungen hatte. Aber anscheinend musste ich mich damit abfinden, dass dies der Vergangenheit angehörte.

Lava nahm meine Hand und zog mich hinter sich her in den Gang. Dort stand plötzlich ein kleines Mädchen vor uns. Sie kam mir hier so falsch vor, sah aber gleichzeitig derart niedlich aus, dass ich stockte. Ihr Haar hatte die gleiche strahlend rote Farbe wie Lavas und war zu zwei Zöpfchen gebunden, die sicherlich bei Bewegung lustig hüpften. Auch ihre Augen glichen denen Lavas, waren genauso tiefgrün und schief, dabei aber noch kindlich rund und sehr groß. Ihre kleinen rosa Lippen verzogen sich zu einem strahlenden Lächeln, als sie mich anschaute. Sie wirkte einfach zuckersüß, sodass ich sofort hin und weg war.

»Was willst du hier, Sweet?«, fragte Lava und man konnte den mahnenden Tonfall der großen Schwester erkennen.

»Ich wollte den Menschen auch mal sehen«, antwortete sie mit viel zu kultivierter Stimme für so ein kleines, süßes Ding. Der Name passte wirklich wie die Faust aufs Auge.

»Jetzt hast du das ja. Geh wieder in die Spielgruppe.« Lava legte ihre Hand auf den kleinen Rücken und schob sie ein paar Schritte weg.

»Ich will aber mitkommen!« Die Kleine stemmte sich gegen ihre große Schwester, worauf Lava die Augen verdrehte und genervt seufzte. Ich grinste blöd.

»Lass sie doch mitkommen«, flüsterte ich Lava zu, worauf sie schnaubte.

»Na dann komm, du kleine Nervensäge!«, zischte sie ihr zu, drehte sich um und marschierte auf ihren unsagbar langen Beinen drauf los. Verschwörerisch lächelten die Kleine und ich uns an und ich hatte zu kämpfen, um ihr nicht in die kleine rote Wange zu kneifen.

»Ich bin Seraphina.« Sie nahm, während wir gingen, meine Hand, als wäre es das Normalste der Welt. Diese kleinen Finger zu fühlen, die mich vertrauensvoll hielten, tat gut.

»Ich bin Sweet.« Sie strahlte mich von unten offen an und ich lächelte zurück.

»Ja, das stimmt.«

Als wir unten ankamen, befanden wir uns scheinbar mitten im Meer. Um uns herum schwammen Fische mit sechs Flossen, Wale mit zwei Köpfen und Kraken mit schier unendlich vielen Armen. Die Wellen des Wassers glitzerten in den Sonnen und sendeten Licht bis in die Tiefe des Meeres.

Sofort schaute ich hoch und Suns arroganter Blick traf mich. Er lag auf dem Rücken, spielte mit einem Stück Holz, das er zwischen den Fingern kreisen ließ. Nur seinen Kopf drehte er in unsere Richtung, als wir die Halle betraten. Er sah mich nicht mit Begehren oder gar verärgert, sondern voller Herablassung an. So, als wäre ich ihm im Grunde genommen egal. Mich überraschte, wie schmerzhaft das war, aber ich verdrängte den Stich, den ich in meiner Brust fühlte, so gut es ging.

»Ich bringe sie jetzt raus«, meinte Lava und ich rückte näher an sie heran.

»Lass sie nicht sehen, wo der Ausgang ist«, erwiderte er mit emotionsloser Stimme, die diesmal nur einen unangenehmen Schauer über den Rücken verursachte, als mich wie sonst zu streicheln. »Big. Du gehst mit!« Der große Löwe, eine Stufe unter ihm, erhob sich träge und streckte erst mal gähnend die

Vorderpfoten durch. Dann sprang er trotz seiner Größe leichtfüßig zu uns, weswegen ich instinktiv zurückwich, und er drei Schritte neben uns stehen blieb.

Sweet riss sich allerdings los und lief auf ihn zu. »Jaaaa, darf ich wieder auf dir reiten?« Sie wartete die Antwort gar nicht erst ab, sondern schwang sich einfach gleich auf seinen Rücken. Er zeigte mir die Reißzähne, als ich die beiden verwundert ansah und ich konnte das Grinsen in seinen menschlichen Augen entdecken. Fürs Erste schien er nicht gefährlich zu sein. Trotzdem hielt ich jede Menge Abstand, als wir die Höhle durchquerten.

Ich blickte mich nach einem Ausgang um, konnte aber keinen entdecken. Lava lenkte mich die ganze Zeit ab und nahm dann meine Hand. »Mach die Augen zu, bis wir draußen sind.« Irritiert blinzelte ich sie an. Wie vertrauensselig die Tiere doch waren. Menschen hätten mir die Augen verbunden. Hier befahl man mir einfach, die Lider zu schließen und vertraute darauf, dass ich artig folgte. Na ja, ich war ja auch dumm genug und gehorchte. Doch dann änderte ich meine Meinung. Das hier war die perfekte Möglichkeit, um zu erkennen, wo es hier nach draußen ging, also linste ich durch meine Wimpern. »Seraphina«, kam es nur warnend von Lava· und ich kniff die Augen wieder zusammen. Einen Versuch war es ja wert gewesen.

Ich stolperte mehr schlecht als recht hinter ihr her, weil der steinige Boden so uneben war, aber wenigstens ließ sie mich nicht gegen eine Wand laufen. Wir gingen weiter und weiter, bis meine Schritte so laut ihn meinen Ohren hallten, dass ich glaubte, wir wären in einem langen Tunnel. Wir stiegen bergauf, sodass es in meinen Oberschenkeln zog. Lava führte mich dabei sanft. Es roch nach nassem Stein und irgendwo hörte ich auch Wasser von der Decke tropfen. Da es immer kälter wurde, fing ich an zu frieren.

»Wir sind gleich da«, flüsterte mir Lava zu, während ich hörte, dass Sweet hinter uns voller Freude jauchzte. Wieso, wusste ich nicht.

Plötzlich war es vorbei und ich merkte, wie wir ins Freie traten. Fühlte das Gras unter meinen Füßen, die zwei Sonnen, die Wärme spendeten, und hörte die Geräusche des Dschungels. Die Vögel, die über unseren Köpfen dahinflogen und das Rauschen der Blätter. Ich sog die frische Luft tief in meine Lungen, als wir noch ein paar Schritte weitergingen.

»Du darfst wieder gucken.« Blinzelnd öffnete ich meine Augen und wurde fast von den Farben der Natur um mich herum erschlagen. Die bunten Blumen, die größer waren als wir, drehten uns ihre Köpfe zu und winkten mit ihren Blättern. Die Dyraden in den umstehenden Bäumen winkten auch. Jeder wirkte hier so freundlich. Lava und Sweet, die immer noch auf Bigs Rücken thronte, grüßten zurück wie der Nachbar von nebenan. Man merkte, dass Gestaltwandler genauso zur Natur gehörten wie jedes andere Geschöpf dieser Welt. Nur ich schien hier nicht reinzupassen.

Als ich mich umdrehte, sah ich nichts als eine dunkle, grob gefurchte Felswand, die schier bis zum Himmel hinaufragte. Ich konnte keinen Eingang erkennen, aber das war mir klar gewesen. Ich wusste ja schließlich auch nicht, wo er war.

Wir umrundeten ein paar uralte Mammutbäume und fanden uns schließlich am Ufer eines breiten, klaren, sanft rauschenden Flusses wieder. Darin konnte ich dreiköpfige Fische erkennen, die dort umherschwammen und mein Magen zog sich zusammen. Seit der Bumbeeren hatte ich nichts mehr gegessen.

»Big, gehst du jagen?«, fragte Lava ihn und der Löwe sah sie einen Moment an, als wäre sie durchgeknallt. »Sun erlaubt nur mir in ihrer Nähe zu bleiben, also wirst du wohl gehen müssen.« Ihre Stimme war lieblich, und er schnaubte. Sweet glitt von seinem Rücken und tätschelte seine Mähne. »Nimms nicht so schwer.« Er verdrehte die Augen, wandte sich aber ab und verschwand im Busch.

Das war meine Gelegenheit! »Warum sollte ich eigentlich die Augen schließen, als wir zum Ausgang liefen. Ich dachte, man muss die Anzahl der Schritte kennen, um ihn zu sehen?« Ich wollte beiläufig klingen, während wir uns hinsetzten. Um das zu unterstreichen, zupfte ich vermeintlich gedankenverloren an den Grashalmen und wagte kaum sie anzuschauen. Denn ihre Antwort, so wurde mir klar, könnte vielleicht die Hoffnung auf eine Flucht in sich bergen.

Anfangs sagte sie nichts, bis ich den Kopf hob und sie doch ansah. Sie hatte die Stirn gerunzelt, als würde sie abwägen, ob sie mir trauen konnte, und erwiderte meinen Blick. »Du musst den Ausgang einmal gesehen haben und dabei hindurchgegangen sein, um zu wissen, wo er ist.« Ihre Worte hallten in mir nach und verwirrten mich zutiefst. Begruben sie nun meine Hoffnung, hier wegzukommen oder nicht? Und wollte ich das überhaupt? Fürs Erste ging es mir gut, auch wenn klar war, dass ich mich hier nicht frei bewegen durfte. Eine wieder fröhlich klingende Lava lenkte mich von meinen Gedanken ab.

»Nutz die Zeit, solange er weg ist, um dich zu waschen.« Dabei grinste sie mich breit an und ich lächelte dankbar zurück.

Endlich Wasser. In jeder Pore fühlte ich den Dreck. In meinen Haaren. Unter meinen Nägeln. In meinem Gesicht. Ich drehte mich von den beiden weg, um mich auszuziehen, aber es gelang mir nicht, mich aus dem Kleid zu schälen, also ließ ich zu, dass Lava mir half und meinen Körper unbekleidet sah. Im Nachhinein hatte ich mir völlig umsonst Sorgen gemacht, denn sie interessierte sich kein Stück für meine Nacktheit, vermutlich weil sie selber nichts trug, und es nicht anders kannte, sodass ich mir ein wenig blöd wegen meiner Schamhaftigkeit vorkam. Schließlich war sie komplett unnötig gewesen.

Das Wasser war eiskalt, als ich meinen Zeh vorsichtig hineinhielt, deshalb zog ich meinen Fuß wieder zurück. Plötzlich war ich mir nicht mehr sicher, ob ich mich waschen wollte. Doch die Frage wurde von allein gelöst, als Sweet an mir vorbeischoss und sich mit einem lauten Platschen in die Tiefen warf, sodass ein riesiger Schwall Wasser meinen Körper traf. Zitternd vor Kälte schaute ich hier böse nach.

Lava lachte mich aus. Sie hatte sich behaglich ans Ufer gelegt und ließ die Sonnen auf ihr hübsches Gesicht scheinen.

Jetzt traute ich mich hinein und erschauerte, als ich bis zu meinen Waden ins Wasser stieg. Die glatten großen Steine unter mir waren mit einer Schicht Algen bedeckt, also musste ich aufpassen, um nicht zu fallen. Vorsichtig ging ich weiter bis zu der Stelle, wo die Kleine schon vergnügt ihre Runden schwamm.

Je weiter ich eintauchte, desto mehr zogen sich meine Poren zusammen und ich fror immer mehr. Doch sobald ich bis zu den Schultern im Wasser war, fing ich an mit kraftvollen Bewegungen zu schwimmen und die Kälte verflog.

Nach ein paar Zügen den Fluss hinauf und wieder zurück, gegen die Wellen, war mir sogar richtig warm und ich begann, meine zerzausten und verklebten Haare zu waschen. Ich musste Lava unbedingt nach einem Kamm fragen, sonst müsste ich sie abschneiden.

Plötzlich bespritzte mich jemand mit Wasser und ich zuckte zusammen. Sweet lachte ihr helles, unbeschwertes Kinderlachen und trieb vor mir in den Wellen. »Du Monster!«, knurrte ich verspielt und spritzte zurück. Sofort kam ihre Vergeltung und so endete das Baden in einer ausgiebigen Schlacht, bei der sogar Lava am Ufer nass wurde, was ihr alles andere als gefiel. Grummelnd schüttelte sie sich, um jeden Tropfen loszuwerden. Eindeutig eine wasserscheue Raubkatze.

Schließlich waren wir alle sauber und erschöpft und ich konnte mich nicht daran erinnern, jemals so viel gelacht zu haben. Es fühlte sich gut an einfach mal mit Frauen zusammen zu sein, auch wenn die eine noch ein Kind war.

Wir legten uns alle ins weiche Gras und ließen unsere Körper von den heißen Sonnen trocknen. Zufrieden spürte ich, wie die Tropfen über meinen Bauch hinabliefen, entspannte mich und schloss die Augen.

Ich hatte es jetzt die ganze Zeit verdrängt, aber wie auf Befehl schob sich das Bild von Ice' Gesicht vor mein inneres Auge und mein Magen zog sich zusammen. Wo er jetzt wohl war? Und dachte er an mich oder hatte er mich vielleicht schon vergessen?

Allein der Gedanke war schmerzhaft, daher schob ich ihn von mir. Denn es bestand ja auch die Möglichkeit, dass ich gerade auch in seinem Kopf rumspukte. Schließlich hatte ich seine Gefühle für mich genau in seinen Augen gesehen. Er war nicht gut darin, sie vor mir zu verbergen oder er hatte es nicht darauf angelegt. Wäre er geblieben, wenn ich ihm offenbart hätte, dass ich etwas für ihn empfand? Oder wäre er trotzdem der Pflicht nachgegangen, sein Rudel vor der drohenden Gefahr zu bewahren und hätte mich allein gelassen?

Fragen. Nichts als Fragen. Es war frustrierend!

»Du solltest dich wieder anziehen. Big wird gleich da sein«, flüsterte mir Lava plötzlich zu und ich sprang auf, um mich mit Lavas Hilfe in das Kleid zu zwängen. Zum Glück war ich mittlerweile trocken.

Big kam wie auf Befehl und warf jeder von uns ein huhnähnliches Wesen vor die Füße, das allerdings bunte Federn, vier Augen und acht Beine besaß.

Ich kümmerte mich darum, Feuer zu machen, was mich zwar etwas ablenkte, aber nicht ganz die Erinnerungen an Ice vertreiben konnte.

Die Sonnen hatten ihren Zenit schon überschritten und verschwanden langsam und verdächtig orange glühend hinter den Bergen, als wir alle gesättigt waren. Lava und Sweet hatten ihr Huhn roh gegessen. Es war fast schon beängstigend, aber vor allem ekelhaft gewesen. Allerdings versuchte ich, es mir nicht anmerken zu lassen. Schließlich wollte ich die beiden nicht beleidigen, weil ich sie wirklich mochte.

Big lag faul ein Stück von uns entfernt und döste vor sich hin, Sweet turnte auf ihm herum, während ich noch an meinem letzten Schenkel knabberte. So etwas hatte ich noch nie gegessen. Vor allem, weil diese Tiere eigentlich im Verborgenen in den Höhlen der Bäume lebten und man sie fast nie zu Gesicht bekam. Es schmeckte richtig gut und so stopfte ich alles in mich hinein, wollte keinen Bissen verschwenden.

Sobald ich fertig war, suchte ich noch mal den Fluss auf und wusch mir die Hände und das Gesicht. »Ich geh mal schnell für kleine Menschen«, verkündete ich Lava.

Sie nickte nur träge, lag auf dem Rücken und kaute auf einem Grashalm herum.

Ich zwängte mich durch einen zirpenden Busch voller Riesengrillen, die daraufhin in alle Richtungen davonsprangen, und folgte ein paar rot glühenden Glühwürmchen (bunt glühende geflügelte und bewaffnete Regenwürmer), die sich immer wieder neu formierten und vor mir umherschwirrten. Ihr Farbenspiel war wunderschön. Instinktiv wollte ich sie berühren, doch sie stoben auseinander, nur um sich dann wieder vor mir zu einer Gruppe zusammenzufügen und vor meiner Nase herumzuschweben.

Irgendwann blieb ich allerdings stehen, denn ich merkte, dass das Rauschen des Flusses schon sehr leise war und ich mich in der Dämmerung ganz schön weit weg gewagt hatte. Ich konnte fühlen, wie die Dunkelheit mit jeder Sekunde dichter um mich herum wurde. Die Sonnen waren schon lange untergegangen und jetzt senkte sich auch rapide die Temperatur.

Ich entschied, mein Geschäft am besten gleich hier neben einem Riesenbaum zu erledigen und dann schleunigst zu den anderen zurückzukehren. Auf dem Rückweg hörte ich plötzlich ein Rascheln zwischen den Bäumen und zuckte zusammen. Erstarrte. Spitzte die Lauscher und versuchte meinen Herzschlag zu beruhigen.

Vielleicht ein Igelaffe … oder ein laufender Fisch … oder ein anderes harmloses Wesen, die hier haufenweise im Dschungel lebten. Doch es könnte auch etwas Gefährlicheres sein, weshalb ich meine Lauerstellung nicht aufgab, mich gegen den Baum hinter mir drückte und den Atem anhielt.

Meine Augen überflogen immer wieder das satte, bunte Gestrüpp, das nun immer mehr seine Farbe verlor und sich der Dunkelheit ergab und ich starrte dorthin, wo ich die Geräusche vermutete. Doch da war nichts …

»Buh!«, flüsterte mir eine Stimme plötzlich ins Ohr und mein erster Impuls war die pure Erleichterung. Er war wieder da, war zu mir zurückgekehrt. Ice! Doch als ich meinen Kopf zu ihm drehte, sah ich in gelb glühende sadistische Augen und wusste, dass dies sein Bruder sein musste, der mich dreckig angrinste.

Meine Augen wurden groß. Mein Herz sprengte fast die Brust, als er links aus dem Busch trat, sich vor mich stellte und die muskelbepackten Arme in die Seiten stemmte. Er hatte lange lockige, schwarze Haare und ein kantiges grobes Gesicht. Nicht mal ansatzweise besaß es so weiche Züge wie das von Ice. Seine Mundwinkel waren von Bosheit verformt. Sein Blick strahlte Kühle und Dominanz aus. Seine Haltung war drohend, obwohl er es mit Sicherheit nicht beabsichtigte. Es war einfach so. Ich wollte laufen oder schreien, konnte aber nichts von beidem tun.

Nur ein Gedanke dominierte alle anderen. Er hatte Gefallen an Menschenfleisch gefunden, womöglich war er sogar süchtig danach, auch wenn es nur einen von ihnen gab. Mich!

Das Bild, wie er meinen Opa zerfleischt hatte, wirbelte in meinem Kopf, immer und immer wieder.

»Na?«, fragte er mit hellerer Stimme als der von Ice. Im ersten Moment war es mir nicht aufgefallen. Jetzt aber schon. »Gefalle ich dir als Mensch besser?«

»Geht es darum, ob du mir gefällst?« Wow! Ich konnte trotz meiner Angst sarkastisch klingen! Ich war stolz auf mich.

Sein Mundwinkel verzog sich nach oben zu einem leicht bewundernden Lächeln, das aber vor Herablassung nur so strotzte.

»Nein.« Er schüttelte langsam den Kopf. »Darum geht es wirklich nicht. Ich will dich im Gegensatz zu den anderen nicht ficken …« Oh wow … was für eine kultivierte Wortwahl … Er trat einen Schritt auf mich zu, stützte den langen Arm hinter mir am Baum ab und strich mir plötzlich mit einem Finger über den Hals, als er flüsterte: »Sondern fressen … dir die Kehle rausreißen und dann meine Zähne in deinen Bauch jagen …« Gänsehaut schlich über meinen Körper und ich verfluchte mich dafür, den Dolch nicht mitgenommen zu haben. Stattdessen lag er vergessen auf dem Nachtkästchen neben dem Bett. Wie nachlässig von mir! Das würde mich jetzt das Leben kosten.

»Sun wird dich bestrafen«, flüsterte ich.

Ash lachte, entblößte dabei die Spitzen seiner Reißzähne. »Sun wird nicht mehr lange das Sagen haben.« Was? Ich verengte die Augen und versuchte ihn in ein Gespräch zu verwickeln. Das war meine einzige Chance es wenigstens hinauszuzögern, so wie Ice damals.

»Wieso?« Er beugte den Kopf und grinste.

»Glaubst du etwa, ich werde es DIR erzählen? Damit du es seiner Lava gleich auftischen kannst? Glaubst du, ich bin so blöd?«

»Ja?« Es war zwar als Frage formuliert, aber sein Unmut über meine freche Antwort war deutlich, als er tief aus seiner Kehle knurrte. Verdammt. Ich hätte nicht so vorlaut sein sollen!

»Vielleicht werde ich dich doch nicht so schnell erlösen. Vielleicht fange ich mit deinen Beinen an, werde sie fressen, während du zusehen musst.« Ich schluckte mühsam. »Oder ich fresse dir erst diese kleinen Tittchen ab, die schmecken sicher vorzüglich, das ganze Fett, mhmmm …« Er leckte sich genüsslich über die Lippen und kniff mir in die Brust, während ich tatsächlich würgte.

»Ash!«, erklang plötzlich eine weibliche Stimme die eindeutig nicht Lava gehörte. Ehrlich gesagt war sie mir völlig unbekannt. Als sich aber ein dunkelhäutiger Frauenarm um seinen Bauch legte, sah ich in die Augen der Frau, die Ice fast direkt vor mir bestiegen hatte. »Ich will, dass du mit mir teilst«, raunte sie ihm zu. »Wir müssen sie vernichten, sonst wird sie unser Rudel sprengen.« Sie grinste mich an, zeigte mir ihre Reißzähne und mir wurde klar, was sie meinte … aber sicher nicht selber erfasste. Sie war eifersüchtig! So was von!

»Ja, sie wird uns Ice wegnehmen und er gehört mir!« Plötzlich war da noch eine Stimme, noch eine Hand, die sich um Ashs Arm schlang und ich schaute in die blauen Augen der Blonden.

»Er ist dein, Cold«, antwortete Ash, ohne den Blick von mir abzuwenden, während mich die beinahe Weißhaarige hasserfüllt musterte, als könne sie es nicht erwarten, mich endlich zu vernichten.

»Er will sie aber mehr als mich.« Sie fletschte vor Wut die Zähne. Ihr Hass war so intensiv, dass ich allein davon Angst bekam und sich meine Kehle zuschnürte. »Ich werde sie töten.«

Ash schnappte plötzlich nach ihr und sie wich zurück. »Weg von ihr!« Auch die dunkle Gestaltwandlerin wich einen Schritt zurück, ohne mich jedoch aus den funkelnden Augen zu lassen.

»Wie wäre es einfach, wenn mich keiner tötet?«, fragte ich locker. Einen Versuch war es wert.

»Ash, ich will sie umbringen, lass es mich tun«, flüsterte die Blonde, als hätte sie mich nicht gehört. Ihr gesamter Körper war starr, als müsse sie sich stark zurückhalten.

»Ich will sie auch töten!«, mischte sich die schwarzhäutige Schönheit ein und ich verdrehte meine Augen.

»Nein! Er hat es mir versprochen!«

»Hat er gar nicht, du lügst!«

»Könnt ihr euch vielleicht mal entscheiden?«, warf ich gespielt gelangweilt ein.

»RUHE!«, rief Ash plötzlich. Er drehte sich um, trat zu der Blonden und schlug sie mit der Rückhand, sodass ihr Kopf zur Seite flog. »Ich bin dein Alpha. Ich entscheide.« Sie fasste sich nicht mal an die Wange, nachdem sie einen Schritt zurückgetaumelt war … sondern senkte nur ergeben den Kopf. »Verstanden?« Er wandte sich an die Dunkelhäutige und sie nickte, fletschte aber weiterhin ihre Zähnen. Schließlich beugte sie allerdings auch den Kopf.

Okay. Wenn das nun geklärt ist, kann man ja zur weiteren Tagesordnung übergehen, dachte ich, während Ash sich wieder mir zuwandte.

»Jetzt zu uns beiden. Wie willst du es haben?«, fragte er mich. Seine Finger geisterten schon wieder über mein Schlüsselbein und ich ekelte mich zutiefst.

»Am liebsten gar nicht«, konterte ich sofort.

»Gar nicht gibt's nicht. Ich habe nur darauf gewartet, dass du für eine Minute allein bist.«

»Was fragst du dann so doof?«, bohrte ich wieder und bemerkte, wie Zorn in seinen Zügen aufwallte.

»Seid ihr Menschen immer so aufsässig?« Er verengte die Lider zu bedrohlichen Schlitzen.

»Weiß nicht. Bin der Einzige. Dank dir!« Ich zuckte mit den Schultern und schaffte es lässig zu klingen, obwohl mein Herz beinahe aus der Brust sprang, so sehr fürchtete ich mich.

»Und bald wird es gar keinen mehr geben …«, flüsterte er. Dann ging er plötzlich vor mir auf die Knie und vergrub sein Gesicht in meinem Schoß. Ich riss die Augen auf und wollte ihn an den Haaren zurückreißen, doch er rührte sich nicht, sondern presste seine Nase tiefer, immer tiefer … Das war so widerlich. Hatte der nichts Besseres zu tun, als an mir rumzuschnüffeln, wollte er mich nicht eigentlich töten? Das zog ich in jedem Fall vor. Und wieder einmal wurde mir klar, dass der Tod nicht das Schlimmste war, was man mir antun konnte.

Als er sich schließlich von mir löste und hochsah, waren seine Augen dunkel, geradezu animalisch.

»Du riechst so gut, ich glaube, ich fange doch mit etwas anderem an …« Seine Stimme klang wie ein Versprechen, leise, drohend, untersetzt mit einem monströsen Knurren, und ich erstarrte.

10.

Anstatt mein Kleid zu zerreißen, wie ich es für einen Moment gedacht hatte, nahm er es und fing an, es an meinem Schenkel nach oben zu schieben. Doch wenn er dachte, mit mir leichtes Spiel zu haben, täuschte er sich, denn ich trat ihm in den Bauch. Daraufhin packte er meine Knie und hielt mich fest. Leider schien ihn der Stoß überhaupt nicht gestört zu haben. Mist!

»Es macht mich nur geiler, wenn du dich wehrst. Mach schön weiter so …« Er leckte sich gierig über die Lippen, starrte zwischen meine Beine und zog dann heftig an meinen Kniekehlen. Dabei rückte er von mir ab, sodass ich den Halt verlor und so schnell, dass ich es kaum mitbekam, an der rauen Rinde in die Horizontale hinabrutschte.

»Nei…!« Er erstickte meinen Schrei, als er sich unversehens auf mich legte. Mein Kopf schwirrte, weil alles so schnell geschah. Eine Hand presste sich auf meinen Mund und mit der anderen hielt er meine Arme über meinem Kopf gestreckt. Seine Hüften drückten meinen Unterkörper hinab, sodass ich unter ihm gefangen war. Langsam und genüsslich leckte er über meine Wange und mich überkam Ekel der ekelhaften Art.

»Du hast keine Chance.« Ich spürte seine Erregung deutlich und ließ meine Hüften ganz still, um mich nicht noch aus Versehen an ihm zu reiben. »Ich werde dich zerfleischen, während wir ficken. Das ist eine geheime Fantasie eines jeden Gestaltwandlers, auch von deinem Ice, glaub mir. Er ist nicht so zahm, wie du denkst. Er kann seine wilde Seite nur besser verbergen.« Fest drückte er sein Becken gegen mich und ich konnte mich nicht mehr beherrschen.

Ich schrie gegen seine Handfläche und versuchte ihn zu beißen. Aber es gelang mir nicht, also wand ich meine Hüften wie wild umher, schlug mit den Beinen aus und zappelte um mein Leben.

Ash lachte. Seine Haare fielen in mein Gesicht, während er sich richtig positionierte. Jetzt müsste er nur noch nach vorne stoßen und das wäre mein seelisches Ende. »Er hat es verboten, Sun hat es verboten!«, schrie ich verzweifelt.

»Das ist mir egal«, flüsterte er rau, während er sich mit mir vereinigen wollte, doch ein lautes Brüllen ließ ihn stocken.

Verwirrt schaute er nach oben und wurde im nächsten Moment schon von meinem Körper gezerrt. Ich rappelte mich auf und presste mich gegen den Baum in eine sitzende Position, zog die Knie an und sah mit großen Augen, wie Sun ihn plötzlich mit der sehnigen Hand an der Kehle gegen den gegenüberliegenden Baum drückte.

»Mein!«, knurrte er. »Sie ist mein!« Unverhofft schlug er Ash mit der Faust auf die Nase, sodass Blut spritzte.

»Meister, bitte, ich …«, stammelte dieser. Sun hörte ihm gar nicht zu. Er zog die Hand zurück und biss ihm kurzerhand in den Nacken. Zum Glück war es schon so dunkel, dass ich den Klumpen, welchem er ihm aus der Haut riss, nicht mehr deutlich sehen konnte. Das hätte mir sonst nach den üblen Geschehnissen den Rest gegeben und mein Abendessen wieder an die Luft befördert.

Achtlos spuckte er das Fleisch auf den Boden, während Ash vor Schmerzen grell schrie, und die beiden anderen Wölfinnen, die ich schon ganz vergessen hatte, panisch davonliefen.

Sun raste. Der Ausdruck in seinen Augen war schlimmer als alles, was mir Ash hätte antun können. Es toppte beinahe sogar alles bisher da Gewesene. Ash fiel seitlich auf den Boden und hielt sich brüllend die Stelle, in die Sun gebissen hatte. Er wimmerte und jammerte so kläglich, dass ich fast Mitleid mit ihm hatte.

Sun stand ihm gegenüber und starrte tödlich auf ihn herab. Seine Lippen waren mit Blut beschmiert. »Wenn du sie noch einmal anrührst, werde ich dir die Kehle herausreißen«, drohte er leise. »Und jetzt weg mit dir!«

»Ja, Meister.« Keuchend rappelte Ash sich auf, ohne mich dabei anzusehen, stattdessen ließ er Sun nicht aus den verschreckten Augen. Schwarzes Blut lief über seine Hand, mit der er sich die klaffende Wunde hielt, während er eilig durch den Busch davonstolperte.

Immer noch schockiert schaute ich zu Sun, der in die Richtung starrte, in die Ash entschwunden war. Dann flog sein Blick zu mir und ich japste nach Luft, als mich diese tödlichen Killeraugen ins Visier nahmen.

Erst jetzt registrierte ich, wie sein Körper zitterte, wie der Schweiß über seine ausgeprägten, langen Muskeln rann, wie schnell sich seine Brust hob und senkte, wie aufgewühlt er wegen dem war, was fast passiert wäre.

Doch das tat seinem Äußeren keinen Abbruch. Er war atemberaubend, voller Kraft, mit diesen lodernden Augen und dieser Ausstrahlung. Mein Körper reagierte darauf, wie er hier unter dem Mondlicht stand, auch wenn ich es beim besten Willen nicht wollte. Seine Wut ging vibrierend auf mich über, rieselte mein Rückgrat hinab und nistete sich tief in meinem Bauch ein, der sich vor Verlangen zusammenzog, während er mich mit diesem Raubtierblick taxierte.

Wie machte er das nur immer wieder?

»War er in dir?« Das waren seine ersten beherrschten Worte und sie woben ein seidenes Band voller Erotik um mich, auch wenn er das ausnahmsweise garantiert nicht beabsichtige. Ich schüttelte schnell den Kopf und merkte, wie Sun sich ein klein wenig entspannte. Zumindest lockerten sich seine Fäuste.

Er hatte mich gerettet … Sun hatte mich gerettet, ich konnte es nicht glauben!

»Ich hole Lava«, meinte er, doch ich keuchte erschrocken auf. Er wollte mich allein lassen?

»Nein!« Meine Kehle war staubtrocken. Meine Stimme kratzte und zitterte, doch er verstand mich, und dann, ohne es bewusst zu beeinflussen, streckte ich die Hand nach ihm aus. Nach ihm! SUN! Der unten in der Höhle fast dasselbe mit mir getan hatte. Was war nur los mit mir?

Seine glühenden Augen weiteten sich und jede Mordlust in seinem Blick verschwand mit einem Schlag, als er meine Hilfe suchende Geste bemerkte. Tausend Gefühle flackerten über sein schönes Gesicht: Schock, Verwunderung, Misstrauen und schließlich pure Zärtlichkeit.

Majestätisch setzte er sich in Bewegung und blieb schließlich bei mir stehen, schaute auf mich herab und legte den Kopf leicht schief. Ich schaute zu ihm hoch, während mein Herz Saltos in meiner Brust schlug, allein deswegen weil er mir so nah war. Seine Energie hatte mich mit jedem seiner Schritte tiefer in ihren Bann gezogen, hatte meinen Körper dazu gebracht, sich auf mir unbekannte Dinge vorzubereiten. Und das Schlimmste war, dass ich mich nicht dagegen wehren konnte. Ich war schlichtweg nicht in der Lage dazu.

»Was machst du nur mit mir?«, flüsterte er plötzlich und ließ sich vor mir auf die Knie fallen. Die Frage hätte andersherum lauten müssen! Was machte er nur mit mir? Und wieso fühlte es sich so intensiv und berauschend an, wenn er in meiner Nähe war? Wieso verführten mich seine Stimme, sein Aussehen, seine Bewegungen, und das vom ersten Moment an? Wieso konnte ich gerade jetzt nicht mehr stark sein, nachdem, was ich fast erlebt hatte?

Ich zuckte nicht zurück, als er die Hand hob, mir ein paar Tränen von der Wange wischte, die sich davongestohlen hatten, und mir dabei tief in die Augen schaute. Er zog die Hand zurück und leckte langsam und genüsslich meine Tränen ab, was mich nicht überraschte. Ein kleines raues Stöhnen entwich seinen Lippen, als er meinen Geschmack erkundete. Mir wurde zum allerersten Mal klar, dass ich wahrscheinlich über ihn noch viel mehr Macht hatte als er über mich. Dass er hilflos seinen Trieben ausgeliefert war und sich nicht gegen das wehren konnte, was ich in ihm auslöste.

Ich hatte gedacht, er wäre ein zerstörerischer Hurricane mit dem ich nicht klarkäme, doch er kniete jetzt hier vor mir, schaute mich mit wahrer Zärtlichkeit an und berührte mich, als wäre ich das kostbarste Gut dieser Welt.

Aufmerksam musterte ich sein Gesicht: jede einzelne perfekte Linie und jede kleine Regung. Die Energie zwischen uns schwoll nun, da er mir so nah war, zu einer großen vernichtenden Wolke an. Zwischen meinen Beinen fing es an zu pulsieren, je länger ich ihn anschmachtete.

In diesem Moment wollte ich ihn, mehr noch, ich brauchte ihn! Alles andere käme einem vernichtenden Schlag gleich. Diese Erkenntnis hätte mich erschrecken müssen, tat sie aber nicht, da das Bedürfnis seiner Berührungen alles überlagerte. Ich wünschte mir seine Hände auf meiner Haut, seine Lippen auf den meinen und seine Energie, die mich umschmeicheln konnte, so zart wie eine Feder oder so intensiv wie ein Hurricane, einfach um zu vergessen.

In mir zerbrach etwas, als ich die Augen schloss und heiser flüsterte: »Küss mich.« Mein Selbstschutz lag tot am Boden. Gegen diese Macht konnte ich mich nicht wehren. Nicht hier und nicht jetzt.

»Was?« Ich konnte Suns Verwunderung bis zu mir fühlen: das erneute Anspannen seines Körpers und das leichte Zurückweichen.

»Küss mich, Sun. Jetzt!« Alle Autorität, die ich besaß, legte ich in meine leider zitternde Stimme, denn ich war verführt von seiner Macht und ich hatte meine Entscheidung gefällt.

Sobald er hörte, wie ernst es mir war, gab es kein Halten mehr und seine Lippen krachten auf meine. Auf diesen heftigen Überfall war ich dann doch nicht vorbereitet, und so japste ich nach Luft, während meine Hände nach oben schossen und sich auf seine Brust legten. Oh Gott, sie war so glatt, so hart und so muskulös, dass ich allein bei ihrer Berührung aufstöhnte.

Das brachte ihn wiederum dazu, mit seiner Zunge über meine Unterlippe zu streichen, worauf ich den Mund keuchend öffnete und er sich tief zwischen meine Zähne schob.

Seine Energie floss über mich wie heißes Blei, versenkte jede Faser in mir und riss mich mit sich in ungeahnte Höhen.

Als unsere Zungenspitzen aufeinandertrafen, ging ein Stoß durch meinen gesamten Körper. Ich konnte fühlen, wie sein mächtiges Tier in mich sprang. Es war samtig weich und brennend heiß. Schnurrend schmiegte es sich in mich und kitzelte jeden noch so verborgenen Nervenstrang. Reizte Stellen, an die kein normaler Mann kommen würde.

Seine Energie durchflutete mich in kleinen Stößen, die variierten, je nachdem, wie er seine Zunge um meine bewegte. Ich stellte mir vor, dass man sie beinahe glühend orange sehen konnte, wie sie flimmernd in mich eindrang, sich ein wenig zurückzog, sich wieder vorwagte und mit mir spielte. Das war so gut …

Wir stöhnten beide, als ich mit meiner Zunge gegen seine anfocht, sie zurückdrängte, bis ich in seinem Mund war und ja, wir verschmierten dabei Ashs Blut um unsere Münder und ja, ich konnte es kupfern schmecken, doch es brachte mich nur dazu, mir zu wünschen in Sun hineinzukrabbeln, wie sein Tier es bei mir tat, um noch mehr von ihm zu bekommen. Es schien, als gäbe es einen Teil in mir, der soeben aus tiefem Schlaf erwachte, der einer Bestie gleich, in Sun hineinschlüpfen wollte, um ihn zu erkunden, jeden noch so versteckten Winkel. Doch das war nicht möglich. Ich war nur ein Mensch.

Suns tierische Seite kämpfte sich jetzt als Antwort auf etwas, was ich getan oder gefühlt hatte, nach oben. Er war schließlich dominant und würde es nicht lange dulden, dass ich dieses Spiel anführte.

Ich ließ es zu, als er sich von meinen Lippen löste, auch wenn ich aufgrund des Verlustes wimmerte, denn ich wollte den Kuss nicht unterbrechen, während er über meinen Kiefer leckte.

Zitternd stützte er seine Hände hinter mir an den Baum, kniete sich zwischen meine Beine und biss mir in den Hals. Mein peinlicher seufzender Laut hallte so intensiv durch die Nacht, dass man ihn sicher bis in die Höhle hören konnte. Er leckte spielerisch über die Stelle, die er zum Schein verletzt hatte, saugte sie dann ein, sodass es wehtat und ich den Kopf zurückwarf.

Verlangend drückte ich mich an ihn und krallte meine Hände in seinen Nacken, strich dann über seine raspelkurzen, vollen Haare, ließ sie durch meine Finger rieseln und drängte ihn enger gegen mich. Nachdem er gemerkt hatte, dass es mir gefiel, biss er mich, leise stöhnend, fester. So fest, dass ich aufkeuchte. Als er dieses Mal über die Stelle leckte, wusste ich, dass etwas Blut floss, denn er stöhnte erneut inbrünstig und ich tat es ihm gleich, denn seine Zunge war so heiß und wendig. Es kribbelte, wenn er mich mit ihr berührte, was sich mit dem leichten Schmerz des Bisses vermischte. Trieb mich immer höher.

Ich konnte seinen schnellen, heißen Atem spüren, als er mich weiterhin mit seinen Zähnen neckte, jetzt viel vorsichtiger, und die malträtierte Haut anschließend verwöhnte. Es war ihm deutlich anzumerken, dass er die Kontrolle nicht ganz verloren hatte, weil er sich zurückhielt, als er meine Brustwarze mit den Lippen streifte, anstatt sich umgehend auf mich zu stürzen. Trotzdem versteifte ich mich sofort und schlug die Lider auf.

Sun schaute bereits zu mir hoch, aus seinen glühenden, orangefarbenen Augen und ich erzitterte allein von seinem leidenschaftlichen, dunkel drängenden Blick. Er hielt sich tatsächlich zurück. Dass er mich jetzt und hier um Erlaubnis fragte, ob er weitergehen durfte, obwohl er eigentlich schon wusste, wie ich mich entschieden hatte, überraschte mich.

In diesem Moment, in der lauen Dschungelnacht, mitten irgendwo im Busch, wollte ich ihm gehören, also flüsterte ich: »Ja, Sun …«, und strich ihm zärtlich durch die seidigen Haare. Das allerschönste Lächeln, welches ich je gesehen hatte, breitete sich auf seinem Gesicht aus, und mir wurde schlagartig klar, dass ich mich schon oben im Nebelwald in dieses Lächeln verliebt hatte, während er unter mir lag und ich, hilflos von seiner Energie gefangen, auf seinen Hüften saß.

Gott … Eigentlich durfte das nicht sein … Aber jetzt, in diesem Augenblick, ließ ich es zu. Ich ließ es zu, die Schmetterlinge in meinem Bauch zu spüren und in dem wunderschönen Gefühl zu schwelgen, so intim mit ihm zusammen zu sein.

Schweigend knabberte er über dem Stoff sanft an meiner harten Brustwarze und saugte schließlich daran, fixierte mich dabei aber weiterhin und lauerte wachsam auf meine Reaktion. Mein Körper wölbte sich ihm ohne mein Zutun entgegen und mir entkam erneut ein peinlich lautes Stöhnen. Er grinste zufrieden. Das hatte er offensichtlich provozieren wollen.

Ruckartig spreizte ich meine Beine, wobei mein Kleid nach oben rutschte. Sun keuchte gegen meine Brust als ihn mein Duft traf. Seine Hände lösten sich von dem Baum hinter mir. Er packte meine Knie und hielt sie in dieser Position fest, als ich sie wieder schließen wollte. Es war, als ahnte er voraus, was ich als Nächstes tun würde.

»Ich will dich«, raunte er. Mist! Mir ging es nicht anders, aber es mit seiner samtenen Stimme zu hören, war etwas ganz anderes. Er klang wie ein Verhungernder, der kein Zurück mehr kannte, der den Punkt der Kontrolle weit überschritten hatte.

Trotz des wirren Bannes, den er um mich gesponnen hatte und in dem ich gefangen war, begann ich wieder ein wenig klar zu denken. Seine drei Worte waren wie eine unsichtbare Macht, die mich aus meiner Trance holte und ich schüttelte den Kopf. »Nein.« Ich würde es nicht ertragen. Nicht heute. Nicht jetzt sofort. Nicht nach dem, was in der Höhle passiert war und erst recht nicht nach dem, was Ash mir beinahe angetan hatte …

»Du verwehrst dich mir? Selbst jetzt?«, knurrte er warnend … Eine seiner Hände rutschte über meinen Innenschenkel hinab und zwischen meinen Beinen fing es an zu brennen. Es fühlte sich an, als würde der Ort nach ihm schreien und heftiger pulsieren, je näher er kam. Es überwältigte mich so sehr, dass es mir die Sprache verschlug. »Jetzt gibt es kein Zurück mehr, mein schönes Menschenmädchen«, flüsterte er rau, wanderte mit seinen Lippen weiter nach oben bis zu meinem Ohr und flößte mir dort seine erotische Stimme direkt ein. Dieser Moment war magisch und ich schmolz beinahe dahin. Seinen Kosenamen für mich zu hören, sandte kleine Schauer aus, die wie Seifenblasen in meinem Inneren platzten und ein angenehmes Prickeln zurückließen. Sein unvergleichliches Timbre, in dem unterschwellig sein Schnurren mitschwang, vibrierte durch meinen ganzen Körper. Doch gleichzeitig entsagte er mir in diesen Gefühlen aufzugehen, weil seine Hand nicht fortfuhr, mich zu berühren. Sie hielt ausgerechnet am Ansatz meiner Beine inne.

Okay, ich hatte zwar abgelehnt, aber danach war mir jetzt überhaupt nicht mehr zumute.

»Ich meinte keinen Sex …«, wimmerte ich japsend und hob ihm meine Hüften entgegen.

»Was dann?«, fragte er eindeutig hinterhältig, als ob er das nicht wüsste … Seine weiche Zunge umspielte sanft mein Ohrläppchen, während er sich komplett ruhig gab. Zumindest äußerlich. Dennoch konnte ich sein Tier spüren, das immer nervöser wurde und anfing mich heftiger zu streifen … Es wollte dasselbe, wie ich, konnte sich aber nicht so gut zurückhalten wie seine menschliche Seite.

»Berühr mich«, flehte ich schon fast und kniff die Augen zusammen, denn Röte überzog mein Gesicht … ja eigentlich meinen ganzen Körper. Ich hätte niemals gedacht, dass ich das jemals zu ihm sagen würde.

»Ich dachte, nein?«, bohrte er erneut. Er bewegte sich Millimeter für Millimeter weiter und strich hauchzart über meine äußeren Schamlippen, die triefend nass waren. Ich stöhnte heiser, denn noch niemals hatte ich etwas so intensiv empfunden wie seine langen Finger zwischen meinen Beinen. Besonders, als er sanft an den feinen Haaren zupfte. »Oder?«

»Nein war gelogen.« Es kam fast als Knurren, denn es war geradezu demütigend, dass er so einfach mit mir spielen konnte und ich dem nichts entgegenzusetzen hatte. Im Moment war ich so dem Lustrausch verfallen, dass ich ihm völlig hilflos ausgeliefert war und er wusste das zu gut. Leise lachte er gegen meinen Nacken. »Sun!«, schrie ich fast schon flehend. Heiser.

»Lüg mich nie wieder an!«, knurrte er jetzt und allein dieses Geräusch jagte einen Schauer durch meinen gesamten Unterleib. Ich nickte atemlos. Dann berührte er mich …, legte seine Hand zwischen meine Beine und ich konnte fühlen, wie meine Nässe jetzt an ihm haftete. Er bewegte seine Finger … tänzelte mit ihnen zärtlich über meine empfindliche Haut und zog erneut an meinen feinen Härchen, als ich vor Schreck die Beine schließen wollte. Es war einfach zu intensiv. Einerseits war es Furcht einflößend, aber andererseits wollte ich nicht, dass er aufhörte. Niemals.

Sofort wurde mir klar, dass er genau wusste, was er da tat, auch wenn ich keine Vergleichsmöglichkeiten hatte. In dieser Sache war er tatsächlich ein Meister, ein wahrer Meister.

Er küsste mich stöhnend, als er mit einem Finger in meinen nassen Körper drang, und ich dachte, ich müsste zergehen. Langsam bewegte er ihn, dehnte mich dabei vorsichtig und führte dann noch einen ein. Kurz versteifte ich mich, denn ich rechnete mit Schmerzen, aber im Gegenteil. Dieser erfüllte mich dann mit noch mehr Wonne, als er begann ihn vor und zurückzuschieben.

Während mich eine Hand weiter verwöhnte, stahl sich die andere von meinem Bein, damit er sich selbst befriedigen konnte. Anscheinend hielt er es anders nicht aus. Ich wollte dabei gerne seinen Gesichtsausdruck sehen, und wie genau er das machte … Meine Neugierde war sehr groß, trotz der Scham, die nun von Lust verdrängt wurde. Aber er verwickelte meine Zunge in so ein mitreißendes Spiel und wurde mit seinen Bewegungen so drängend, dass ich mich auf nichts mehr konzentrieren konnte und die gesamte Welt anfing, sich um uns beide wie irre zu drehen.

Der Hurricane hatte mich voll erfasst, aber ich war noch nicht ganz im Auge des Sturms. Allerdings wurde ich bereits langsam Stück für Stück nach oben getragen, und als dann auch noch plötzlich Suns Daumen auf einen Punkt drückte, von dem mein ganzer Körper vermeintlich in Flammen aufging, geschah es.

Etwas in mir riss mich auseinander. Es lief siedend heiß von meinem Unterkörper in meinen Bauch, meine Beine und meine Brust. Meine Brustwarzen stellten sich auf und ich schrie gegen Suns Lippen, direkt in seinen Mund, weil ich das nicht erwartet hatte. Dabei hielt ich sein Gesicht gegen meins gepresst und fühlte Zuckungen in meinem Intimbereich, die mir Angst gemacht hätten, wenn sie nicht so unsagbar schön gewesen wären. Unsere Energien vermischten sich und wirbelten in einem riesigen flackernden Chaos durch unsere Leiber.

Im nächsten Moment knurrte Sun rau in meinen Mund und ich fühlte, wie eine warme Flüssigkeit mein Kleid bespritzte und ein Beben durch seinen Körper ging.

Er ließ die Finger in mir, während er sein Gesicht danach an meinem verschwitzten Hals vergrub und ich mit geschlossenen

Augen die Watte genoss, die sich durch meine Gliedmaßen schob. Ich war ja so entspannt, so entspannt wie noch nie in meinem Leben. Und ich fühlte mich sicher. Sun würde mich beschützen. Er *hatte* mich beschützt. Träge schlang ich meine Arme um seine Schultern und drückte ihn enger an mich.

»Was war das?«, murmelte ich atemlos gegen das Grillengezirpe der lauen Nacht an.

Spürbar verzogen sich seine Lippen an meinem Hals zu einem Lächeln.

»Das war deine Kapitulation.« Ich verdrehte die Augen, denn darauf wollte ich nicht hinaus.

»Ich meine das am Schluss, dieses wahnsinnige Gefühl …« Er wich ein Stück zurück und lehnte seine Stirn an meine. Dies war eine sehr intime Geste, nur getoppt durch seine Finger, die noch in mir waren.

»Das war ein Höhepunkt. Es ist die Belohnung der Evolution für unsere Fortpflanzung.« Er grinste schief. Dann beugte er sich vor und küsste mich geradezu sanft. Eine Art zu küssen, die ich ihm niemals zugetraut hätte. Aber ich hätte Sun vieles nicht zugetraut. Das zeigte mir nur, dass ich voller Vorurteile war, die ich dringend abbauen musste, um in dieser Welt zu überleben.

»Wir haben uns doch gar nicht fortgepflanzt«, murmelte ich, sobald seine Lippen von meinen abließen.

»Wir haben sie ausgetrickst.« Mit einem Lächeln zog er seine Finger zurück. Ich hasste es, mich darauf so leer, verloren und allein zu fühlen, doch war noch etwas anderes, was jetzt vehement Aufmerksamkeit forderte. Mein Gewissen … Erstens: Ich hatte Ice nach nicht mal einem Tag verraten. Auch wenn ich ihm niemals irgendwas versprochen hatte, so war mir doch sofort elendig zumute.

Aber was noch schlimmer war: Ich hatte meinen eigenen Prinzipien abgeschworen, indem ich mich einem Gestaltwandler hingegeben hatte. Auch noch genau dem, vor dem ich durch die halbe Welt geflüchtet war.

Auf was lasse ich mich hier nur ein?, fragte ich mich und mein Bauch zog sich vor Beklemmung zusammen! Ich wollte das nie! Ich wollte Ice, nicht Sun!

Nach dieser erschreckenden Erkenntnis schubste ich Sun an den Schultern von mir. Ich konnte ihn und seine Berührungen nicht mehr ertragen. Es war einfach nicht richtig und ich kam mir so … *schmutzig* vor.

»Was?« Mit gerunzelter Stirn wich er zurück.

»Lass mich in Ruhe! Ich habe dir gesagt, du sollst mich in Ruhe lassen!«, schrie ich ihn an und drängte die dummen Tränen zurück. Er schaute mich nur an, als würde er die Welt nicht mehr verstehen und kniete hilflos zwischen meinen Beinen. Das, was ich fühlte, musste wohl eine Art postkoitale Hysterie sein, oder so.

»Du hast mich verführt!«, schrie ich weiter. »Deine ganze dumme Energie ist in mich eingedrungen und hat von meinem Körper Besitz ergriffen! Du hast mich wieder manipuliert, du Arschkater!«

Ich war gerade am Ausflippen und was tat er? Er fing an zu lachen! Und das aus vollem Halse! Wie konnte er es wagen, sich auch noch über mich zu amüsieren und mich damit zutiefst zu demütigen?

»Wieso lachst du?«, zischte ich. Mit diesen Worten nahm sein Ausbruch der Fröhlichkeit an Lautstärke zu. Ich verschränkte defensiv die Arme vor der Brust.

Mit einem Mal riss er sich zusammen.

»Seraphina …« Als er meinen Namen aussprach, kroch schon wieder ein angenehmer Schauer über meine Haut. Das machte mich nur noch wütender, wenn das überhaupt möglich war. »Du müsstest dich mal sehen!« Und wieder lachte er lautstark … »Du sitzt hier mit zerzausten Haaren, geschwollenen Lippen, geröteten Wangen, absolut befriedigt, und vor allem mit meinem Sperma überall auf dir und schreist mich an, weil *ich dich* verführt haben soll? Dabei hast *du* mich verführt!« Bei den letzten Worten wurde er ernst und schien wohl ergründen zu wollen, wie mir das hatte glücken können. Sehr schmeichelhaft. »*Du* hast gesagt, dass ich zu dir kommen soll, aber vor allem hast *du* verlangt, dass ich dich küsse«, flüsterte er heiser und wollte die Hand nach mir ausstrecken, als ginge es gar nicht anders. Ich schlug sie weg.

»Aber nur, weil ich verwirrt war! Du hast meine Verstörtheit und meine Angst genutzt und sie in Lust umgewandelt, gib es zu!«, zischte ich, denn mir war nur allzu klar, wie das alles abgelaufen war! »Und fass mich nicht an, hab ich gesagt!«

Schwankend stand ich auf, ignorierte die klebrigen Flecken, die sich durch das Kleid auf meiner Haut verteilten, und zerrte es so weit nach unten, wie es ging. Ich war so wacklig auf den Beinen, dass ich mich hinter mir am Baum abstützen musste.

Sun blieb auf den Knien und sah ratlos zu mir hoch. Mein Herz zog sich zusammen, als ich ihn im blanken Mondschein so vor mir sah. Er wirkte ernsthaft verletzt und mein Mitgefühl regte sich. Allerdings nicht nur das. Sein Blick verursachte wieder dieses angenehme Kribbeln, was ich jedoch ganz schnell verdrängte. Ich schaute von ihm weg, irgendwo in einen Busch, bloß nicht mehr in diese glühenden Augen, sonst wäre ich auf die Knie gefallen, hätte ihn umarmt, mein Gesicht an seinem Hals vergraben und angefangen zu weinen. Meine Finger juckten bereits. Sie wollten ihn berühren. Trösten. Aber nichts da, ich würde mich zukünftig von nichts anderem als von meinem Verstand leiten lassen!

»Bring mich zurück in die Höhle.« Mit verbissenem Kiefer stand er auf und schlang seinen Arm um meinen Rücken! Als ich merkte, dass er mich hochheben wollte, wich ich zurück.

»Verstehst du mich nicht, wenn ich dir sage, fass mich nicht an? REDE ICH GNOMISCH?«

Auf meinen genervten Blick hin verdrehte er lediglich die Augen. »Du darfst nicht sehen, wo der Eingang ist. In deinem Zustand, brichst du dir alle Knochen, wenn du mit geschlossenen Augen selber reingehen musst. Deine Beine tragen dich kaum, dank mir«, gab er noch kleinlaut und äußerst selbstzufrieden dazu! Oh mein Gott, er würde mir das hier ewig unter die Nase reiben! Ich wusste es schon jetzt!

»Bring mir einfach Lava, okay?« Das letzte Wort schrie ich wieder ein klein wenig lauter, denn verdammt, er brachte mich wirklich zur Weißglut.

»Na gut.« Er zuckte mit den Schultern. »Aber weißt du was, Seraphina?«

»Was?«, keifte ich und schaute wieder knallhart mit verschränkten Armen von ihm weg – versuchte bloß nicht daran denken, wie es sich anfühlte, wenn er mit seiner Wahnsinnsstimme auch noch meinen Namen aussprach.

»Du bist mein, du weißt es nur noch nicht.«

Gerade wollte ich ihm eine gepfefferte Erwiderung entgegenschleudern, da tat er etwas, was mich aggressiv gemacht hätte, wenn ich nicht vor Schreck erstarrt wäre.

Er küsste mich!

Wahrscheinlich, damit ich endlich meine Klappe hielt. Ein sehr zuverlässiges Mittel und es wirkte. Einfach so, mir nichts, dir nichts, nahm er mein Gesicht zwischen seine Hände, drückte meinen Körper gegen den Baum und küsste mich … kurz, knapp, intensiv, sodass mein Kopf schwirrte. Und ich blöde Sumpf-Kuh, ich war echt die allerblödeste Sumpf-Kuh auf diesem Planeten, presste mich auch noch sofort enger an ihn, seine Wärme, seine Energie … ja sogar an sein selbstzufriedenes Arschkatertier und ließ ihn in meinen Mund ein.

Sobald ich kapituliert hatte, löste er sich allerdings leise lachend von mir, drehte sich um und marschierte voller Arroganz und

Selbstzufriedenheit davon, während ich atemlos am Baum lehnte und nichts weiter tun konnte, als ihm hinterherzustarren. Schließlich war er nackt und die Muskeln an seinem Hintern arbeiteten vorzüglich im Mondschein!

Das war gerade die absolute Machtdemonstration gewesen.

Viel zu spät, erst als sein perfekter Hintern aus meinem Sichtfeld verschwunden war, konnte ich mich aus seinem neu gesponnenen Bann befreien und hob wahllos einen Stein auf.

Ich schrie aus vollem Halse und pfefferte ihn in den Busch.

Alles, was ich als Antwort bekam, war ein gespenstisches Kichern aus der Ferne.

Blöder, blöder verführerischer, heißer, wunderschöner Arschkater!

Womit hatte ich das nur verdient?

11.

Wieder in diesem dummen Waldzimmer, in dieser dummen Gestaltwandlerhochburg lag ich auf dem Bett und fragte mich, wie dumm ich eigentlich war.

Ich hatte mich von Sun berühren lassen. Er hatte seine Finger in mir, und nicht nur das. Ich hatte es erlaubt, dass seine Bestie, die ich eigentlich verabscheute, wegen der ich Ice sozusagen den Laufpass gegeben hatte, in mir herumwütete, mich befriedigte und mit mir Dinge anstellte, von denen mir auch nachträglich ganz heiß wurde.

Wann war ich zu so einer Frau geworden? Wann war ich der Lust verfallen und ließ mich von ihr leiten?

Bevor ich mit Sun und Ice in Kontakt gekommen war, hatte ich noch niemals einen Mann gehabt und noch nicht mal viele Gedanken daran verschwendet, wie es wohl wäre, weil ich, ganz ehrlich, andere Probleme gehabt hatte.

Und jetzt?

Jetzt konnte ich an nichts anderes mehr denken und das machte mich zu meiner Angst auch noch wütend. Aber vielleicht war das gar nicht so schlecht, denn mit Wut konnte ich besser umgehen als mit Furcht. Sie lähmte mich nicht – sie brachte mich dazu, aus mir heraus zu gehen. Immer noch mit den zwiespältigen Emotionen in mir drehte ich mich auf die Seite und starrte die Tür an, durch die Lava verschwunden war.

Nach dem Erlebnis mit Sun musste ich natürlich gleich noch mal in den Fluss steigen, denn sein Saft klebte an mir und erinnerte mich an das, was passiert war.

Lava war so nett gewesen, kein Wort zu sagen. Aber ich hatte das Lächeln in ihren Mundwinkeln genau gesehen, ebenso, dass sie

Mühe hatte, sich jeglichen Kommentar zu verkneifen. Doch sie schaffte es, was ich ihr hoch anrechnete.

Denn ich wollte über meine Kapitulation, wie Sun es so schön genannt hatte, nicht reden. Ja, ich wollte nicht einmal darüber *nachdenken*, doch dieser Wunsch blieb unerfüllt.

Meine Gedanken kreisten ständig darum. Die Erinnerungen streichelten mich, brachten meinen Schoß zum Pochen und mein Gewissen zum Weinen. Mittendrin kam mir dann wieder Ice in den Sinn und dass ich dies alles mit ihm hätte erleben können, wenn ich nicht so unsagbar voreingenommen gewesen wäre.

Nein, stattdessen gab ich mich lieber Sun hin, der sich jetzt bestätigt fühlte, dabei hätte ihm ein Dämpfer mit Sicherheit nicht schlecht getan. Nur leider hatte ich ihm nicht widerstehen können, sodass er unseren kleinen internen Machtkampf für sich entschieden hatte. Ich beschloss, ihm so gut wie möglich aus dem Weg zu gehen, um nicht wieder in Versuchung zu geraten. Seit wann war ich so schwach?

Ich hatte mich ihm unterworfen, mehr als willig und mich ihm gefügt, dem großen Meister, so wie jeder andere Gestaltwandler auch, aber ich war ein Mensch! Seine tierische Energie sollte nicht so eine große Macht über mich haben und doch …

Seufzend schloss ich die Augen, um die Bilder zu verdrängen und die Gefühle wegzuschieben, doch das bewirkte das Gegenteil.

Genervt rollte ich mit stattdessen auf die andere Seite und drückte ein Kissen auf mein Gesicht. Dann schrie ich eine Runde in den weichen Stoff. Es war befreiend, aber nicht genug, um alles Angestaute rauszulassen und wieder klar denken zu können, denn mein Verräterkörper wollte mehr, mehr, meeehr!

Es war zum wahnsinnig werden! Ganz ehrlich. Ich wollte ihn nicht wollen.

Also schlug ich mit meinen Fäusten auf das unschuldige Bett ein, brüllte dabei weiter in das Kissen und versuchte dieses Verlangen wie einen Dämon aus meinem Inneren zu vertreiben.

Ohne Erfolg.

Das Einzige, was mein Ausraster zur Folge hatte, waren Atemlosigkeit und Frust.

Also blieb ich auf dem Bauch liegen, die Arme von mir gestreckt und das Gesicht im Kissen vergraben. Vielleicht wäre es das Beste, wenn ich so blieb. Ein gnädiges Ende durch Ersticken. Dann würde zumindest das Pochen aufhören, die Erinnerungen würden auch nicht mehr durch meinen Kopf schleichen und das sehnsuchtsvolle Ziehen in meinem Schoß verschlimmern.

Wenn mein Opa wüsste … Gott, ich konnte den Gedanken gar nicht zu Ende führen und kniff die Augen fester zusammen.

Da erinnerte ich mich doch lieber daran, wie es sich angefühlt hatte, sich ihm hinzugeben und eins mit ihm zu werden!

Wie sein Tier mein Inneres gestreichelt hatte, während seine Lippen mich küssten, seine Finger mich berührten, sein Herz mit meinem im Einklang schlug und seine Energie mich überflutete.

Es war einmalig. Grandios!

Ich konnte noch das Begehren in seiner Stimme hören, dass er mich wollte. Allein diese Erinnerung sandte mir Schauer über den Rücken.

»Bist du bald fertig?« Als nun diese unvergleichliche Stimme direkt in mein Ohr flüsterte, schrie ich, während mein Körper von Verlangen durchflutet wurde.

Atemlos vor Schreck wuchtete ich mich auf den Rücken und starrte hoch, direkt in das Gesicht mit diesem Muttermal auf der Lippe, der Narbe in den Augenbrauen und diesem dreckigen Lächeln.

Hatte er die ganze Zeit gespürt, was in mir vorgegangen war? OH NEIN!

Sun fluchte, sobald mein Blick auf seinen traf, dann plötzlich beugte er sich herab. Er wollte mich schon wieder küssen!

Doch ich drückte schnell eine zitternde Hand gegen seine Brust und hielt ihn auf. Seine Lippen waren nur noch millimeterweit von meinen entfernt.

»Nein«, sagte ich entschieden, auch wenn seine Energie mich schon wieder sanft umfloss, mich genauso einlullte wie sein Duft meinen Kopf schwirren ließ und meine Gefühle verfälschte.

»Wieso nicht? Ich rieche, dass du mich wieder willst«, flüsterte er samten und strich mit seinen Lippen über meine. Ich sog scharf den Atem ein und schloss die Augen. Ja, mein Rücken bog sich sogar ein klein wenig durch, ihm entgegen.

»Ich will dich auch, Seraphina ...« Wie er meinen Namen aussprach. Wie er ihn streichelte. Er machte alles noch schlimmer und noch schwerer für mich. Meine Hand auf seiner Brust zitterte noch mehr, denn ich musste sie davon abhalten, in seinen Nacken zu gleiten und ihn weiter zu mir herabzuziehen.

»Wehr dich nicht gegen mich, mein Menschenmädchen. Ich werde dir nur Gutes tun. Versprochen ...« Oh bitte, konnte er nicht aufhören?

Er nahm meine Hand, umfing sie mit sanften Fingern und führte sie über seine harte Brust, über seine sechs glatten Bauchmuskeln und direkt zwischen seine Beine. Zielsicher umfing er mit meinen Fingern in seinen das imposante steinharte Ding zwischen seinen Beinen, drückte zu und rieb sich gegen meine Handfläche.

Ich stöhnte, als ich diese Größe fühlte und diese seidige Haut über dieser geballten pulsierenden Kraft.

»Spürst du es, wie sehr ich dich will?«

»NEIN!«, schrie ich und riss meine Hand aus seiner.

So schnell ich konnte hatte ich mit der anderen zum Nachtkasten gegriffen und hielt ihm nun schon wieder meinen Dolch an den Hals. Mit dem Messer drängte ich ihn zurück. Er hob seinen Kopf ein Stück, sonst hätte ich ihn aufgeschlitzt. Jetzt konnte ich allerdings dieses Gesicht sehen und das machte das Ganze nicht gerade leichter.

»Schon wieder?« Amüsiert zog er eine Augenbraue hoch. Mit einem Schmunzeln auf den Lippen – es war so verdammt anziehend.

»Ja«, zischte ich mit kaum gezügelter Ungeduld. »Ich sage es dir jetzt noch ein letztes Mal. Das nächste Mal steche ich zu, BEVOR ich spreche! Mein Körper will dich. Ja. Aber nicht mein Geist! ALSO LASS DEINE FINGER VON MIR! UND DEINE DÄMLICHE ENERGIE AUCH!«

Völlig unbeeindruckt von meiner Raserei, entgegnete er lapidar:

»Bei uns gibt der Körper dem Geist vor, was er zu tun und zu denken hat.«

»Bei mir nicht! Ich bin ein Mensch und lasse mich nicht nur von meinen Instinkten leiten!«, erklärte ich zähneknirschend weiter, einfach, weil mich diese Diskussion von dem erregenden Pulsieren zwischen meinen Beinen ablenkte, auch wenn ich ihm dabei mein Messer gegen die Kehle drückte.

»Wieso ...«, er suchte nach den richtigen Worten und meinte dann, »machst du es dir so schwer? So kompliziert?« Er verstand mich beim besten Willen nicht. »Dein Körper weiß, was für dich gut ist. Er hat Hunger, wenn du essen musst, Durst, wenn du trinken musst und er will Sex, wenn er Befriedigung braucht.«

Er zuckte mit den Schultern.

»Du bist erregt. Du willst mich. Ich bin erregt. Ich will dich.« Trotz des Messers am Hals wurde seine Stimme tiefer, leiser und er beugte sich wieder über meine Lippen. »Und ich nehme mir das, was ich will. Ganz ... einfach ...«

Scheiße!

Ihm war es egal, wenn ich ihn schneiden würde. Total egal! Und das Allerdümmste war, dass ich ihn gar nicht schneiden wollte. Verdammt!

»Sun, nicht …«, flehte ich leise und er stockte tatsächlich millimeterweit von meinen Lippen entfernt und sah mir in die Augen. Wieder nahm er Rücksicht auf mich, obwohl er die Meinung vertrat, dass es sein Recht war, mich zu besitzen. Er handelte wohl auch nicht nur nach seinen Instinkten!

Aber wie auch immer! Keinesfalls würde ich nochmal gegen meine Prinzipien verstoßen.

»Du bist nicht mein Meister, nicht mein König. Ich gehöre dir nicht.« Oh oh! Jetzt verengte er die Augen zu Schlitzen. »Du musst lernen, meine Gefühle zu respektieren«, sprach ich schnell weiter, bevor der Mut mich verließ. »Du musst lernen, auch ein NEIN zu akzeptieren.«

»Muss ich nicht!«, fauchte er. »Menschenfrau! Ich bin der Dominante. Alle haben mir zu gehorchen und sich meinem Willen zu fügen!«

»Weil sie es nicht anders kennen«, flüsterte ich fast schon sanft. Er brodelte, seine Energie schlug über, sodass es besser war, meine Stimme nicht zu heben.

»Seraphina …«, knurrte er. »Wir sind Tiere. Wir leben nach den Gesetzen der Natur! Und wenn du bei uns bist, musst und wirst du dich anpassen.«

»Und wenn nicht?« Die Worte entkamen mir automatisch. Aufmüpfig, ohne jede Frage. Doch wenn man mir drohte, konnte ich nicht anders.

»Dann …«, Kunstpause »werde ich dich zwingen.«

»Du willst mit mir kämpfen? Du weißt, dass ich viel schwächer bin als du! Wow! Sun! Was für ein Glanzakt!« Jetzt musste ich schon fast lachen.

»Nein …« Er schüttelte den Kopf und redete plötzlich so leise, so ruhig, dass es bedrohlicher wirkte als sein Knurren. »Das habe ich nun wirklich nicht nötig, denn ja, wir wissen beide, dass ich dir körperlich überlegen bin.« Jetzt wurde seine Stimme noch weicher und seine Energie ging dazu über, mich wieder tief in meinem

Inneren zärtlich zu liebkosen ... »Wenn ich dich gegen deinen Willen *verführe* ... immer und immer wieder ... dann unterwerfe ich auch deinen Geist, und das ist es, worauf es bei einem Menschen wohl ankommt. Nur weil wir es unkompliziert halten, heißt es nicht, dass wir weniger intelligent sind als ihr, törichtes Menschenmädchen. Unterschätze uns nicht. Unterschätze *mich nicht!*«

Und mit diesen Worten schwang er sich plötzlich auf die Beine und zog mich an der Hand mit, sodass ich vor ihm stand. Meinen Dolch hatte ich dabei vor Schreck auf das Bett fallen lassen.

»Ich hasse dich schon jetzt!«, zischte ich ihn an. Die Aussicht immer und immer wieder von ihm verführt zu werden, war noch demütigender, als körperlich gegen ihn zu kämpfen!

»Hass ist so ein starkes Wort«, hauchte er gedankenverloren und strich mir eine Strähne hinters Ohr.

»Ja, das ist es! Und ich meine es ernst!« Wieder schlug ich seine Finger weg, doch er lächelte nur nachsichtig.

»Was wäre aber, wenn ...«, plötzlich beugte er sich vor und flüsterte hinterhältig in mein Ohr, »... du genau das Gegenteil für mich empfindest, dir dein menschlicher komplizierter Geist aber verbietet, es zuzulassen?« Bevor ich überhaupt darauf reagieren konnte, drehte er sich um und zog mich aus dem Zimmer.

Während ich hinter ihm herstolperte, weigerte ich mich über seine Worte nachzudenken. Zumindest versuchte ich es, so wie ich auch versuchte, seinen Hintern nicht anzustarren. Mit zweifelhaften Erfolg, weswegen das Bedürfnis, ihn anzuschreien, immer mehr zunahm. Da ich ihm diese Genugtuung aber nicht gönnte, wollte ich meine Hand aus seiner winden, aber sein Griff wurde stärker. Klare Ansage – *du bleibst so lange bei mir, bis ich dir etwas anderes erlaube.* Wieder mal eine typische Machtdemonstration.

»Wohin gehen wir?«

»Du musst ihn bestrafen«, verkündete er emotionslos.

WAS?

»*Wen?*«, rief ich aus und fühlte, wie sich etwas Kaltes, Glitschiges langsam um mein Herz schlang.

»Ash.«

WAS?

»Nein!« Ich blieb mit einem Ruck stehen, weigerte mich, noch einen Schritt zu gehen, sodass er gezwungen war, auch innezuhalten, wenn er mich nicht hinterherschleifen wollte. »Das mach ich nicht!«

Genervt seufzend drehte er sich mir zu. Eindeutig schon wieder brodelnd. »Wieso nicht?«

»So etwas Barbarisches wie das, was sie mit Ice getan hat, werde ich nicht tun. Niemals!« Mein Herz klopfte, schon allein bei der Vorstellung, viel zu schnell in meiner Brust.

»Dann lass dir etwas anderes einfallen.« Er zuckte mit den Schultern.

»Deine Regeln. Deine Sache! Tu es selbst!«

»DU wurdest herausgefordert, DU musst dich behaupten, um nicht immer als rangniedrig angesehen zu werden. Selbst wenn du unter meinem Schutz stehst, werden sie dich tyrannisieren, sobald ich nicht anwesend bin.«

Langsam schüttelte ich den Kopf – war total baff. Leben mit Werwölfen! Die den Wolf zähmt ... Rudelführung für Anfänger. Wieso hatte Opa diese Bücher nur nie auf dem Schwarzmarkt im Tal der Diebe gekauft? Aber wie_hätte er auch wissen sollen, was geschehen würde. Sun lachte amüsiert über meine Fassungslosigkeit.

»Du müsstest dich unterwerfen, was du jedoch nie tun würdest, denn du hast nicht einen untergebenen Knochen im Leib ... Darf ich dich daran erinnern, dass du mir im Nebelwald kurzerhand den Kopf berauscht und dann dein Messer in meinen Rücken gerammt – mich völlig überwältigt – hast? DAS ist Alpha-Verhalten vom Feinsten ...« Jetzt wurde ich natürlich knallrot und sah zu Boden ...

»Das war etwas anderes«, nuschelte ich.

»Wieso?« Gott, warum klang er nur immer so fordernd? Und warum brachte er mich dazu, auch immer ehrlich zu antworten? Das war ja nicht zum Aushalten!

»Weil du es warst.«

Plötzlich war sein Finger unter meinem Kinn und er hob mein Gesicht an, sodass ich in diese orangeglühenden Sonnen blicken musste. Er war ernst, zu ernst und versuchte schon wieder in mir zu lesen. Ich hielt seiner eindringlichen Musterung stand, aber nur knapp, denn dabei drang seine Energie prüfend in mich ein, wand sich durch meine Gehirnwindungen, um genau zu ergründen, wie ich diese Worte meinte.

»Ich verstehe dich nicht«, sagte er jedoch nach einiger Zeit und ich entzog mein Gesicht seinen Fingern. Antworten konnte ich nicht, ich verstand mich ja selbst nicht Aber ich wusste, dass ich Ash… mich schüttelte es allein schon, wenn ich an ihn dachte … nicht bestrafen konnte.

»Du bist dir zu gut dafür, nicht wahr? Du willst dir deine Hände nicht schmutzig machen«, stellte er fest und klang dabei eiskalt. »Aber vor allem willst du dich meinem Willen nicht beugen und meine Befehle immer noch missachten. DU willst dich MIR nicht unterwerfen – koste es, was es wolle!«

Und plötzlich zog er mich wieder hinter sich her. »Dann wirst du mit ihm bestraft«, verkündete er emotionslos.

»Sun!«, japste ich panisch.

Oh man, wie oft hatte ich heute schon Nein gesagt, geschrien, gefleht? Ich wusste es nicht mehr. Aber ich versuchte, mich wieder gegen ihn zu stemmen.

Er packte meinen Oberarm und zerrte mich weiter. Als ich ihm einen Hieb mit dem Ellbogen verpassen wollte, fing er auch den ab … Gut. Was bei Lava nicht gewirkt hatte, könnte sich unter Umständen nun als hilfreich erweisen: Ich ließ mich einfach auf den Boden fallen.

Ohne jegliche Gefühlsregung griff er nach meiner Hüfte und ignorierte meine schlagenden Fäuste, genauso wie die verbissenen Zähne – das hier glich schon langsam einem richtigen Sportprogramm!

Wortlos schmiss er mich über seine Schulter, sodass mir ein paar Sekunden die wenig vorhandene Luft wegblieb und die Welt vor meinen Augen verschwamm.

»Nein, Sun, nein!«, rief ich nun atemlos aus und trommelte auf seinen nackten Rücken ein.

Er ließ sich davon keineswegs beirren, während wir die Wendeltreppen hinabstiegen. Mein Herz hämmerte mittlerweile bis in meinen Hals.

Ein Aufruhr ging durch die Halle, als wir sie betraten. Ich schrie und trat fester, doch er schlenderte seelenruhig weiter.

Obwohl ich mich in so einer misslichen Lage befand, fiel mir auf, dass ich einmalige Aussichten auf knackige Körperregionen hatte, die ich aus dieser Perspektive sonst nie zu Gesicht bekommen würde. Zum Glück war ich viel zu wütend, um ihm den Rücken vollzusabbern. Zumal das Ganze dann noch entwürdigender wäre.

Vor dem Altar blieb er stehen und setzte mich in einer fließenden Bewegung mit dem Hintern voran auf der Steinplatte ab.

Er stellte sich zwischen meine Beine, packte blitzschnell meine Haare und riss meinen Kopf zurück. Gleichzeitig umschlang er meine Handgelenke und zog sie schmerzhaft hinter meinen Rücken. Das alles geschah derart atemberaubend schnell, dass ich mich nicht wehren konnte.

Von einer Sekunde zur anderen war ich ihm absolut hilflos ausgeliefert und Tränen traten in meine Augen. Zwar versuchte ich nun, mich zu befreien, aber sein Griff war stahlhart. Ich hatte keine Chance, mich nur ein wenig zu rühren.

Lediglich im Augenwinkel bemerkte ich die anderen Gestaltwandler und erkannte Ash, der bereits an der gegenüberliegenden Wand angekettet war – die Arme nach oben

gestreckt und mit dem Rücken zu uns. Zum Glück, so blieb mir
erspart, in seine Augen zu sehen.

»Wir haben uns hier versammelt ...«, sprach Sun jetzt laut und
feierlich, sodass seine Stimme von den Meerwänden widerhallte,
und blickte mich dabei eindringlich an. »Weil Ash meinen direkten
Befehl missachtet hat. Er wollte das Menschenmädchen
unterwerfen und sie zu seiner machen. Aber sie gehört mir.«

Ich erschauerte, als ein Knurren in seinen Worten mitschwang.

Seine Energie streichelte mich, als wollte sie mich beruhigen,
aber das war unmöglich. Würde er mich auch an die Wand ketten
lassen und mich dann mit seinen Krallen auspeitschen? Würde er
wieder versuchen, mich in der Öffentlichkeit ...? Angestrengt
schluckte ich und wimmerte, als er meine Haare fester packte, damit
ich mich wieder auf ihn konzentrierte, denn mein Blick war panisch
durch die Halle gewandert.

Wo war Lava nur? Würde sie mir helfen?

»Ash sollte durch ihre Hand bestraft werden. Aber da sie sich
noch weigert, wird er dort ohne Nahrung so lange hängenbleiben,
bis sie sich für eine Strafe entschieden hat und diese auch
vollstreckt. Sollte sie das nicht tun, wird er an dieser Wand sterben.
Ich werde ihm den Befehl dazu geben!« Durch die Halle ging ein
tiefes, empörtes Grollen ... Das gemeinsame Knurren so vieler
Gestaltwandler ließ den Boden förmlich vibrieren, ihre Energie
breitete sich in meinem Körper aus und überforderte mich derart,
dass ich mir wünschte, in Ohnmacht zu fallen.

»Was?«, japste ich schockiert.

Er würde ihn da hängen und vielleicht sterben lassen, wenn ich
es nicht über mich brachte? So ein ... Ich besaß dafür keine Worte.

Tränen traten in meine Augen und bahnten sich ihren Weg über
meine Wangen, während Sun mich weiterhin ansah. Dabei ließ ich
ihn in meinem Gesicht lesen, was ich davon hielt. Er löste seine
Hand aus meinen Haaren und wischte die Flüssigkeit mit dem
Daumen weg, geduldig, sanft, ja, sogar mitfühlend.

»Merkt es euch. Wenn ihr sie berührt, liegt es in ihrer Hand, ob ihr weiterlebt oder nicht ...«, murmelte er fast schon zärtlich und ein erneutes aufgebrachtes Raunen ging durch die Menge. Oh, dieser, dieser ...

Als ich ihn nonverbal, nur mit Blicken anschrie, ließ er mich los und trat einen Schritt zurück.

»Es liegt an dir«, wiederholte er, sich vor mir verbeugend.

Alles in mir verlangte danach, ihn zu schlagen, aber ich wusste, ich würde dafür neben Ash an der Wand landen, also tat ich das Einzige, was mir übrig blieb: Ich sprang von dem Altar und ging gemessenen Schrittes direkt an ihm vorbei, zwischen den fassungslosen und auch leicht aggressiven Gestaltwandlern hindurch und die Treppe nach oben, in mein Zimmer.

Meine Gedanken spielten verrückt. Ich hatte keine Ahnung, was ich nun tun sollte. Dieser elendige Manipulator hatte mich in die Enge getrieben wie seine hilflose Beute.

Ich musste Ash bestrafen, wenn ich nicht wollte, dass er starb. Ich musste einem anderen Lebewesen Schaden zufügen, es sogar quälen. Irgendwie. Das wollte ich nicht, egal, was er getan hatte. Noch vor ein paar Tagen hätte ich womöglich alles dafür gegeben, um ihn in die Finger zu bekommen und mich an ihm zu rächen.

Aber jetzt nicht mehr.

Nur weil ich gerade bei Tieren lebte, hieß das nicht, dass ich wie sie handeln musste, und so klammerte ich mich verzweifelt an das Menschliche in mir.

Mein Mitgefühl. Mein Gewissen. Das alles würde Sun zunichtemachen, wenn er mich zu so einer barbarischen Tat zwang. Ich wollte laufen; so weit und so schnell mich meine Beine trugen, nur um dieser Situation zu entfliehen.

Stattdessen lag ich auf meinem Bett und schrie erneut in die Kissen, so lange, bis ich vor Erschöpfung einschlief.

›*Oh Ice, wo bist du nur?*‹, war mein letzter gequälter Gedanke.

12.

Das hatte ich jetzt also davon. Wegen mir hing ein anderes Lebewesen in Ketten und würde elendig verhungern und verdursten, wenn ich mich nicht dazu entschied, es zu foltern.

Nur leider war ich nicht gerade eine große Foltermeisterin. Ich mochte es nicht, anderen Lebewesen Schmerzen zuzufügen und sie Qualen leiden zu lassen, das brachte ich nicht übers Herz.

Zugegeben, er war nicht irgendein Gestaltwandler, sondern das Wesen, welches mir meinen einzigen Halt genommen und mit seinen eigenen Zähnen zerfleischt hatte. Und ja, ein Teil von mir wollte sich rächen. Wollte Ash ebenfalls verletzen, so, wie er mich verletzt hatte. Aber nicht auf diese Weise. Ihn zu foltern würde mich nur zu dem machen, was ich an ihm verabscheute.

Also schmiss ich mich die gesamte Nacht, bis es bereits hell wurde, in meinem Bett hin und her und überlegte, was ich tun sollte, jedoch ohne gegen meine Prinzipien zu verstoßen. Als mir die Lösung kam, brach schon der Morgen an und ich fiel in einen traumlosen Schlaf, denn ich war mehr als müde und ausgezehrt.

Ich fühlte mich, als hätte ich gerade erst die Augen geschlossen, als meine Tür leise geöffnet wurde und eine bezaubernde Lava zu mir aufs Bett kroch. Ein kleines verschlafenes Lächeln verformte meine Mundwinkel, denn sie schnurrte leise und vergrub ihr Gesicht an meiner Brust. Natürlich über der Decke. Ansonsten wäre es mir mehr als unangenehm gewesen. Aber so entspannte ich mich sogar ein wenig.

Sie duftete so angenehm. Ich mochte es, ihre zarte Weichheit und Wärme zu fühlen und ihr durch die seidigen dichten Haare zu streichen. Mit ihrem Schnurren, das durch meinen Körper vibrierte, döste ich vor mich hin. Im Halbschlaf drehte ich mich auf die andere Seite und sie kuschelte sich an meinen Rücken, rieb sich dabei mit ihrem Gesicht an meinen Schultern wie die Katze in ihr und brachte mich zum Kichern.

Ich mochte Lava und hatte noch nie jemanden, außer meinem Opa, so nah an mich herangelassen.

»Sonnenaufgang«, flüsterte sie in meinen Nacken, was mich erschauern ließ.

Da hörte ich auch schon die Vögel im Wald erwachen. Leise fingen sie an zu zwitschern. Zuerst vereinzelt, dann wurde daraus ein richtiger Chor. Es wurde immer heller. Die Bäume um mich herum begannen förmlich von innen zu strahlen. Das Moos nahm zuerst einen sanften Grünton an, der immer intensiver wurde. Ich sah einen kleinen knallbunten Flosch mit zwei Köpfen, der über den Waldboden hüpfte, und lächelte schwach. Fast befürchtete ich, er würde aus der Wand direkt auf das Bett springen. Dann hätte ich allerdings nicht mehr gelächelt, sondern geschrien, denn diese Flösche waren höchst giftig.

Schon bald kündigte sich die erste Sonne in sattem Orange an, und prompt musste ich an die passenden Augen zu diesem Sonnenaufgang denken. Sie kroch langsam über die Gipfel der Bäume, tauchte alles in gleißendes glühendes Licht, sodass ich den Kopf ins Kissen steckte und stöhnend die Lider schloss. Das war viel zu hell. Außerdem überfielen mich Erinnerungen und wenn mich Erinnerungen überfielen, überfielen mich auch Gefühle und ich wusste, ich konnte mich mit dem Pochen zwischen meinen Beinen auf nichts konzentrieren.

Außerdem lag Lava hinter mir und ich wollte nicht, dass sie meine Not bemerkte. Doch zu spät. Sie flüsterte bereits träge in meinen Nacken.

»Soll ich dir Sun schicken?« Prompt spürte ich, wie Röte über meinen gesamten Körper kroch. Ganzkörperröte am Morgen! Ganz toll und so gar nicht verräterisch … Dass Lava jetzt auch noch seinen Namen aussprach, machte es wirklich nicht leichter, denn prompt stellte ich mich vor, was er jetzt wohl mit mir tun würde, wenn er da wäre. Wie er sich über mich beugen und mich wachküssen würde. Wie seine Hand sanft über meine Seite entlangstreichen und er sie in meinen Haaren vergraben, meinen Kopf zurückbeugen und mit seinen Lippen über meinen Hals gleiten, die Decke an meinen Brüsten nach unten schieben würde und… Ahh nein, nein! Nein!

Ablenkung! Ich brauchte sofort Ablenkung oder ein kühles Bad im Fluss!

»Sag mal, Lava …«, murmelte ich, denn diese Frage beschäftigte mich schon, seit Ice fast seine tolle Begrüßungszeremonie mit seinen Wolfsweibchen vor mir veranstaltet hatte.

»Hm?«, summte sie nur und rieb sich ganz leicht mit ihrem warmen Körper an mir, während meine Röte sich noch vertiefte.

»Macht es dir eigentlich nichts aus, Sun mit anderen Frauen zu teilen?«

Nun versteifte sie sich ein wenig. »Nein, wieso sollte es?«, entgegnete sie ehrlich erstaunt und stützte sich hinter mir auf einen Ellbogen, um mein Gesicht fixieren zu können. Ich sah sie besser nicht an.

»Na ja, wenn ich mit jemandem zusammen bin, dann möchte ich die Einzige für ihn sein«, murmelte ich.

»Du bist ja auch ein Mensch. Für euch ist es anscheinend normal, dass ihr nur einen Partner habt und ihr an diesen Besitzansprüche stellt, als wäre er ein Objekt. Für uns nicht. Jeder darf mit seinem Körper tun und lassen, was er will.«

»Außer mir. Mein Körper wird gegen meinen Willen von Sun regiert.« Und ja, ich klang gerade nicht nur ein bisschen bockig.

Sie zuckte mit den Schultern. »Das macht er nicht nur mit dir. So gut wie jedes weibliche Wesen wird erregt, wenn er auch nur vorbeigeht. Das ist eben seine Ausstrahlung, seine Macht, seine Energie … Obwohl es bei dir schon besonders stark ist.« Ganz wunderbar!

Grummelnd wand ich mich aus ihren Armen, um aufzustehen. Ich wollte nicht mehr reden, denn ich hatte sowieso schon zu viel gesagt. Lava ging auf dieses Thema auch nicht mehr weiter ein, sondern streckte sich erst mal eine Runde genüsslich auf meinem Bett.

Wow...

Schnell schaute ich weg.

Da ich dringend musste, kam es mir ganz recht, dass sie verkündete, mich erst mal nach draußen zu führen.

In der Dschungelzone war es noch feucht von der Nacht und die kalten bunten Blätter streiften meine Beine, als sie mich an die frische morgendliche Luft führte. Dort durfte ich meine Augen öffnen und hinter einem Busch mein Geschäft erledigen.

Als ich wiederkam, hatte Lava mir bereits alles für ein Feuer vorbereitet und ein dicker fetter Kukulu lag neben ihr. Es war ein kleines Säugetier, das bis zu meinen Knien reichte, mit blau schimmernden Schuppen, die im Sonnenlicht grünlich aufleuchteten. Ansonsten sah es aus wie eine Mischung zwischen Maus und Hase: die Zähne und Ohren einer Maus, der Körper eines Hasen. Außerdem hatte es Watschelfüße wie eine Ente, denn es lebte auch im Wasser.

Mein Magen zog sich vor Verlangen zusammen, diese Tiere schmeckten köstlich. Die Erinnerung an meinen Opa kam hoch. Das mit ihm zu essen war immer ein Festmahl gewesen und jetzt lag hier ein ganzes Tier, nur für mich allein.

Ironie des Schicksals, dass ich heute Nacht eine Entscheidung bezüglich des hängenden Ash' gefällt hatte. Und so verschränkte ich die Arme abwehrend vor der Brust.

»Ich werde das nicht essen.«

Lavas Augen wurden groß, dann runzelte sie die Stirn. »Wieso nicht? Du hast Hunger.«

»Ja, habe ich. Aber ich werde so lange nichts essen und trinken, wie auch Ash nichts bekommt.« Ich verschränkte die Arme fester und hob demonstrativ mein Kinn in die Höhe.

»Seraphina. Sei nicht verrückt.« Sie stand auf, um mich hilflos anzusehen.

»Ich verhalte mich nicht verrückter, als ihr es tut. Anders kann ich mich ja bei euch nicht behaupten.«

»Aber ich hab das ganz frisch gefangen. Nur für dich ...«

Erbarmungslos schüttelte ich den Kopf, woraufhin sie ein klein wenig eines weiß glänzenden Reißzahns zeigte. »Ich muss es Sun erzählen, wenn du nichts isst.«

»Mach doch.« Ich zuckte mit den Schultern. Was anderes blieb mir nicht übrig.

Jetzt verengte sie die Augen, denn sie bekam mit, dass sie mich mit Sun nicht beeindrucken konnte.

»Oh Seraphina ...«, murmelte sie nur mitleidig und schüttelte dabei den Kopf hin und her.

Dann nahm sie mich am Arm und zog mich in Richtung Höhle.

Ein wenig flatterte mein Herz ja schon in der Brust, als wir den Gang betraten. Mittlerweile wusste ich, wann ich die Augen wieder öffnen durfte, nämlich dann, wenn wir den langen feuchten Durchgang verließen, in der großen Haupthöhle ankamen und meine Schritte nicht mehr in meinen Ohren hallten.

Dieses Mal schien es, als befänden wir uns in einer Wüste, die aber zum Glück nicht so heiß war. Automatisch schaute ich hoch zu Suns Felsen, wo er auf dem Bauch und mit verschränkten Armen lag. Dieses stachelhaarige sadistische Frauenzimmer saß auf seinem delikaten Hintern und knetete kraftvoll seine Schultern durch. Uh, eine Massage könnte ich wirklich auch mal gebrauchen ...

Im nächsten Moment drehte er den Kopf und legte die Wange auf seinen Unterarm, sodass mich sein intensiver glühender Blick traf, worauf ein Kribbeln in meinem gesamten Körper zirkulierte und sämtliche Muskeln sich in meinem Unterleib zusammenzogen.

Er spürte es, roch die Flüssigkeit, die aus mir drang, oder konnte einfach nur in meinem Gesicht lesen. Auf jeden Fall lächelte er mehr als dreckig, sodass seine strahlend weißen Zähne aufblitzten und seine Augen sofort einen Tick dunkler wurden.

Verheißungsvolle Bilder wollten meinen Geist fluten, die hier eindeutig nicht hingehörten und ich schloss schnell die Lider, vernahm daraufhin aber sein Lachen, was das alles nicht besser machte. Kein bisschen.

Seine Stimme hatte fast mehr Tragkraft als sein Blick. Besonders, wenn er lachte. So ein Mist aber auch, er brachte mich sogar zum Stolpern!

Lava hielt mich immer noch fest, also konnte ich die Augen geschlossen lassen, während sie mich die Treppen hochzog und wir eine Stufe unter den beiden stehenblieben.

»Du kannst aufhören«, vernahm ich seinen sanften Befehl.

Ich bemerkte gerade noch, wie die Igelfrau irritiert von ihm runterstieg, als ich langsam zwischen meinen Wimpern hervorlinste, bis ich die Lider schließlich ganz öffnete. Er blieb zum Glück auf dem Bauch liegen, aber das war auch schon der einzige Vorteil.

Sein Kinn auf die Arme stützend, beobachtete er mich, während er zu mir aufschaute, und die Art, wie er da lag, gab ihm etwas Jugendliches, Verschmitztes, etwas Anziehendes. Aber anziehend war er ja immer und dabei hatte ich mich bis jetzt gezwungen, nicht seinen Hintern anzustarren.

»Was hat sie schon wieder getan?«, fragte er Lava lässig. Die ging vor ihm auf die Knie, während ich natürlich stehenblieb.

Er löste einen Arm unter seinem Kopf und ließ ihn locker herabhängen, damit sie ihre Wange an seinen Handrücken schmiegen konnte. Sanft umfing er ihre Wange, streichelte sie zart und ich wusste, dass er bei diesem hübschen Gesicht gar nicht anders konnte, als sie so ehrfürchtig zu berühren. Bestimmend hob er ihr Kinn an ... und sie führten anscheinend eine stumme kleine Konversation ... Schließlich seufzte sie und murmelte:

»Seraphina hat sich dazu entschlossen, mit Ash zu dursten und zu hungern.« Seine streichelnden Finger stockten, sein harter und eiskalter Blick flog zu mir.

Ich schaffte es nicht zusammenzuzucken, sondern einfach nur mit hoch erhobenem Kinn dazustehen und auf ihn herabzublicken, bis er sich langsam aufrichtete und ich sehen konnte, wie seine langen Muskeln dabei arbeiteten.

Es war eine Drohung, aber ich wich nicht zurück. Dann kam er auch noch auf alle Viere und kroch auf mich zu und Gott, er wirkte dabei wirklich wie ein Raubtier. So geschmeidig, elegant, und vor allem als würde er mir jeden Moment die Kehle herausreißen.

Meine Hände wurden feucht und ich ballte sie zu Fäusten. Ansonsten tat ich nichts. Viel zu schnell befand er sich sehr, sehr nah vor mir und taxierte mich starr.

»Raus«, sagte er leise, »alle raus!«

Ich wusste nicht, wie ihn die Gestaltwandler an der gegenüberliegenden Wand hören konnten, aber sie taten es, denn den Geräuschen nach zu urteilen, verließen sie die Höhle. Alle bis auf Ash natürlich. Ohne die anderen ging das mit dem Herzgehämmer und Schweißgelaufe erst richtig los, denn mir wurde klar, dass wir jetzt wieder so gut wie allein waren.

Aber Sun setzte sich nur auf seine Hacken zurück. Ich schaute zwanghaft in sein Gesicht.

Er legte forschend den Kopf leicht schief, als er sprach.

»Das meinst du nicht ernst, oder?«

»Es ist mein voller Ernst«, antwortete ich stur.

»Ist das nicht der Wolf, der an deinem einzigen Vertrauten geknabbert hat?« Als er das so locker vor sich hinsingsangte, verengte ich meine Augen.

»Er ist der Wolf, der ihm die Kehle durchgebissen und sein Leben beendet hat, ja!«, zischte ich mit zusammengepressten Zähnen.

Sun runzelte die ansonsten glatte Stirn. »Wieso willst du es dann nicht tun?«

»Weil es falsch wäre.« Ganz einfach.

Verwirrt schüttelte er den Kopf, als würde ich in einer fremden Sprache sprechen. Es war nicht seine Entscheidung, selbst wenn er das gerne so hätte.

Ich konnte an einem Aufstellen meiner Nackenhaare und dem anschwellenden Prickeln seiner Energie genau fühlen, dass er langsam wieder wütend wurde, und bekam ein klein wenig Atemschwierigkeiten.

»Weißt du, wie du mich vor meinen Anhängern dastehen lässt, wenn du das tust?« Oh ja, er war sauer. In seinen orangeglühenden Augen loderte die Wut und in seinem Inneren knurrte mich sein Tier unaufhörlich an. Ich nickte, konnte nicht sprechen, denn meine Kehle war wie zugeschnürt, und außerdem hatte ich Angst, dass der peinliche seufzende Laut über meine Lippen kam, denn die Energie schwoll an. Zwischen meinen Beinen pulsierte es nun stärker und meine Nippel stellten sich auf, sodass es einfach nur zum Verrücktwerden war.

»Du wirst mit ihm sterben«, blaffte er mich an. Ich zuckte fast zusammen. Aber nur fast.

»Ich weiß.« Meine Stimme klang genau so, wie es in mir aussah: verwirrt, aufgewühlt, unsicher. Plötzlich beugte er sich vor und knurrte mitten in mein Gesicht.

»Dann soll es so sein!« Mit den Worten sprang er so schnell auf, dass ich der Bewegung kaum folgen konnte, und hatte die Höhle durch irgendeinen, mir noch verborgenden Ausgang verlassen.

Ich stand immer noch atemlos da und war nicht in der Lage, mich zu rühren oder zu denken oder sonst etwas, aus Angst, dass ich ihm hinterherlief und anbettelte, meinem drängenden Verlangen Linderung zu verschaffen. Mist! Mir schien es, als würden sich seine starken Emotionen direkt auf meine Libido übertragen. Deshalb hatte ich aber nicht vor, nett und höflich seinen Befehlen zu folgen, nur damit seine Gefühle nicht mehr in Wallung kämen. Es war ein Teufelskreis.

Arschkater. So ein dämlicher, dummer …

Ash an der anderen Wand lachte leise und ich schaute ihn wütend an, auch wenn er es nicht sehen konnte. Wenn ich im Moment hätte weglaufen können, dann hätte ich es wohl getan, obwohl ich hier geschützt war und obwohl ich dachte, dass ich in Lava so etwas wie eine komische, verworrene, schnurrende Katzenfreundin gefunden hatte.

Aber es gab einen Grund, der mich hier hielt und der hatte nichts mit meinem Verstand zu tun. Nein, ich würde nicht weglaufen, denn ich musste auf Ice warten.

Als ich an ihn dachte, drängten sich Tränen in meine Augen und ich setzte mich auf den runden Stein über mir, auf dem Sun soeben noch gethront hatte. Dann stützte ich meine Ellbogen auf die Knie und barg meinen Kopf in meinen Händen. Nein, dieses Mal heulte ich nicht, aber ich trauerte.

Wo war Ice? Ging es ihm gut? Konnten sie sich mit den Zyklopen einigen und würde er bald zu mir zurückkommen? Ich brauchte ihn, meinen pelzigen weißen Fels in der Brandung.

Ich wusste, dass ich ihm wirklich vertrauen konnte und dass er mich nicht manipulieren würde. Das, was ich für ihn fühlte, war echt und nicht mit irgendwelcher übernatürlichen Energie-Macht-Dingsbums verbunden. Er begehrte nicht nur meinen Körper, sondern auch meinen Geist. Ice respektierte mich und wäre niemals auf die Idee gekommen, gerade mich zu zwingen, jemanden zu foltern. Das war doch irre, krank, absolut Balla-Balla.

Ich würde es nicht tun, auch wenn es meinen Tod bedeutete …

Bitte, Ice, komm schnell zu mir zurück und rette mich aus dieser unmöglichen Lage, egal wie, ansonsten wäre es vielleicht gar nicht schlecht, wenn mein Leben bald ein Ende finden würde.

***

Ice kam nicht. Zumindest nicht in den nächsten zwei Tagen.

Meistens verbrachte ich meine Zeit mit Lava und machte die Sachen, die Gestaltwandler üblicherweise so machen, nämlich nichts.

Aber ich konnte sie etwas besser kennenlernen und meine Vermutung bestätigen: Sie trauten mir genauso wenig wie ich ihnen. Wahrscheinlich dachten sie, ich hätte irgendwelche verborgenen Kräfte, die ich irgendwann gegen sie benutzen würde: Laseraugen, Ultrastärke, einen tödlichen Killerbusen, der Gift verspritzte, oder so.

Unter ihnen gab es nicht viele Raubkatzen. Da existierte erst mal Big. Der war meistens mit uns beiden unterwegs, als Aufpasser, aber immer nur in Löwenform. Ich hatte keine Ahnung, wie er als Mensch aussah, und fragte mich, ob er sich überhaupt jemals in seine menschliche Form verwandelte. Dann gab es natürlich Sweet, die an uns hing wie eine Klette. Es war schön, mit ihr zusammen zu sein, denn sie vertraute so unvoreingenommen, wie es nur Kinder können. Wenigstens von ihr wurde ich nicht wie eine Außerirdische behandelt.

Dann war da noch ein Gepardenpärchen. Die, die mich am ersten Tag so böse angesehen hatten. Sie waren arrogant und redeten überwiegend, wenn überhaupt, nur mit Lava. Wenn sie das Wort mal an mich richteten, dann nur von oben herab, während sie mich dabei nicht eines Blickes würdigten. Beide hatten die längsten Gliedmaßen, die mir je untergekommen waren, und leicht gebräunte Haut. Ihr Haar war honigfarben und so lang, dass man von hinten nicht erkennen konnte, wer Mann oder Frau war. Von vorne eigentlich auch nicht so recht. Sie wirkten beide sehr androgyn.

Dann gab es noch ein anderes Pärchen, wobei ich mich schon fragte, ob diese ›Pärchen‹ sich auch gegenseitig teilten, oder ob sie monogam lebten. Es waren jene, die am ersten Tag auf Bigs Bauch gelegen hatten. Sie waren freundlich, hielten aber meistens Abstand und sonderten sich vom Rudel ab.

Das war es an Raubkatzen.

Zudem existierte noch das Wolfsrudel, das normalerweise von Ash angeführt wurde, aber ALLES unterlag noch einmal Suns Kommando. Im Moment oblag es allerdings seiner dunkelhäutigen Leitwölfin. Die, die mich damals auch gerne mal angeknabbert hätte. Sun hatte sie komischerweise nicht bestraft, genauso wenig wie die blonde Schönheit, die eindeutig auf Ice aus war und der ich schon deswegen an die Gurgel wollte.

Das Wolfsrudel bestand aus achtzehn Wölfen. Man sah sie nicht oft, denn sie streiften meist durch den Dschungel als Suns Garde. Ice hatte einige von ihnen dabei, also war die große Halle meist ziemlich leer.

In der Höhle lebten außerdem zwei Bären. Sie waren groß, pelzig und schliefen meist als atmende Riesenhaufen in irgendeiner Ecke, also bekam ich nicht viel von ihnen mit. Nur in der Dämmerung standen sie auf, wenn die Wölfe Fressen brachten, dann verzog ich mich aber immer hoch in mein Zimmer.

Die Pflanzenfresser unter den Gestaltwandlern sah man nie. Lava erzählte mir, dass sie außerhalb wohnten, um Unfälle zu vermeiden. Tja, sie waren eben immer noch Beute und die anderen immer noch Jäger.

Als ich Lava fragte, wie es dazu kam, dass sich all diese verschiedenen Tierarten zusammenrotteten und einen einzigen großen Anführer hatten, antwortete sie: »Weil es schon immer so war.« Erst nach weiterem Nachbohren stellte sich heraus, dass auch sie Feinde hatten, gegen die sie sich schützen mussten. Zusammen waren sie einfach am stärksten. Das war schon einleuchtender, weshalb ich mich mit dieser Erklärung zufrieden gab.

Meist hielt ich mich im Hintergrund und war froh, wenn ich keine Aufmerksamkeit erregte. Was nicht leicht war, wenn der Bauch ununterbrochen knurrte. Es war schon richtig peinlich. Aber ich blieb stark.

Lava versuchte mir einmal Wasser einzuflößen, während ich schlief, und brachte mich damit fast um. Im wachen Zustand probierte sie es übrigens genauso. Doch ich ließ es einfach aus meinem Mund laufen, sodass wir beide pitschnass wurden und sie sogar anfing, mich aus Verzweiflung anzufauchen.

Sie wollte mich nicht verlieren. Ich wollte ja auch nicht sterben, aber ich würde auch niemanden foltern.

Am Ende des zweiten Tages ging es mir schon so schlecht, dass ich gar nicht mehr aus meinem Bett aufstand. Wozu denn auch?

Nur, damit ich benommen durch die Gegend taumelte und keinen klaren Gedanken mehr zusammenbekam? Mein Mund war so trocken, dass ich nicht mehr ordentlich sprechen konnte. Meine Nieren schmerzten und stachen bis in meinen Rücken.

Mein Körper gab auf, ich konnte es deutlich spüren. Ich würde sterben. Ich würde hier in dieser dämlichen Höhle sterben.

Als ich in einen dämmrigen Traumschlaf driftete, konnte ich mich nicht wehren, mich nicht an der Realität festhalten.

Bilder und Ereignisse jagten sich in meinen Kopf.

Wie ich als Kind auf Opas Schultern saß und von ihm durch die bunte, doch genauso verstörende Welt getragen wurde, in der wir lebten. Wie er dabei locker vor sich her sang und ich seine schaukelnden Schritte unter mir fühlte, wie wir am knisternden Lagerfeuer saßen, ich den Kopf auf seinem Schoß hatte und er mir seine Märchen von der Menschenwelt erzählte.

Ich vermisste ihn und seine langen Finger, die durch meine Haare strichen, seine raue Stimme, die mir Hoffnung gab.

Ein Blitz durchbrach diesen Traum und was ich als Nächstes hörte, war das Knacken seines Genicks und die Geräusche seines reißenden Fleisches. Ich sah seinen letzten Blick, den er mir zuwarf, hörte seine letzten Worte, die er mir zurief und ich fühlte, wie meine Wangen nass wurden.

Ich spürte, wie ich rannte, wie meine Lunge brannte, wie meine Füße über das Laub flogen, weg vor der Dunkelheit, weg von Sun, der mich ja doch einholte, der mir ja doch mein Herz stahl, auch wenn ich mich dagegen wehrte. Der mir sanft zuflüsterte, dass er mich nicht verlieren wollte, dass ich bei ihm bleiben, dass ich auf ihn hören sollte ... er nur mein Bestes wollte und er mich beschützen würde, dass ich SEIN Menschenmädchen war.

Als ich mich daran erinnerte, wie er unter mir im Laub lag, mit hinter dem Kopf verschränkten Armen und zu mir hochlächelte, wie er sanft mein Gesicht berührte, mir über die Unterlippe strich und wie er »Mein Menschenmädchen ...« hauchte, musste ich lächeln.

Sein Bild verschwamm vor meinen Augen, als hätte ich ihn durch die Wasseroberfläche betrachtet, die sich nun kräuselte und nur langsam wieder beruhigte, dabei aber langsam eine andere Szene zeigte.

Seine Wangenknochen traten hervor, die männlichen, kantigen Linien wurden weicher, seine sowieso schon vollen Lippen größer, die Narbe an der Augenbraue verschwand, die gebräunte Haut verfärbte sich heller, während Augenbrauen und Wimpern einen sanften Braunton annahmen, und plötzlich lächelte mich Ice an.

Sofort wimmerte ich seinen Namen, streckte die Hände nach ihm aus, konnte ihn aber nicht erwischen. Ich hörte meine eigene Stimme, die ihm sagte, dass ich seine Bestie nicht hasste, und ihn versuchte, davon zu überzeugen. »Ice, ich hasse dich nicht ... ich hasse deine Bestie nicht ... bleib bei mir, bitte, bleib hier. Ich brauche dich so sehr, bitte Ice ...« Plötzlich konnte ich sehen, wie er schockiert die Augen aufriss.

»Seraphina ...«, kam es heiser über seine unglaublich vollen Lippen. Seine Augen wurden für einen Moment dunkel, aber auch sehr trüb. In der nächsten Sekunde sauste eine riesige, in den Sonnen glänzende Klinge auf ihn nieder.

Sie traf seinen Oberkörper, genau zwischen Nacken und Schulter, bohrte sich tief durch die Haut, spaltete ihn und sein Herz. Das Blut strömte ... und ich schrie, schrie genauso wie er, bevor er auf die Knie und leblos nach vorne in das nasse Gras sackte …

Mein grelles Kreischen katapultierte mich aus meinem Traum.

Sogar mein Körper bäumte sich auf und riss mich am Oberkörper nach oben. Ich atmete heftig. Wenn ich genug Flüssigkeit in mir gehabt hätte, dann wäre ich von Schweiß überströmt gewesen.

»Psst …« Ich wurde sanft nach hinten gedrückt.

Panisch öffnete ich die Lider, sah aber wie durch Wasser.

»Ice, er wurde verletzt …«, jammerte ich und krallte mich an einem muskulösen Arm fest. Es war Sun, der bei mir saß und beruhigend mein Gesicht streichelte.

»Du hast Wahnvorstellungen«, flüsterte er mit seiner samtigen Stimme, die mich an Stellen streichelte, die seine Finger niemals berühren konnten. »Ice geht es gut. Beruhige dich bitte.« Er sagte *bitte*. Fast verdrängte die Verwunderung das Grauen in mir. Aber nur fast.

»Sun«, hauchte ich und versuchte meinen verwischten Blick zu fokussieren. »Bitte, er ist verletzt …« Ich schaffte es, ihn scharf zu stellen: die Schatten unter seinen Augen, die Qual auf seinem Gesicht und mir stockte der Atem, als ich erkannte, was ich ihm mit meiner Schwäche antat.

Plötzlich glitt alles andere in den Hintergrund. Als er sich vorbeugte und seine Stirn gegen meinen Arm lehnte. Er war wirklich verzweifelt. Automatisch, ohne weiter zu überlegen, hob ich eine schwere Hand und legte sie auf seine samtigen kurzen Haare, während er eindringlich gegen meine Haut sprach.

»Seraphina, trink etwas. Ich habe noch niemals gebeten, aber ich flehe dich an!« Mir verschlug es die Sprache. Ich konnte gar nichts denken, außer dass ich diesen Schmerz in seiner Stimme lindern wollte.

»Ich lasse Ash frei. Du musst es nicht tun … Alles … aber bitte …«, raunte er heiser und ich versteifte mich, denn ich dachte, ich hätte mich verhört.

Da hob er sein Gesicht und die Verzweiflung in seinem Blick ließ mich schwindlig werden. Er umfasste mit einer Hand mein Gesicht, streichelte meine eingefallenen Wangen mit dem Daumen, während seine Finger zitterten.

»Wir können noch so viel erleben. Ich kann dir noch so viel zeigen. Gib mir eine Chance … hör auf, dich vor mir zu verschließen, hör auf, gegen mich zu kämpfen. Ich werde dich immer schützen und ich verspreche dir, dass ich versuchen werde, dich zu verstehen.«

Mühsam schluckte ich an dem trockenen Klumpen in meiner Kehle vorbei, starrte in diese verzweifelten orange glühenden, eindringlichen Augen und wollte einfach nur, dass er wieder mein Lieblingslächeln lächelte, wollte, dass es ihm gut ging …

»Sun …« Erneut hob ich schwach meine Hand, denn sie fühlte sich zentnerschwer an. Auch ich legte sie an seine Wange, umfasste sein schönes Gesicht, spürte die Wärme seiner Haut und die Energie, die sanft durch meinen Körper strich, mich dabei genauso anflehte wie er. Keine Macht, nur seine pure Energie.

Er schmiegte sich sofort in meine kühle Handfläche und schloss die Augen, sodass seine schwarzen Wimpern sich auf seine Wangenknochen legten.

»Ich will dich nicht verlieren. Will nicht verlieren, was ich fühle, wenn du mich berührst, wenn du da bist, wenn du mit mir sprichst, wenn du dich über mich aufregst.« Oh mein Gott. Das hier war ja schon fast eine Liebeserklärung, und ein Teil von mir schmolz dahin. Er wollte mich dazu bringen, meine Gegenwehr fallen zu lassen und mich auf ihn einzulassen.

Mit aller Kraft wollte ich ihm sagen: Ja … ja, ich will dein sein.

Wenn er Ash freiließ, dann bewies er mir, dass ich ihm wirklich wichtig war, wichtiger als seine Autorität oder sein Status als König, wichtiger als all die anderen … Frauen. Oder?

»Das willst du wirklich versuchen?«, fragte ich leise.

»Ja!« Sofort ging ein Ruck durch ihn. Er rief es so ehrlich aus, so voller Inbrunst, dass ich fast gelacht hätte. Aber dazu hatte ich keine Kraft. Er runzelte die Stirn. Was hatte ich da eigentlich vor, von ihm zu verlangen? War ich denn total verrückt geworden?

Also schüttelte ich schnell den Kopf und wollte mein Gesicht wegdrehen, aber plötzlich hielt er es in beiden Händen. Außerdem lag sein Körper leicht auf meinem, zwar über der Decke, aber doch zwischen meinen Beinen. Er war so warm, fühlte sich so gut an, dass ich seufzte und meine Lider aufflatterten. Wieder brauchte ich ein paar Sekunden, um meinen Blick zu klären, dann verschlug es mir erneut die Sprache, denn sein Gesicht war meinem so nah, dass nicht mal ein Fingernagel dazwischen gepasst hätte.

»Was willst du von mir, Seraphina? Sag es mir! Du wirst es bekommen«, fragte er eindringlich und ich wusste, dass er es ernst meinte.

Ich hätte ihn jetzt darum bitten können, nur mir zu gehören und nicht den anderen Frauen. Ein Teil von mir verlangte danach, wollte es in diesem Moment mehr als alles andere, aber ich musste an die Zukunft denken, daran, dass ich bald aus meiner Verwirrung aufwachen, sich mein Verstand einschalten und dass Ice irgendwann wiederkommen würde. Daher gab es nur eins, das ich von ihm wollte.

»Freiheit.« Keine Manipulationen mehr. Das Wissen, wo der Höhlenausgang war. Dass ich mich frei bewegen durfte, zusammen sein konnte, mit wem ich wollte, und dass ich mich nicht immer seinem Willen unterwerfen musste, so wie jeder andere hier.

Schmerz überzog sein Gesicht.

»Du willst mich verlassen? Das ist alles, was du dir wünscht?« Ich hätte mich schlagen können, denn wenn er mich so ansah, tat es auch mir weh und ich konnte fast nicht noch mehr Qual ertragen. Schließlich schüttelte ich den Kopf und das nicht, weil ich den Schmerz wegwischen wollte, sondern weil ich ihn wirklich nicht mehr verlassen wollte.

Er hatte mir Seiten von sich gezeigt, die ich nicht kannte. Seiten, die mich faszinierten, die ich erkunden wollte, auch wenn er mir immer noch Angst machte.

»Nein«, flüsterte ich schwach. »Ich will, dass ich tun und lassen kann, was ich möchte, nicht das, was du mir vorgibst. Ich will Freiheit für meinen Körper und meinen Geist. Ich bin nicht dein Haustier.« Ich versuchte bei den letzten zwei Worten zu grinsen, aber meine Lippen waren so spröde, dass die Risse größer wurden und es wehtat, also ließ ich es sein.

»Verdammt, Seraphina.« Ich hatte ihn noch nicht oft fluchen gehört, aber wenn er es tat, dann stellte es komische Dinge mit mir an. Deutlich spürte ich seine schwelende Wut, was mich erregte. Schon wieder. So ein Mist aber auch!

Ganz toll!

Mein Körper war nicht gut darin, Prioritäten zu setzen, schließlich verschwendete er jetzt kostbare Flüssigkeit, die ich eigentlich für wichtigere Dinge, wie mein Überleben, benötigte.

»Verdammt, kannst du mich nicht um etwas anderes bitten?« Noch einmal fluchte er und biss die Zähne zusammen, doch ich schüttelte den Kopf und sah ihm fest in die Augen, so lange, bis er nachgab, dabei aber noch wütender wurde.

»Gut!«, stieß er heftig aus und war plötzlich nicht mehr auf mir. »Dann hast du hiermit deine Freiheit! Viel Spaß damit!«

Mit einem abschließenden tiefen Knurren verließ er das Zimmer und knallte die Tür so heftig hinter sich zu, dass ich zusammenzuckte.

Oh, äh, ich … irgendwie …

Verblüfft blickte ich ihm hinterher und wusste nicht, was ich tun sollte. Ich wäre ihm irgendwie gern gefolgt, aber meine Beine würden mich nicht tragen.

Selbst als Lava mit Wasser und einem gebratenem Kuluku reinkam, wusste ich nicht, was dieser Abgang sollte.

Aber das war jetzt erst mal egal. Sun würde mir sicher nicht davonlaufen.

Trinken und Essen waren jetzt wichtig.

Ich stürzte mich auf alles und stopfte es so schnell rein, dass mir dermaßen speiübel wurde, dass ich alles wieder von mir geben wollte, während ich mir von Lava anhören durfte, dass sie mich davor gewarnt hatte, zu schnell zu essen. Irgendwann beruhigte sich mein Magen, und ich fühlte mich einfach nur satt. Faul legte ich mich zurück ins Bett und versuchte mich möglichst nicht zu bewegen, bis es mir wieder einfiel und ich erneut hochschoss.

»Ice ist verletzt!«, schrie ich Lava an, die derart zusammenzuckte, dass sie den Krug Wasser fallen ließ und auf die Beine sprang, um den Spritzern auszuweichen.

Ich wusste nicht was, aber ich musste irgendwas tun, so viel war klar.

Wie hatte ich das überhaupt die ganze Zeit verdrängen können!?

Ich wollte aufstehen, aber ich war noch zu schwach.

Lava stützte mich, als ich in die Halle humpelte.

Ich betete, dass Sun Zeit gehabt hatte, um sich zu beruhigen. Doch meine Gebete wurden nicht erhört …

13.

Als wir in der Höhle ankamen, war sie vollkommen leer und Lava ging mit entschlossenem Gesichtsausdruck davon, um die anderen zu suchen. Sogar Ash hing nicht mehr an seinen Ketten. Draußen wurde es sicher dunkel, denn auch über die Wüste der Wände legte sich die Dämmerung. Grillen fingen an zu zirpen und die Sonnen gingen langsam hinter einem spitzen Sandberg unter.

»Sun?«, fragte ich leise und ging etwas wacklig die Treppen hinunter, dorthin, wo der Altar vor sich hin glitzerte. Mein Blick schweifte über jede noch so kleine Nische, doch es war nichts zu sehen, nichts zu hören. Wo waren sie nur alle?

Ich strich mit meiner Hand über den glatten glänzenden Stein des Altars, auf dem damals Ice gelegen hatte, und atmete dabei tief durch.

Wahrscheinlich war das vorhin wirklich nur eine Wahnvorstellung gewesen. Meine Ängste, die mich übermannt hatten und nicht die Realität. Ich hatte wohl schlichtweg überreagiert.

Ja ... das würde es sein ... *Ice geht es gut ... Ihm geht es ...*

Plötzlich vernahm ich ein leises Klackern und schaute von meiner Hand hoch, die immer noch über den kühlen Stein strich. Es schien, als würden kleine Kiesel von den Wänden herabrieseln und das von allen Seiten.

Also drehte ich mich um und starrte die Wüstenwände an, die immer dunkler wurden, denn die Sonnen waren schon fast untergegangen. Doch da war nichts, oder? Die Geräusche jedoch wurden lauter, so, als würden die rieselnden Kieselsteine immer näherkommen. Gleichzeitig drückte ich mich mit dem Rücken gegen den Altar und hielt den Atem an.

Mist! Was war das nur? Einen kleinen Moment schloss ich die Augen und schüttelte den Kopf, um auszuschließen, dass es sich nicht um Nachwehen der Wahnvorstellungen handelte. Doch meine Sinne hatten mich nicht getäuscht. Die Erde schien fast ein wenig zu beben, und als ich meine Lider wieder öffnete, musste ich einen Schrei unterdrücken.

Hunderte von Riesenspinnen fluteten plötzlich die Halle mit glänzenden, schwarzen glatten Leibern, weißen buschigen Klauen und stechenden roten Augen, die mich ins Visier nahmen, während sie von den Wänden herabkamen, die Treppen herabflossen, auf schnellen Beinchen und Körpern, die mir bis zu meinen Hüften reichten.

Gott, ich war stolz auf mich, dass ich nicht wie wild kreischte, aber meinen Herzschlag konnte ich nicht verlangsamen, den ich plötzlich in meinen Ohren rauschen hörte. Ich konnte nicht genau erkennen, wie viele es waren, war mir aber sicher, dass ihre Anzahl weit über hundert lag und ich keine Chance hatte!

Trotzdem drehte ich mich um und rannte so schnell es mein noch etwas geschwächter Zustand zuließ. Humpelnd stürmte ich zu den Treppen, die nach oben zu meinem Zimmer führten, doch dort kam ich nie an, denn da war ein winzig kleiner dämlicher Stein. Ein einziger, und über den musste ich natürlich stolpern. Ich fing mich mit den Armen ab und landete schmerzhaft auf meinen Knien.

Kaum lag ich auf dem Boden, fühlte ich die spitzen Beine, die in meine Haut stachen, aber sich über mich hinwegbewegten, wie Knochen, die von der Strömung im Wasser über mich gespült wurden. Jetzt war es vorbei und ich schrie, schrie, als würde mein Leben davon abhängen, aber nicht irgendwas … sondern: »SUUUUUUUUUUUUUUN!«

Gleichzeitig legte ich beide Arme schützend über meinen Kopf und drückte das Gesicht gegen den glatten Untergrund.

Ganz plötzlich wurde es leise, zu leise und ich linste vorsichtig nach oben. Das hätte ich lieber nicht tun sollen. Denn nun starrte ich direkt auf acht glänzende lange Spinnenbeine. Der Blick glitt mutig weiter hoch, um direkt in zwei rote Augen zu sehen. Auf der Suche nach einem möglichen Fluchtweg schaute ich nach links, nach rechts, aber überall lauerten die Arachniden. Ich war umzingelt. Sie hatten einen kleinen süßen Kreis um mich gebildet und visierten mich mit ihren riesigen roten Spinnenaugen an. Doch sie verharrten, anstatt mich anzugreifen, um mich mit ihren Zangen zu zerstückeln, was mich etwas beruhigte.

Langsam, fast in Zeitlupe, rappelte ich mich auf die Knie, dann zuckte ich zusammen, weil hinter mir ein diabolisches Lachen erklang, und wirbelte herum.

Vor mir stand ein Wesen das auf den ersten Blick die Umrisse eines Menschen hatte. Es besaß zwei Beinen, zwei Arme, einen Oberkörper und einen Kopf, doch mehr Ähnlichkeit konnte ich nicht ausmachen. Erstens war es mit dunkelbraunem Fell überzogen, zumindest alles bis auf die männlichen Geschlechtsteile, und die waren erfreut, mich zu sehen. Schnell schaute ich woanders hin! Lieber auf die langen Arme, die fast zu den Knien reichten.

In der einen Hand hielt er einen Stab, auf dem eine schwarze Spinne aus Marmor saß. Ihre Augen glühten genauso rot, wie die der Achtbeiner um mich herum. Zwischen dem Fell im Gesicht sah ich zwei komplett schwarze Augen und eine behaarte Menschennase hervorlugen. Sogar die rosafarbenen Lippen und die Ohren wirkten menschlich, aber das Fell und die superlangen Arme machten alles zunichte. Sein Körper war langgezogen und schien sehr wendig und geschmeidig. Trotz des dünnen Auftretens zogen sich drahtige Muskeln unter dem dicken krausen Fell entlang.

Was war das nur? So etwas hatte ich noch nie gesehen!

Und es, oder besser gesagt eindeutig er, grinste. Dabei offenbarte er Reißzähne, die mit denen von Ice mithalten konnten, aber nur fast, denn sie waren nicht so strahlend weiß, sondern hatten einen gelblichen Ton.

»Oh mein Gott!« Bevor ich es verhindern konnte, hatten die Worte meinen Mund verlassen und sein Lächeln wurde breiter.

»Ich bevorzuge den Namen Ajax, aber du kannst mich auch Gott nennen ...« Mein Mund klappte auf und ich vergaß, ihn wieder zu schließen. Seine Stimme klang wie die eines Menschen, nur um einiges kratziger, so als hätte er ganz schlimmen Husten und Halsweh dazu.

»Du bist also die Menschenfrau.« Plötzlich ging er vor mir auf die Knie und bewegte sich genauso schnell wie die Gestaltwandler, denn ehe ich mich versah, war er direkt vor mir und beugte sich vor, schnüffelte an mir. Er roch wie meine alte mufflige Decke, auf der ich mit Opa immer gelegen hatte und ich zog die Nase kraus.

»Oh ...« Auf einmal entfernte er sich etwas und wirkte ... schockiert. »Du bist unberührt, du bist ... rein.«

»Und das wird auch so bleiben«, stieß ich prompt aus und brachte ihn damit zum Lachen. Es klang ein wenig so, als hätte er sich verschluckt.

»Das hast du nicht zu entscheiden. Du bist kein König. Kein Meister. Kein Gebieter. Du bist ein Nichts. Hast keine Macht in dir«, flüsterte er mir zu und dabei rollte er sich eine Locke meiner Haare um seinen Finger und zog mich näher. Ich sträubte mich natürlich. Aber er zog fester. Der Kerl war mir eindeutig unsympathisch.

»Und wer bist du überhaupt?« Mit einem Ruck ging ich zurück und zerrte ihm meine Strähne aus den pelzigen Fingern. Dabei fiel mir auf, dass seine Fingernägel schwarz waren und fast als Krallen durchgingen.

»Ich ... bin der Anführer des Simiaraneas-Clans.«

»Aha ...«

»Du scheinst nicht begeistert zu sein.« Ich zuckte mit den Schultern.

»Das solltest du aber, denn ich werde dein Meister sein. Du wirst mir gehören ...«

»Aha ...« Wo, zum Teufel, war Sun nur, wenn ich ihn brauchte?

»Es ist mir zu Ohren gekommen, dass die Gestaltwandler sich einen Menschen halten, einen schönen, auch noch ein Weibchen, daraufhin bin ich sofort aufgebrochen, denn ich musste mich mit eigenen Augen davon überzeugen, dass es wahr ist, dass du wirklich existierst. Außerdem sind die Frauen meines Volkes, nun ja, sie sind nicht besonders ansehnlich und die Nymphen wollen mit uns nichts zu tun haben, somit bin ich ein einsamer Mann ...« Er sagte das so, als müsste er mir leidtun. Tat er aber nicht.

»Und da dachtest du dir, ich könnte als Ausstellungsstück herhalten und vor allem deine Einsamkeit beenden?« Der Ekel klang in meiner Stimme durch.

»Ja.« Er nickte und es war klar, dass sein Wort Gesetz war. Zumindest für ihn.

»Wieso denkst du, dass die Gestaltwandler mich einfach hergeben werden?«

Er grinste – ein wenig –, aber es erreichte nicht seine Augen. »Wir haben ein Abkommen.«

»Aha.« Ja. Was sollte ich denn sonst sagen? Der Kerl war total wahnsinnig!

»Genug geredet, meine Schöne. Wir werden uns noch besser kennenlernen, aber auf meinem Territorium.« Plötzlich richtete er sich wieder auf und schwenkte seinen Stab ein wenig, die Spinnen liefen auf mich zu und er trat zurück, sodass sich die Masse vor ihm schloss und mir den Blick auf ihn versperrte.

»Nein!«, schrie ich und wollte zurückweichen, aber sie kamen von allen Seiten und so konnte ich nichts weiter tun, als wie wild nach ihnen zu treten. Wo waren die anderen nur?

Die übergroßen Krabbeltiere stemmten ihre glatten Köpfe mit den Zangen hinter meinen Rücken und wollten sich unter mich schieben, um mich davonzutragen, und ich schrie, schrie wie am Spieß und rief schon wieder Suns Namen.

Dieses Mal hörte er mich. Das laute Brüllen, das plötzlich durch meinen Körper vibrierte und mich sonst in Angst und Schrecken versetzte, erleichterte mich enorm. Die Spinnen wichen ruckartig vor mir zurück und ich plumpste auf den Rücken, sodass ich plötzlich flach und laut keuchend auf dem Boden lag. Ich war noch viel zu schwach für so eine Aktion.

Ajax trat aus der Menge und wollte nach meinen Beinen greifen, doch aus dem Nichts schoss schwarzes samtiges Fell vor und plötzlich stand Sun über mir – in Pantherform. Majestätisch stellte er sich mit seinen Vorderbeinen genau neben meine Schultern und ich starrte seine Brust über mir an. Sun knurrte und ich konnte die Vibration davon bis in jede Faser fühlen. Sein Grollen, die Energie, die pure Macht, sie lullte mich ein, und ehe ich mich versah, hob ich eine Hand und berührte die samtige bebende Fülle seiner Brust.

Er stockte und schaute mich verwundert zwischen seinen Beinen hindurch an. Ich musste kichern, denn sein Ausdruck war lustig, wenn er mich als Panther so verwirrt anschaute. Die nach vorne stehenden runden Ohren rundeten das niedliche Bild ab.

Ich kraulte mit meiner Hand über sein samtig weiches Fell und er verdrehte die Augen. Dann richtete er seine Aufmerksamkeit wieder diesem Ajax zu, der mich mehr und mehr an einen Affen erinnerte.

»Sun, sei doch nicht so wütend. Ich hatte angenommen, du hast keine Verwendung für sie. In deinem Rudel sind so schöne Frauen, so viele Verlockungen, willst du mir nicht auch etwas gönnen?« Da ich diesem Spinnentypen eindeutig zu nah war, schob ich mich weiter unter Sun, sodass ich hinter dem schwarzen Panther hochkam und mich aufsetzen konnte. Jetzt berührte ich allerdings fast die Spinnen hinter mir. Sun und ich waren eingekeilt, aber als ich hochschaute, bemerkte ich in all den Nischen glühende Augen. Außerdem blitzten ab und zu Reißzähne auf und das beruhigte mich, denn die, die uns umzingelten, waren auch umzingelt.

»Mein treuer Freund, haben wir uns nicht immer gegenseitig geholfen?«, versuchte Ajax weiter, den Panther einzulullen. »Leih sie mir! Nur für ein paar Tage …«

Plötzlich ließ sich Sun auf die Hinterbeine sinken und änderte direkt neben mir seine Form.

Ich konnte nichts weiter tun als starren, während sein Rückgrat sich plötzlich verlängerte, Muskeln und Knochen sich unter dem seidigen Fell verschoben, aus den Krallen Finger wuchsen und die Beine länger wurden. Diese Verwandlung von hinten mitzuerleben, war schon erschreckend, aber von vorn hätte es mir den Rest gegeben. Es sah so geschmeidig aus wie seine Gangart. Gerade eben hatte er angefangen, sich zu verwandeln, da stand er auch schon in Menschenform vor mir und war mit Ajax auf Augenhöhe.

»Nein«, sagte er fest, »du bekommst sie nicht! Sie gehört mir.« Dann streckte er die Hand gebieterisch nach mir aus, ohne dabei Ajax aus den Augen zu lassen. Dessen Lippen wurden schmal und sein Auftreten kühler. Nun war es also vorbei mit der Schmeichelei und er wurde genauso wütend, wie Sun schon war.

»Du hast kein Recht darauf, in meine Höhle einzudringen und sie dir einfach zu nehmen«, knurrte Sun schon weiter, bevor Ajax etwas erwidern konnte.

»Sie gehört dir nicht«, fauchte Ajax und ich erhob mich auch.

Dabei ignorierte ich Suns Hand allerdings. Ich war schon ein großes Mädchen durchaus in der Lage, allein aufzustehen. Ajax nahm das aus dem Augenwinkel wahr und ein böses Grinsen huschte über seine schmalen Lippen.

»Doch, das tut sie«, zischte Sun.

Oh, wie konnte er es nur wagen, immer noch so etwas zu sagen? Wir hatten ausgemacht, dass ich frei war!

»Also genau genommen …«, fing ich mit fester Stimme an und Sun drehte sich mit einem Ruck zu mir, mit einem Blick, der sagte: *›schweig oder ich werde WIRKLICH wütend‹*, doch nichts da! Ich drängte mich an ihm vorbei und stellte mich vor ihn, um ihm zeitgleich mit einem Finger auf die glatte Brust zu tippen. »Genau genommen gehöre ich gar keinem!«

Sein Gesicht war kurzzeitig von Entsetzen geprägt, aber bevor ich nur etwas dazu sagen konnte, zog er mich plötzlich am Arm neben sich, genau in dem Moment, als Ajax nach mir greifen wollte. Der verschränkte die Arme vor der haarigen breiten Brust, und als ich bemerkte, wie selbstzufrieden er plötzlich wirkte, wurde meine Kehle ganz trocken.

»Da, Sun, du hörst sie.«

Sun schloss die Augen, als hätte er Schmerzen, legte den Kopf zurück und atmete bebend ein und aus – mir wurde klar, dass hier etwas ganz falsch lief.

»Du hast sie dir noch nicht unterworfen und sie noch nicht markiert. Sie erkennt dich nicht als Meister an und sagt selber, dass sie noch keinem gehört. Dabei ist sie keine Beute, aber auch kein Raubtier. Wir müssen ihr zeigen, was sie ist. Es ihr ein für alle Mal klarmachen. Ist das nicht unsere Aufgabe, unsere Pflicht in dieser Welt? Schreiben es uns die heiligen Gesetze nicht vor?«

Sun sah mich an und ich schluckte mühsam, als der Schmerz in seinem Blick mich traf. Seine Finger bohrten sich fester in mein Fleisch, so fest, dass ich zusammenzuckte. Es war, als würde er mich nicht hergeben wollen.

»Du weißt, was in diesem Fall zu tun ist. Der, der sie erbeutet, bekommt sie auch. Das alte Recht der Jäger ...«, säuselte Ajax weiter.

Sun schüttelte den Kopf, aber nicht aus Ablehnung, sondern weil er frustriert war. Mit großen Augen starrte ich ihn an, drängte mich jetzt automatisch an seinen Körper und wünschte mir, ich hätte nur ein einziges Mal meinen verdammten Mund gehalten, und seine Hand genauso wie seinen Schutz angenommen.

»Sun?«, hauchte ich leise, fragend. Sein Ausdruck war kalt und mich fröstelte es automatisch.

»Ja, so ist es«, meinte er beinahe emotionslos. Dabei ließ er mich los, rückte von mir ab. »Du hast es selbst so gewollt.«

Kalter Schweiß brach mir aus jeder Pore, sobald er mich nicht mehr berührte. Ich fühlte mich verletzlicher als jemals zuvor, gefangen zwischen dem einen, den ich geradezu verabscheute und dem anderen, den ich zwar wollte, es mir aber selbst verbot.

»Wir jagen«, bestimmte Sun und blickte mich dann so eindringlich an, als wolle er mir etwas mitteilen. Kalte Angst flutete mich von Kopf bis Fuß und ich schüttelte den Kopf.

»Nein«, japste ich und meine Stimme klang peinlich dünn und hilflos. »Nein, du bist mein Meister. Ich gehöre dir.« Ich wollte an ihn heranrücken, mich an ihm festklammern, doch er wich zurück, packte meine Handgelenke und drückte sie runter, damit ich ihn nicht berühren konnte.

»Du hast es so gewollt!«, fauchte er mir voller Wut ins Gesicht und plötzlich verschwamm alles vor meinen aufgerissenen Augen. Oh nein, ich würde jetzt nicht heulen. Nein! Nein! Nein!

»Aber …« In meinem Kopf begann sich alles zu drehen.

»Es gibt kein Aber. Das ist das Gesetz, Seraphina!«, verkündete er eiskalt.

»Der, der dich bekommt, wird dich sofort unterwerfen, um ein für alle Mal zu symbolisieren, wem du gehörst. Jeder in diesem Rudel darf mitjagen. Jede Raubkatze, jeder Wolf, jeder einzelne von Ajax' Clan, den er mitgenommen hat, also auch alle Spinnen. Du gehörst momentan keinem, da du mich öffentlich nicht anerkannt hast.«

Oh mein Gott! Mir wurde schlecht, mein Bauch verkrampfte sich und hinterließ ein bitteres Gefühl, was nicht mehr schwinden wollte. Derjenige, der mich fing, durfte mich gleich unterwerfen? Sofort und auf der Stelle? Und wenn mich eine Spinne schnappte? Würde das überhaupt funktionieren? Oder dieser Ajax? Oh mein Gott, oh nein, dafür hatte ich mich die ganze Zeit aufgespart? Um so genommen zu werden? Um gejagt zu werden wie ein kleines hilfloses Wesen? Wieso hatte ich nicht ein einziges Mal meinen Mund gehalten?

Ajax hatte seinen Spaß. Jeder Zentimeter seines Körpers schien vor Vorfreude zu vibrieren.

»Ich würde sagen, sie bekommt einen Vorsprung.« Oh, der Herr war auch noch gnädig. Nach wie vor drehte sich die Welt um mich herum und es fiel mir schwer, meinen Blick zu fokussieren, als Sun meine Handgelenke losließ und nickte. »Auf jeden Fall.«

»Wie immer gibt es keine Regeln, wenn die Männchen um ein Weibchen kämpfen ...«, sprach Ajax zufrieden weiter. Sun nickte erneut knapp. Sein Kiefer war verhärtet und sein Blick eiskalt.

Ich begann zu keuchen und das Herz hämmerte wie verrückt in meiner Brust. Meine Hände zitterten und ich umschlang meinen Oberkörper, als wollte ich mich selbst umarmen und beruhigen, doch es brachte nichts. Gar nichts.

»Lass mich noch eine Sekunde mit ihr reden«, forderte Sun, packte mich am Arm und zog mich ein Stück von Ajax weg. Die Spinnen machten uns bereitwillig Platz, teilten sich wie Wasser. Sun drückte mich gegen die Wand und schirmte mich mit seinem Körper vor jeglichen Blicken ab. Er nahm mein Kinn in seine Finger, hob es an; ich umfing seine Handgelenke mit beiden Händen und jammerte. »Ich wusste es nicht ... bitte, Sun, tu was.« Er drückte mir einen Finger auf die Lippen und sprach leise und eindringlich.

»Du wirst dein Messer mitnehmen und jeden abstechen, der in deine Nähe kommt. Ich werde mein Bestes geben, aber ich kann für nichts garantieren. Ajax ist stark, genauso wie sein Gefolge.« Fassungslos schüttelte ich den Kopf hin und her und versuchte nicht mal die Tränen zu verdrängen, die über meine Wangen rollten. Als ich leise schluchzte, verzog sich sein Gesicht vor Schmerzen. Sanft nahm er meines zwischen seine großen Hände und wischte die Tränen mit den Daumen fort.

»Shhh ... Ich werde zuerst bei dir sein«, flüsterte er eindringlich, als wäre ihm erst jetzt klar geworden, dass er wirklich alles dafür tun würde. Seine Stimme war weich und zuversichtlich und seine Worte beruhigten mich ein wenig. Seine Energie strich durch meinen sich drehenden Kopf, beruhigte ihn genauso wie meine Magengegend.

Ich atmete zittrig ein und nickte, versuchte tapfer zu sein und mich zusammenzureißen.

Als er sich herabbeugte und zögernd mit seinen Lippen über meine strich, ging ich auf die Zehenspitzen und kam ihm laut seufzend entgegen. Meine Arme umschlangen seinen Nacken. Ich hängte mich fast an ihn und wollte ihn nicht mehr loslassen. Zu lange hatte ich mich gewehrt, obwohl ich ihn mit jeder Faser wollte, und wo hatte es mich hingebracht?

Sun stöhnte heiser, packte mein Gesicht fester und küsste mich intensiver, so, als hätte er eigentlich nicht vorgehabt, den Kuss zu vertiefen, aber als hätte ihn meine Reaktion dazu gezwungen mit seiner Zunge in meinen Mund und mit seiner Energie in meinen Körper einzudringen, um mich überall zu berühren.

Er füllte meine Reserven mit seiner orange pulsierenden Kraft, gab mir Stärke, Mut und Hoffnung, während er meine Angst wegwischte und ich unter seiner Leidenschaft hinwegschmolz, indem er mich dazu brachte, laut zu stöhnen, was mir allerdings im Moment überhaupt nicht peinlich war.

Ich drängte mich enger an ihn und diese Macht, die er auf mich übertrug, seine Härte an meinem Bauch, die Wärme seiner Hände, schmeckte seine Süße auf der Zunge, sein mächtiges samtenes Tier, das sich um mein Inneres schmiegte und zufrieden schnurrte.

Viel zu früh beendete er den Kuss allerdings, rückte von mir ab und lehnte seine Stirn an meine. »Ich habe dir etwas von meiner Macht gegeben, du wirst sie brauchen. Mehr kann ich jetzt nicht tun.«

Ich nickte und fühlte mich deutlich besser, stärker, nicht mehr kurz vor einem Nervenzusammenbruch.

»Wieso hörst du nur nie auf mich, mein dummes, kleines Menschenmädchen?«, flüsterte er in mein Gesicht und streichelte mich mit seinen Daumen.

»Ich bin nicht dumm, nur stur«, hauchte ich, und als ich die Augen öffnete, sah ich, wie er mein zufriedenes, losgelöstes Lächeln lächelte und ich zerfloss in alle Einzelteile …

»Oft ist es dasselbe …«, murmelte er mir zu und ich plusterte die Wangen auf.

»Ich will euch bei diesem romantischen Abschied ja nicht stören, aber ich brauche bald dringend Linderung einiger ernsthafter Beschwerden und würde darum bitten, die Jagd beginnen zu lassen«, unterbrach Ajax' heisere Stimme uns förmlich. Unwillig knurrend löste sich Sun von mir.

»Wir haben Waffen, also darf sie auch eine Waffe mitnehmen«, verkündete er und schob mich in Richtung der Treppe, die zu unseren Zimmern führte.

Im Weggehen drehte ich mich noch einmal zu ihm um und konnte seine Gefühle für mich deutlich in seinem Gesicht lesen, die Angst um mich, die Lust nach meinem Körper, aber genauso Zuneigung, die so tief ging, dass sich mein Herz davon zusammenzog und es meine Seele berührte. Der Schmerz siegte jedoch und dominierte seinen Ausdruck.

Stolpernd wandte ich mich ab, da ich es nicht ertragen konnte.

Ich lief, noch bevor ich Ajax' Antwort gehört hatte, aus Angst, er würde sagen, ich dürfe mein Messer nicht mitnehmen.

Oben angekommen band ich mir meinen Gürtel nicht um, sondern nahm das Messer fest in meine rechte Hand. Ich hatte mir geschworen, niemals einen Unschuldigen zu töten, aber bei Gott, ich würde jeden umbringen, der mich vergewaltigen wollte. Insbesondere die Spinnen, ebenso Ajax. Er war mir unheimlich und ich war mir sicher, dass er den Gestaltwandlern und mir noch Ärger bereiten würde. Womöglich waren er und sein Clan sogar der Grund, warum sie zusammenlebten. Denn nur eine intakte Gemeinschaft bietet den notwendigen Schutz.

Seltsam, wie sich die Dinge geändert hatten. Ich hatte bisher alles dafür getan, um unberührt zu bleiben, und das war bei Weitem nicht einfach gewesen. Jetzt hoffte ich, dass Sun der Erste sein würde, der mich unterwarf. War es nur das notwendige Übel, weil Sun die beste zur Verfügung stehende Alternative war? Meine Antwort erschreckte mich. Denn ich konnte nicht leugnen, dass sich nicht nur Ice in mein Herz gestohlen hatte. Doch mein Angeberwolf war nicht hier, womöglich sogar verletzt oder Schlimmeres, ein Gedanke, den ich jetzt auf keinen Fall zulassen durfte. Tatsache war: Ich konnte und würde nicht mehr länger auf Ice warten.

Vielleicht sollte ich erleichtert sein, dass mir die Wahl abgenommen wurde, wobei man aktuell kaum von einer wirklichen Wahl sprechen konnte. Ich war lediglich eine Trophäe, ein Preisgeld, mit der sich der Sieger paaren durfte. Keine schönen Aussichten.

Bestimmt schob ich die negativen Bilder beiseite, versuchte stattdessen mich auf die bevorstehende Jagd vorzubereiten, doch immer wieder kamen mir klare blaue und äußerst vorwurfsvolle Augen in den Sinn, die abgelöst wurden von orange-glühenden Infernos. Es war unmöglich, mich zwischen ihnen zu entscheiden, aber das brauchte ich ja nun nicht mehr. Jetzt ging es darum, mich damit anzufreunden, Sun als meinen Meister anzuerkennen – trotz meiner Zuneigung zu ihm ein Umstand, der mir widerstrebte. Mein Verstand unterstützte diesen Punkt, zumindest redete ich mir das ein, denn Sun zu gehören hatte auch etwas Beruhigendes an sich. Nie wieder bräuchte ich Angst vor einer Vergewaltigung zu haben. Ich wäre sicher und vielleicht sogar Teil dieser Gemeinschaft. Seit dem Tod meines Opas war ich zwar nicht wirklich allein, aber dennoch im Grunde einsam. Ich wollte irgendwo dazugehören, geliebt werden, mich behütet fühlen. Dies waren Gedanken, die ich meist zwar erfolgreich unterdrückte, die aber dennoch tief in meinem Inneren immer präsent waren.

Also blieb jetzt nur zu hoffen, dass Sun sich durchsetzen und als Erster sein Recht auf mich geltend machen würde, ansonsten war ich verloren.

14.

Sun führte mich bis zum Ausgang. Er war genau dort, wo ich ihn vermutet hatte, aber da ich es nicht sicher gewusst hatte, war er meinem Blick verborgen geblieben.

Mein Herzschlag war seltsamerweise ruhig. Mein Kopf leer. Ein weißer großer Raum, in dem es keinen Platz für Angst gab, dank Sun und seiner Energie, die er auf mich übertragen hatte. Ob er wohl genauso empfand, bevor er jemanden tötete?

Er war distanziert, ganz der machtvolle Anführer.

Allerdings konnte ich die Anspannung in jeder Faser fühlen und bemühte mich, sie nicht zu durchbrechen. Sun sagte mir nur noch, dass ich meinen Vorsprung gut nutzen sollte, während alle anderen im Hintergrund darauf warteten, mir hinterherzustürzen. Ich schaute sie nicht an, versuchte sie zu ignorieren, ebenso die Frage, ob Ash mittlerweile schon wieder fit genug war, um mit zu jagen. Wenn ja … dann Gnade mir Gott.

Noch einmal wollte ich mich in Suns Arme schmiegen und seinen Schutz aufsaugen, mich noch einmal eine winzig kleine Sekunde sicher fühlen.

Doch er schien unnahbar, als er im dunklen Tunnel kurz vor dem Ausgang vor mir stand und stirnrunzelnd auf mich herabsah. Er beugte sich vor und seine Lippen geisterten über meinem Ohr, als er wisperte:

»Ich werde dich bekommen.« Es klang wie eine Drohung und ein Versprechen gleichzeitig. Ein süßes und auch verruchtes Gelöbnis, das von meinem Herzen aus in meinen Bauch floss – heiß, langsam – und sich zwischen meinen Beinen einnistete. Ich nickte.

»Lauf, Seraphina, so schnell du kannst«, flüsterte er und rückte ab.

Sobald er mich losließ, drehte ich mich um und rannte. Die dunklen, steinigen Wände flogen nur so an mir vorbei. Ab und zu hörte ich das Wasser tropfen, aber ich sah es nicht. Die Fackeln boten gerademal so viel Licht, dass ich schemenhaft erkannte, wo ich lang musste.

Nach einer Biegung wusste ich, dass ich vollkommen allein war und kaum war Sun nicht mehr in meiner Nähe, kam die Aufregung wieder. Ich musste ihnen entwischen, und wenn ich das nicht konnte, dann musste ich kämpfen. Meine Hand umfasste den Dolch fester, meine Oberschenkel spannten sich an und ich setzte mehr Kraft in meinen Lauf.

Durch ein kleines rundes Loch sah ich vor mir Mondlicht in die Höhle dringen und rannte schneller, sodass es immer größer wurde. Sobald ich den steinernen Tunnel verließ und auf den dichten, dunklen Dschungel traf, wollte ich eigentlich langsamer werden und die Umgebung in mich aufnehmen, aber dafür blieb keine Zeit. Ich wusste nicht, wie viel Vorsprung sie mir lassen wollten, dafür aber, dass ich ihn nutzen musste.

Dichte Wolken verdeckten stellenweise die zwei Monde und ein starker Wind fuhr in meine Haare und spielte mit meinen Strähnen. Die Luft flimmerte elektrisierend.

Mit zusammengebissenen Zähnen preschte ich einen Abhang zwischen den Bäumen hinab, während am Himmel vereinzelte bunte Blitze aufzuckten. Ein Gewitter war im Anmarsch. Wie passend.

Zwar würde ich nass werden, aber gleichzeitig konnte ich so besser meine Fährte verwischen und ihnen die Verfolgung erschweren. Vielleicht hatte ich so eine bessere Chance, um zu entkommen.

Zum Glück war ich es gewohnt, über den unebenen Boden des Dschungels zu laufen, denn er war dem Nebelwald sehr ähnlich. Mit einem untrüglichen Gefühl, was im Grunde sehr untypisch für mich und womöglich Suns Macht geschuldet war, wusste ich, wann ich meine Füße heben und über herausschauende Wurzeln springen musste. Ein Baumstamm überragte den Abhang und ich ließ meine Beine mit Schwung darüber schnellen, indem ich mich mit den Armen abstützte. Kaum stand ich wieder, rannte ich weiter.

Das Laufen war befreiend. Der Geruch des nassen Waldes war erfrischend. Ich fühlte mich frei wie ein Vogel und verschmolz instinktiv mit der Natur um mich herum.

Dennoch würden sie mich bald einholen und der eigentliche Kampf beginnen. Vor mir, am Ende des Abhangs, sah ich es glitzern und wusste, dass dort der Fluss sein musste. Ich müsste entweder an ihm entlanglaufen oder durchschwimmen. Letzteres war die bessere Variante, um den Jägern die Verfolgung zu erschweren. Vielleicht hatte ich sogar Glück und sie würden meine Spur verlieren. Es war eine Chance und ich musste jede nutzen.

Als ich hinter mir ein Wolfsheulen hörte, war mir klar, dass nun der Startschuss gefallen war und ich mir jetzt keinen Fehler erlauben durfte, ansonsten würden sie mich schnell einholen, und einen Moment stockte der Atem in meiner Kehle. Ich konnte nicht denken, nicht fühlen, nur schneller laufen und noch mehr Kraft in meine Bewegungen setzen, auch wenn meine Lunge anfing zu brennen.

Suns Kraft loderte immer noch in mir, was mich dazu brachte nicht einzuknicken und mich voll auf meine Sinne zu konzentrieren, obwohl mein Körper von meiner Hungerei eigentlich noch hätte geschwächt sein müssen.

Plötzlich fühlte ich etwas im Busch neben mir, und als ich den Kopf drehte, blinkten mich zwei rote Augen an. Garantiert eines der ekelhaften Spinnentiere. Ich biss die Zähne zusammen und bereitete mich darauf vor, rannte aber weiter, noch schneller, auch wenn es kaum möglich schien.

Als sie mit einem grellen, in meinen Ohren schmerzenden Kreischen und mit ausgestreckten Beinen und Klauen auf mich zu hechtete, blieb ich ruckartig stehen, sodass sie vor mir landete. Ich hatte keine Zeit auszuweichen, also benutzte ich sie als Treppe – lief über sie und duckte mich. Gleichzeitig schlitzte ich mit meinem Messer, das ich in beiden Händen hielt, mit aller Kraft den Panzer auf ihrem Rücken auf. Er sprang auf und so etwas wie gelber Eiter quoll aus der Wunde.

Sie schrie noch greller und klappte unter meinen Füßen zusammen, genau in dem Moment, als ich von ihr runtersprang und auf einem schief liegenden Baumstamm landete.

Ohne Schwierigkeiten balancierte ich über die raue Rinde, sprang dann hinab und fand mich mit den Füßen im kalten Wasser des Flusses wieder. Der Schweiß strömte aus jeder Pore und ich wollte mich einige Sekunden einfach nur hinlegen und ausspannen, aber ich hatte dafür keine Zeit.

Also rannte ich drauflos, mitten in das eiskalte Wasser, das um mich herum spritzte. Der Grund wurde immer tiefer und jeder Muskel in mir zog sich zusammen, je weiter die Nässe mich umspülte. Als es mir bis zur Brust reichte, dachte ich einige Sekunden, ich würde keine Luft mehr bekommen, so kalt war es. Zwar war die Strömung stark, aber ich würde es dennoch versuchen. Blieb nur zu hoffen, dass es hier keine unliebsamen Bewohner gab, die mich plötzlich in die Tiefe hinabziehen würden.

Als ich losschwamm, schaute ich zurück und konnte gerade noch sehen, wie einige leuchtende gelbe, rote, grüne und dunkel glühende Augen aus dem Gebüsch am Ufer brachen. Einige knurrten, einige brüllten und die riesigen Wölfe stürzten sich mir sofort hinterher ins Wasser. Doch hier waren sie nicht besonders schnell und ich hatte schon die Hälfte des breiten Flusses hinter mir.

Mir wurde allerdings klar, dass mein Vorsprung sich drastisch verringert hatte und außerdem fiel mir auf, dass Sun nicht dabei war.

Wo war er nur?

Als eine Raubkatze sich auf einen von Ajax' Affenmenschen stürzte, war mir klar, was Sun tat. Er kämpfte ... für mich. Ebenso wie es die anderen Gestaltwandler taten, zumindest indirekt. Sie halfen sich untereinander, als die Spinnen mitmischten. Die Wölfe, die mir nicht hinterher gesprungen waren, machten das Chaos perfekt, sodass eine richtiggehende Rangelei am Ufer entstand, die mir einen kleinen Vorteil verschaffte. Denn je mehr sie sich gegenseitig abschlachteten, umso weniger musste ich das tun.

Ich steckte noch mehr Kraft in meine Arme, soviel, dass meine Muskeln sich verkrampften, aber schon bald fühlte ich Stein unter meinen Füßen.

Keuchend rappelte ich mich auf und stolperte tropfend aus den Fluten. Der immer stärker werdende Wind erfasste mich und ließ mich frösteln. Ich sah, wie sich die Bäume der Natur beugten und vereinzelte Blätter durch die Gegend segelten. Immer mehr bunt flimmernde Blitze erhellten die Nacht. Doch selbst diese kurzen Lichtimpulse hatten nicht die Macht, der Dunkelheit ihren Schrecken zu nehmen und ihr Farben einzuhauchen, stattdessen wirkte alles schwarz/weiß, was die passende Kulisse für das drohende Unheil bildete.

Ich stürzte mich in die Gefahr – den Dschungel – auch wenn ich dachte, ich würde keine Luft mehr bekommen, so schwer fiel mir inzwischen das Atmen. Das Schwimmen hatte mich geschwächt und ich hörte, wie sie hinter mir in den Busch preschten, spürte, wie sie aufholten und dass ich keine Chance hatte.

Jetzt hieß es sterben oder ... Weglaufen brachte nun nichts mehr und außerdem musste ich meine verbliebenden Kräfte für das Kämpfen sparen.

Also blickte ich mich schnell um und sah einen umgefallenen Baum. Ich sprang dahinter und hockte mich hin, machte mich so klein wie möglich und versuchte sogar die Luft anzuhalten. Es ging nicht. Auf gar keinen Fall.

Der Dolch in meiner Hand zitterte und ich packte ihn fester. Er bebte nur noch mehr.

Nichts warnte mich, bevor plötzlich ein rotbrauner Wolf über den Baumstamm sprang und gerade noch von einem Blitz erhellt wurde. Ehe ich mich versah, hob ich meine Hände mit dem Dolch und schlitzte seinen Bauch im Sprung auf. Heißes Blut spritzte in mein Gesicht und lief über meine Hände herab. Ich stach so tief zu, dass seine Innereien herausquollen, als er verwundet auf allen Vieren aufkam und im nächsten Moment auch schon in sich zusammenbrach.

Er wird wieder heilen. Er wird wieder heilen. Er wird wieder heilen. Zumindest hoffte ich das.

Mein Atem kam immer noch keuchend, aber mir blieb keine Zeit, denn das typische Geräusch fallender Kiesel, das über das Steinufer zu mir drang, kündigte die Spinnen an. Ich konnte mich zwar gegen einen Gegner zur Wehr setzen, aber nicht gegen mehrere. Also zog ich mich am Holz hinter mir hoch, sprang über den Wolf und lief weiter. Es ging bergauf, wieder in den Wald, und ich wusste, dass mich meine Kräfte bald verlassen würden.

Auch Suns Energie in mir schien nachzulassen, so, als würde eine Kerze langsam herabbrennen und nur noch das letzte bisschen Feuer in mir glühen.

Donner mischte sich zu den Blitzen und vibrierte durch meinen Körper. Er überdeckte damit das Klackern von den tausend nahenden Spinnenbeinen. Plötzlich, ich konnte es gar nicht sehen, kam etwas von rechts und riss mich mit sich. Ich wollte mich abrollen, doch ich kam einfach nur plump auf der Seite auf und schürfte mir meine Hände sowie die Knie an rauem Holz auf, sogar meine Wange. Das war nicht schlimm. Zumindest nicht allzu sehr. Aber die Tragödie war, dass ich dabei mein Messer verlor.

Als ich mich auf den Rücken drehte, war schon einer von Ajax´ Leuten über mir. Seine langen Arme griffen nach meinen Knien und drückten meine Beine auseinander. Es ging so schnell, dass ich nicht treten konnte, dafür aber schrie ich … dieses Mal nichts Bestimmtes, sondern nur grell. Da war schon sein Körper auf mir und presste mich in den unebenen Dschungelboden.

Energisch versuchte ich ihn mit einer Hand an der pelzigen Brust wegzudrücken, mit der anderen tastete ich panisch nach meinem Messer. Ich fühlte, wie seine Härte meinen Innenschenkel streifte, als mein Kleid hochrutschte, und bekam plötzlich überhaupt keine Luft mehr. »Nein!«, schrie ich und wand mich wie verrückt hin und her. Er lachte, während er meine Knie festhielt und sich mit der anderen Hand berührte, um sich wahrscheinlich in Position zu bringen. So genau wollte ich das eigentlich nicht wissen. Alles, was ich wollte, war mein Messer finden. Als ich den vertrauten hölzernen Griff mit meinen Fingerspitzen streifte, machte sich Erleichterung in mir breit, doch noch war er auf mir.

Mir blieb nichts anderes übrig, als meine Hand zwischen unsere Körper zu zwängen und sie zwischen meine Beine zu drücken, sodass er nicht in mich eindringen konnte. Das hielt ihn nicht davon ab, mit seinen Hüften nach vorne zu stoßen. Er schnaubte wütend, als er keinen Erfolg hatte, und ich streckte mich weit, um ganz an den Griff des Messers zu kommen. Fest umfing ich es, mich auf das vorbereitend, was ich gleich tun müsste.

Er redete nicht mit mir, fackelte nicht lange, sondern packte meine Barriere und riss sie grob von mir fort. Dem darauf folgenden Stoßen seiner Hüfte kam ich mit meinem Messer zuvor, welches ich ihm kurzerhand in die Seite seines Halses rammte. Die schwarzen Augen wurden groß, als ich die Haut durchtrennte und Blut über meinen Arm herablief. Er gurgelte und röchelte, bis er auf mir zusammenbrach, während ich ihn gleichzeitig von mir rollte. Dabei zog ich mein Messer raus, denn ich war mir sicher, dass ich es noch brauchen würde.

Ich ließ die Gestalt, die nun auf dem Boden lag – sich vor Schmerzen hin und her wand, sich die klaffende Wunde hielt und lautlos schrie – liegen, und rannte weiter den Berg hinauf.

Mittlerweile war ich schon voller Blut. Ich musste wirklich keinen tollen Anblick abgeben, aber so, wie ich meine Verfolger kannte, würde sie das nur noch mehr anspornen und nur noch heißer auf die Beute machen.

Oben angekommen war der Wind schon so stark, dass ich mich kaum halten konnte. Es regnete nicht, aber die Blitze erhellten nun fast konstant zuckend die Nacht.

Ich war am Gipfel eines Berges und konnte gut die Lage überblicken. Was ich erkannte, als ich nach unten sah, ließ meine Knie weich werden und schnürte mir die Kehle zu. Sie kamen von allen Seiten: Wölfe, Spinnen, Affenmenschen, aber keine einzige Raubkatze.

Ich wollte weiterrennen, doch plötzlich wurde direkt zu meiner rechten ein Baum vom Blitz getroffen und fing Feuer. Die Flammen züngelten sofort blau auf, während der Baum umfiel und mir den Weg versperrte. Es wurde brennend heiß und wie von Geisterhand breiteten sich Flammen um mich herum aus, erfassten die Büsche, aber nicht die ausgedörrte Erde auf dem Berggipfel und somit nicht mich. Allerdings war ich jetzt in einem blauen Feuerkreis gefangen.

Schwer keuchend, triefend nass, blutbeschmiert und mit dem Messer in der Hand, stand ich jetzt also mitten in dem züngelnden Kreis unter den zwei Monden und den zuckenden Blitzen um mich herum und wusste, dass es kein Entrinnen mehr für mich gab. Ich konnte nichts tun. Sie würden kommen und über mich herfallen.

Irgendeines von diesen grässlichen Biestern würde mich kriegen …

Ich war verloren …

Im nächsten Moment durchbrach eine Gestalt mit einem Sprung die Flammen. Ein Blitz erhellte die seidige Schwärze seines Felles, die lang gezogenen Muskeln sowie den mächtigen Körperbau.

Ein paar Meter vor mir kam er elegant auf die Beine und mir verschlug es erneut den Atem, als ich in die gefährlichsten und gleichzeitig schönsten orangegelb glühenden Augen sah, die es gab.

Sun, es war Sun!

Ich atmete aus und merkte erst jetzt, dass ich den Atem angehalten hatte, als er auf mich zu schlich. Ganz gleitende Muskeln, fließende Bewegungen und gefährliche Eleganz. Die pure Anmut eines Killers.

Meine Knie wurden weich, als ich daran dachte, was auf mich zukam, wer auf mich zukam. Ich fiel auf die Knie und das Messer glitt aus meiner Hand. Als Zeichen meiner Ergebenheit und meiner Aufgabe.

Er näherte sich mir weiter. Königlich. Mächtig. Und doch konnte ich keine Angst vor dem Raubtier haben, denn ich wusste, dass es Sun war.

Ich war mir sicher, dass er mir nicht wehtun würde, dass er, obwohl er es konnte, weil er ein König war, es nicht über sich brachte, mich ernsthaft zu verletzen, egal ob körperlich oder um meinen Willen zu brechen.

Er war nur noch drei Schritte entfernt, dann nur noch zwei … Mein Herz klopfte bis zum Hals, als er fast auf Augenhöhe vor mir zum Stehen kam. Er war noch ein wenig größer als ich, wenn ich kniete. Und ich konnte nicht mehr widerstehen, streckte die Hand nach ihm aus und wollte sein seidiges Fell berühren, doch plötzlich brach er zusammen … Mit dem mächtigen Kopf genau auf meinem Schoß. Zuerst wusste ich gar nicht, was geschah.

Aber dann sah ich erstmals seine Seite. Rote Striemen von zwei Pranken umrahmten eine Wunde, aus der jemand das Fleisch mit seinen Zähnen herausgerissen hatte. Das Blut strömte dick und dunkel aus seinem Körper, und als es ein Blitz erhellte, glänzte es rötlich im Licht. Es floss im Rhythmus seines Herzschlages, und ich presste meine Hände auf die Wunde, versuchte das Blut zurück in seinen Körper zu drücken, während er schwer atmete und seine große kühle Nase an meinem Bauch vergrub.

»Sun … Scheiße!« Ich benutzte nicht oft Opas Flüche, aber jetzt war eindeutig die richtige Zeit dafür, während ich versuchte, dem

Panther zu helfen. Tränen rannen nun über meine Wangen, tropften auf seinen Hals und seine Schultern. Ich beugte mich vor und lehnte meine Stirn auf seine Seite, direkt neben die Wunden.

»Nein, nein, nein, nein …« Ein Knurren riss meinen Kopf wieder hoch. Hinter den züngelnden Flammen starrten sie mich gierig an und kamen immer näher, aber Sun konnte nichts tun, konnte mich nicht nehmen und konnte damit nicht allen zeigen, dass ich sein war.

Mir war egal, was mit mir geschah, hier, mit seinem Kopf in meinem Schoß, überwog die Sorge um Sun, der vielleicht sogar im Sterben lag. So genau wusste ich nicht, wie gut die Heilkräfte der Gestaltwandler waren, die er mir damals schon eindrucksvoll demonstriert hatte. Nur diese Wunde war weitaus schlimmer als alles, was ich ihm je angetan hatte. Schluchzend presste ich stärker meine Hand auf seine Verletzung und Verzweiflung flutete meinen Körper, ebenso wie Zuneigung. Diese Art von Zuneigung, die ich bisher gut verdrängt hatte, die aber nun dermaßen stark in mir aufwallte, dass ich sie nicht mehr ignorieren konnte.

»Sun, bitte … bleib bei mir!«

Ob es an meinen Worten lag oder an etwas anderem, ich wusste es nicht. Aber ungläubig fühlte ich, wie sich das Fleisch unter meinen Fingern zusammenzog. Genauso wie Ice' Wunden sich unter meinen Händen verschlossen hatten, war es nun auch bei Sun. Es ging so schnell, dass ich kaum blinzeln konnte. Direkt vor meinen Augen versiegte das Blut, verschwanden die Kratzer und es wuchs neues Fleisch, neues Fell auf dem herausgerissenen Stück.

Staunend richtete ich mich auf und schaute auf sein Gesicht herab. Meine Hände strichen nach oben, über seine runden Ohren, seinen weichen Kopf und sein samtiges Kinn. Er schloss die Augen und begann zu schnurren, sodass sein riesiger Körper vibrierte.

Jemand knurrte in der Nähe, und ich schaute hoch. Ein Wesen war dem Feuerkreis schon ganz nahe, doch zum Glück wurde es von einer anderen Kreatur angegriffen und somit erst mal von uns abgelenkt.

Ich fühlte, wie Sun sich von meinem Schoß aufrichtete, weil sein Gewicht wich und als ich mich wieder auf ihn konzentrierte, erschrak ich, weil er mir plötzlich in menschlicher Gestalt ruhig in die Augen blickte.

Wir starrten uns an. Mein Mund war offen. Seiner zu.

Die Flammen warfen Schatten auf seine ebenmäßige Haut, auf die leicht schiefe Nase, auf die Narbe in der Braue, auf seine glatten Lippen, seine großen ausdrucksstarken Augen, die nun wieder mit all den Gefühlen und noch viel mehr für mich angefüllt waren. Sie liefen fast über, nein, sie taten es. Seine Energie überschwemmte mich, als er sich vorbeugte, mit einer Hand meinen Nacken umfasste und mich an sich zog, um mich zu küssen.

Ich wusste, jetzt würde es geschehen und ich hatte keine Angst. Denn ich wollte ihn, genauso, wie er mich. Seine Empfindungen waren stark, auch wenn er manchmal ein Arschkater war.

Er glitt mit seiner Hand hoch in meine Haare, packte mich dort fest und bog meinen Kopf zurück, dann drang er mit seiner Zunge in meinen Mund ein. Plünderte dort. Kämpfte gegen mich oder mit mir. Ich wusste es nicht.

Nicht gerade sanft drängte er mich zurück, bis sich steiniger Untergrund in meine Haut bohrte. Er legte sich nicht zwischen meine Beine, sondern neben mich, als seine Lippen zu meinem Ohr wanderten. Seine rechte Hand strich an meinem Körper entlang, und als er über dem Stoff meine Brust knetete, stöhnte ich auf und bog meinen Rücken durch.

»Ich habe es geschafft. Was bekomme ich dafür?«, flüsterte er heiser. Seine Hand wanderte weiter hinab über meinen Bauch, der sich unter seinen Fingerspitzen zusammenzog. Seine Zähne knabberten sanft an meinem Ohrläppchen.

»Deine Beute.« Mist, ich klang nicht mehr wie ich selbst, aber es war mir egal, denn das, was er in mir auslöste, war zu gut, als dass ich logischen Gedanken bemühen wollte. Er lachte rau in mein Ohr. Die drohenden Augen um die Flammen herum waren vergessen, aber vielleicht hatten sie sich auch schon verzogen, weil sie bemerkt hatten, dass ich längst sein war.

»Wirklich?« Er schmiegte sich näher an mich und legte sich schließlich zwischen meine Beine, sodass ich seine Härte spüren konnte, die über meinen mittlerweile nassen Intimbereich strich und sich fordernd dagegen drückte. Es war eine Warnung und gleichzeitig eine Versuchung.

Ich bewegte mich versuchsweise an ihm und es fühlte sich phänomenal an, wie die kleinen Blitze daraufhin von meinem Unterleib aus durch meinen gesamten Körper schossen. Genussvoll schloss ich die Lider und rieb mich fester gegen seine pochende Erregung. Sie zuckte als Antwort, was das Ganze nur noch besser machte.

Die Flammen um mich herum wurden heißer, immer heißer. Ich verglühte fast in der Sturmnacht.

»Sag es zuerst.« Er ergriff meine Hüfte und drückte sie hinunter, damit ich mich nicht weiter an ihm reiben konnte, doch er klang sehr abgehackt und angestrengt.

»Die anderen sind weg, du kannst immer noch Nein sagen. Die Jagd ist vorbei. Wir müssen es nicht tun. Keiner wird jemals erfahren, dass du dich mir nicht wirklich unterworfen hast.« Seine Worte ließen mich stocken und ich schlug die Augen auf, sah bestürzt hoch in sein Gesicht. Wie auch in seiner Stimme verdeutlichte seine Miene, dass er alle Kraft benötigte, um sich zu beherrschen, was ihn nur noch anziehender machte. Aber da gab es auch noch etwas hinter den blauen Flammen, die sich in seinen Augen spiegelten. Dieses Gefühl, das auch ich in mir trug und das mich dazu brachte zu flüstern:

»Nimm mich, Sun, nimm mich mit«, in diese unglaubliche Welt der Lust, die er mir schon einmal gezeigt hatte und in der er auch König war. Ich sah Erleichterung, aber auch etwas anderes in seinem Blick aufflackern, etwas, das seine Leidenschaft fast überschattete. Es war Besorgnis.

»Was ist?« Ich glitt mit den Fingerspitzen über seine Schläfen und schließlich in seine raspelkurzen seidigen Haare und kraulte ihn sanft.

»Es wird wehtun«, stieß er aus. Dann blähte er die Nasenflügel und vergrub sein Gesicht in meinen nassen Haaren. »Ich werde den tierischen Teil nicht lange zurückhalten können.« Er rieb seine Wange an mir und seine Hand fuhr plötzlich unter mich. »Es wird nicht sanft, nicht zärtlich und sicher nicht ... vorsichtig ... sein!« Bestimmend umfasste er meine hintere Backe, knetete sie einmal und drückte dann meinen Unterkörper nach oben. Gleichzeitig bewegte er seine Hüften und rieb über diesen einen Punkt, der sofort pure Verzückung durch meinen Körper sandte, sobald Sun ihn auch nur antippte. Ich stöhnte, konnte gar nicht anders, und bog meinen Rücken durch. »Es wird wild, ungezügelt und animalisch ...« Und zu jedem Wort wiederholte er diese süße Folter, bis sich mein Kopf drehte und mir der Schweiß auf der Stirn stand. Ich konnte nicht mehr denken, nicht mal mehr richtig atmen und er artikulierte sinnvolle Sätze!

»Also frage ich dich noch ein allerletztes Mal: Willst du das wirklich?« Er hielt still und ich wollte mich weiter reiben, aber er drückte mich jetzt so eng an sich, dass ich mich nicht mehr bewegen konnte. Ich fand ein klein wenig aus der seidigen, heißen Watte, in die er mich gerade gehüllt hatte, und blinzelte ihn an.

»Wenn du jetzt ja sagst, gibt es kein Zurück mehr und du solltest dich mit deiner Antwort beeilen ... ich kann mich nicht mehr länger beherrschen ...«, warnte er noch und seine Stimme zitterte. Auch ihm stand Schweiß auf der Stirn – sein Kiefer war verhärtet. Trotzdem wartete er, obwohl er sich schon längst auf mich stürzen wollte und ich es zugelassen hätte. In diesem Moment wurde mir das erste Mal klar, dass er mich tatsächlich liebte.

»Mein Körper soll dir gehören«, flüsterte ich.

Suns Augen wurden groß, und er verspannte sich einen Moment. Dann blähte er die Nasenflügel, umfasste mit einer Hand mein Kinn sowie meine Wange, und hielt mein Gesicht so fest, dass ich ihn ansehen musste. Wir starrten uns an. Eine kleine Ewigkeit … Bevor er mich küsste … besitzergreifend, fast schon grob, als Besiegelung des gerade Gesagten.

Mit der anderen Hand spreizte er mich, und allein die zarte Berührung seiner Fingerspitzen ließ mich an seinen Lippen wimmern. Erneut wich Sun zurück und schaute schwer atmend auf mich herab. Wir sahen uns wieder fast eine Ewigkeit lang an, bis zu dem Moment, als ich ihm mit meinen Hüften millimeterweit entgegenkam, weil ich diese Spannung einfach nicht mehr aushielt, erst dann stieß er zu …

Mit einer Bestimmtheit, einer Kraft, dass ich dachte, ich müsse zerbrechen, oder sofort vor Wonne zergehen.

Es war beides der Fall und ich schrie seinen Namen in die heiße flimmernde Luft um uns herum, während die Flammen blau emporzüngelten und ich ihn tief in mich aufnahm.

Jetzt war ich wirklich sein und ich hatte keine Angst mehr davor.

Ich wollte wissen, wie es weitergehen, wie es sich anfühlen würde, wenn er meinen Körper unterwarf, und Sun zeigte es mir. Mit einer Leidenschaft, die jeden weiteren Gedanken unmöglich machte …

15.

Sun war wirklich nicht sanft. Nicht zart. Nicht zurückhaltend oder vorsichtig. Kein bisschen von alledem. Aber dennoch auf gewisse Weise mitfühlend.

Ich merkte es an der Art, wie er, nachdem er den Kopf nach hinten geworfen und genussvoll die Augen geschlossen hatte, sobald er ganz in mir war, sofort in mein Gesicht sah und nach Anzeichen von Unbehagen in meinem Blick suchte.

Mir hatte es die Sprache verschlagen, denn ja, da war stechender Schmerz, aber da waren noch so viele andere Gefühle, die diesen schon jetzt überlagerten.

Er hatte mich nicht nur körperlich erobert, sondern auch geistig. Seine Macht, sein Tier, liebkoste mich mit seinem samtigen Fell, streichelte unbekannte Orte tief in mir und ich wusste, dieser Teil würde mich auch zum Höhepunkt bringen können, wenn er wollte, ohne dass er mich dafür offensichtlich berühren musste. Aber das war in dem Moment alles egal. Nebensächlich.

Sun riss mich aus meiner Starre, als er sich zurückzog und erneut mit einem tiefen, triumphierenden Knurren in mich eindrang, noch fester als beim ersten Mal. Unsere Unterkörper klatschten laut aneinander und ich rammte meine Fingernägel in seine Schultern, als ich meinen Kopf zurückwarf und einen Schrei nicht unterdrücken konnte.

Er stöhnte kehlig meinen Namen, als meine Muskeln ihn umschlangen, und nahm nun einen Rhythmus auf, einen nicht langsamen, aber auch nicht zu schnellen, harten Takt. Er ließ mir kaum Zeit zum Atmen, brachte mich aber zum Stöhnen und ich konnte und wollte nichts dagegen tun.

Abgelenkt grinste er mich an, als ich mich ihm entgegendrängte und er sah, wie gut es mir gefiel zu kapitulieren. So, als hätte er es gewusst. Natürlich hatte er es gewusst.

»Arschkater …«, keuchte ich angestrengt zwischen seinen heftigen Stößen und er lachte leise.

»Ach ja?« Plötzlich ließ er seine Hüften kreisen und berührte jetzt Punkte in mir, die meine Lust noch intensivierten. Er wusste wirklich mit jeder Faser, was er tat. Es war schon fast gruslig.

»Jaa!«, schrie ich und wusste nicht mal mehr wieso. Sun beugte seinen Kopf mit einem leisen Knurren herab, das in meinem ganzen Körper widerhallte.

Ich fühlte, wie er mir mit samtiger Zunge über meinen Hals leckte, dann biss er mich kurzerhand fest in den Nacken und ich zuckte zusammen, als der Schmerz mich durchfuhr. Mit seinen Zähnen hielt er mich fest, stieß gleichzeitig heftiger zu und schlang sich mit einer Hand eines meiner Beine um die Hüfte, um noch tiefer einzudringen.

»Auuaa!« Ich stöhnte vor Schmerz, aber auch vor Lust, denn sein Tier in mir rieb sich stärker. Sein samtiges Fell und seine orange-glühende Energie strichen durch mich, reizten mich, spielten mit meinem Inneren – mit meiner Seele, während Sun meinen Körper bearbeitete.

Es war der Wahnsinn und das Beste, was ich jemals erlebt hatte.

Durch den Nebel des Schmerzes und der Lust hindurch, der sich zu einer berauschenden Empfindung vermischte, fühlte ich, wie Sun mit messerscharfen Zähnen durch mein Fleisch drang und wie mein Blut floss. Gequält kniff ich die Augen zusammen und ließ es einfach geschehen. Er stöhnte laut auf, während er alles voller Gier aufleckte. Seine Zunge fuhr in heißen Bahnen über meine sensible Haut. Bereitwillig machte ich ihm mehr Platz und drehte meinen Kopf zur Seite, berührte mit meiner Wange den harten Boden.

Langsam öffnete ich die trägen Lider und zuckte zusammen, denn vor den züngelnden, blauen Flammen, mitten im Kreis stand Ice! Keuchend schloss ich die Augen, schüttelte den Kopf und schlug sie wieder auf, während Sun und sein Tun in den Hintergrund wichen.

Erst dachte ich, ich hätte wieder eine Wahnvorstellung, aber dann sah ich Ice' Schulter, seinen Nacken und die lange, klaffende Wunde, die seinen perfekten Oberkörper fast zweiteilte, seine mit Blut und Dreck verschmierte Haut, sein bleiches Gesicht, seine leeren Augen, mit denen er uns beobachtete, und mir wurde schlecht. So richtig schlecht.

Jegliche Lust verflog im Nu.

»Stopp!«, rief ich und drückte gegen Suns Schultern. Er stockte und stemmte sich auf die Arme, um schwer atmend und mit Blut am Mundwinkel gereizt in mein Gesicht zu sehen.

»Wieso?«, knurrte er eindeutig genervt und bis zum Bersten gespannt. Zähnefletschend folgte er meinem Blick und auch er erstarrte, außer Atem und immer noch tief in mir, als er Ice sah.

Dann ging alles sehr schnell.

Ice konnte mich gerade noch ansehen und ich erkennen, wie viel Schmerz und Wut in seinem Blick lagen – ich konnte mich gerade noch fühlen wie der letzte Dreck auf diesem Planeten. Dann fluchte Sun und löste sich mit einem gewaltigen Ruck von mir.

Ice' Augen rollten zurück und er fiel in sich zusammen.

Sun sprang so schnell auf, dass ich seinen Bewegungen kaum folgen konnte, und fing ihn auf, warf mir dabei noch einen hilflosen Blick zu, bevor er sanft mit ihm in die Knie ging und ihn vorsichtig auf den Boden legte.

Wie benebelt richtete ich mich auf und sah die beiden Männer in meinem Leben an. Der eine war stark und gesund, der andere verletzt und gerade dabei, zu sterben. Ich fühlte es.

Mein Herz zog sich zusammen und ich kroch wie gelähmt auf die beiden zu und versuchte, wieder zu Atem zu kommen und meinen Kopf zu klären. Sun ließ mich dabei nicht aus seinen Augen, die einen derartigen Schmerz in sich bargen, dass mir erst jetzt bewusst wurde, wie wichtig Ice ihm war.

»Wird er heilen?« Eiskalte Gänsehaut kroch über meinen Körper, als ich Ice' bleiches Gesicht aus der Nähe betrachtete und mich über ihn beugte. Ich traute mich nicht, ihn zu berühren, aber meine Finger zuckten in seine Richtung.

Sun schüttelte langsam den Kopf und mein Magen krampfte sich zusammen.

»Nein?«, fragte ich ungläubig. Meine Finger geisterten immer noch über Ice' hübschem Gesicht und diesen wahnsinnig vollen, aber jetzt blutleeren Lippen. Ich konnte den Anblick kaum ertragen.

»Er hat viel Blut verloren und sein Herz ist betroffen. Aber vor allem hat er aufgegeben.« Suns Stimme klang emotionslos, als er Ice ein paar helle Haare aus der Stirn strich. Sein Blick lag nun unverwandt auf ihm, mit einer Fürsorge, die ich nicht für möglich gehalten hätte.

»Was?!«, rief ich aus, »Nein!« Ich stieß Sun gegen die Schulter, sodass er sich verwirrt auf mich konzentrierte, während Tränen in seinen Augen glitzerten. »Das ist nicht fair!«, schrie ich und schubste ihn erneut. »Ich dachte, ihr könnt nicht so leicht sterben!« Noch einmal schlug ich ihn, doch er packte mein Handgelenk und hielt es mit funkelnden Augen unnachgiebig fest.

»Wenn wir den Lebenswillen verlieren, können sogar wir sterben, Seraphina!«, knurrte er mich an. Auch er war sauer, verzweifelt und aufgewühlt. Er lockerte nicht seinen Griff, stattdessen starrten wir uns eine Zeit lang an, während heiße Tränen über meine Wangen liefen und seine Augen feucht schimmerten.

Dann stöhnte Ice und wir schauten beide wieder zu ihm …

Ich fing an zu schluchzen, als mir klar wurde, dass es für ihn keine Rettung gab, während Sun sanft Ice' Kopf hob, sich im Schneidersitz hinsetzte und seine Haare streichelte. Ich hatte ihn noch niemals so zärtlich und gleichzeitig so gebrochen erlebt wie in dem Moment, als er sich dafür stärkte, Ice in den Tod zu begleiten. Leise flüsterte er ihm zu, mit dieser berauschenden Stimme und in einer Sprache, die ich noch nie gehört hatte.

»Ice, bitte …« Weinend beugte ich mich über ihn und vergrub mein Gesicht an der unverletzten Seite seines Halses, sog dabei tief seinen Duft ein.

Ich hatte ihn so vermisst, so sehr … und jetzt würde ich ihn nie wieder riechen, nie wieder mit ihm reden, würde niemals meinen ersten richtigen Kuss von diesen unglaublichen Lippen bekommen, würde niemals wissen, wie es war, von ihm geliebt zu werden.

»Ice, bleib bei mir.« Meine Tränen liefen über seine Haut und ich merkte, wie sie immer kühler wurde, als ich mich vorsichtig mit einer Hand auf seinen Bauch stützte, genau unterhalb der Wunde.

»Ich hasse dich nicht ...«, jammerte ich weiter, während Sun verstummte und mich beobachtete. Mit was für Gefühlen oder was für einem Ausdruck wusste ich nicht. Alles in mir konzentrierte sich auf den Mann, der vor mir lag. Er musste es erfahren! Jetzt oder nie!

»Ich hasse dich nicht ... hörst du, Ice? Ich liebe dich und ich kann auch deine Bestie lieben.« Verzweifelt vergrub ich mein Gesicht enger an ihm, bereit so zu bleiben, bis ich mit ihm starb.

Doch plötzlich merkte ich, wie er wärmer wurde, wie ein blaues Flimmern in ihm aufwallte und von innen gegen seine Haut drückte und wie Sun verwundert murmelte:

»Was auch immer du tust, mach weiter.« Ich rückte von Ice ab und bildete mir sofort ein, dass seine Lippen etwas rosiger, seine Wangen etwas weniger eingefallen waren.

Mein Blick wanderte an ihm entlang und der Atem stockte in meiner Kehle, als ich registrierte, wie sich das Fleisch bewegte, welches meine Fingerspitzen berührten. Es zog sich nach oben, so, als würde es sich schließen wollen. Wie auf Befehl ließ ich meine Hand nach oben gleiten, berührte den untersten Bereich seiner klaffenden Wunde und sah, wie sich die Haut zusammenschob.

Ich keuchte und schaute hoch zu Sun, der meine Finger anstarrte und dann ruckartig den Blick hob. Seine Augen waren groß, als würde er mich das erste Mal im Leben wahrnehmen.

»Mach weiter«, flüsterte er heiser. Vermutlich hatte er Angst, irgendeinen magischen Bann zu brechen, wenn er zu laut reden würde, und ich tat es. Langsam wanderte ich nach oben, berührte Ice fast, sodass die feinen Härchen seiner Haut mich kitzelten. Ein blaues Flimmern entstand in meiner Handfläche, während ich über die Wunde strich, die sich tatsächlich Stück für Stück schloss. Es war unglaublich.

Ich konnte fühlen, wie Ice' Energie kühl und erfrischend gegen das Flimmern in meiner Hand aufloderte. Je weiter ich kam, je mehr sich seine Haut schloss, umso stärker wurde seine Macht und schmiegte sich um meine Finger, immer weiter hinauf zum Unterarm und letztendlich über meinen Hals. Ertastete mich. Erkundete mich sanft und fast schon verspielt, sodass ich davon Gänsehaut bekam.

Seine Lippen *wurden* wirklich rosig, er runzelte die Stirn …

Zum Schluss war ich komplett in eisblaue Energie gehüllt und das Atmen fiel mir schwer, aber Ice schien es besser zu gehen!

»Seraphina …«, hauchte er, als ich fast bei der Schulter angekommen und die Haut vollkommen geschlossen war. Nicht mal eine Narbe war zu sehen, es war, als wäre niemals etwas geschehen.

Dann hob er plötzlich seine Hand und umfasste meine, sobald ich meine Finger auf seiner verheilten Schulter liegen ließ und ihn immer noch staunend betrachtete.

Mit einem Ruck öffnete er die Augen und mir strömten erneut die Tränen über die Wangen, als ich in diese eisigen Tiefen blickte. Diese ehrliche Zuneigung hatte ich vermisst. Keiner konnte so ergeben schauen wie Ice, wofür sicher auch der Wolfsanteil in ihm verantwortlich war. Sun als Raubkatze war da eher erhaben und stand über den Dingen. Aber Ice war mein treuer Begleiter und nur auf mein Wohl bedacht. Er war mein Beschützer. Er war der, den ich die ganze Zeit gebraucht hatte.

Schwach, aber voller Hingabe lächelte Ice, als er mich ansah und drückte dann meine Hand an seine Wange, schmiegte sich dagegen, sog tief meinen Duft ein und schloss erleichtert die Lider. Ich lächelte auf dieses unglaubliche Gesicht hinunter und streichelte ihn mit dem Daumen, denn ich konnte gar nicht anders.

Mein Ice lebte – ich hatte ihn nicht verloren … Es war so schön … die Erleichterung heftig … und befreiend.

Dann flog mein Blick hoch zu Sun und mein Lächeln gefror.

Sein Ausdruck war hart, seine Nasenflügel gebläht. Sein

gesamter Körper war angespannt und der Blick, mit dem er mich bedachte, tödlich. Gänsehaut überflutete mich und Angst kroch in mir hoch.

»Was ist?«, fragte Ice sofort, denn er hatte wohl wie immer meine Gefühle gespürt, aber ich konnte nicht antworten, weil mir Suns Blick jegliche Fähigkeit zu sprechen geraubt hatte und mein Mund plötzlich ganz trocken war. Ich wusste, wieso er so wütend war, wusste, wieso seine glühende Energie gegen mich peitschte, als würde sie mich angreifen wollen. Zum Glück gelang es ihr nicht, denn ich war immer noch in Ice' Macht gehüllt.

Ich hatte Sun noch nie so angesehen wie Ice gerade eben. Ich hatte ihm nie gesagt, dass ich ihn liebte. Er merkte jetzt, wie tief meine Gefühle für Ice wirklich gingen.

»Du durftest ihn berühren, um ihn zu retten.« Suns Stimme zitterte vor unterdrücktem Zorn. Dann nahm er plötzlich meinen Oberarm, stand auf und riss mich gleichzeitig auf die Beine. Dabei packte er mit der anderen Hand meine Haare und jede Zärtlichkeit, Zuneigung, ja, sogar Liebe … alles, was ich noch vorhin in seinen Augen gesehen, und weswegen ich mich ihm hingegeben hatte, war verschwunden. Zurück blieben nur Zorn und Hass und Eifersucht. Ich wollte zurückweichen, weil er mir Angst machte, aber er ließ es nicht zu. Er zog mich so heftig am Oberarm gegen seinen Körper, dass ich nach Luft japste.

»Du tust ihr weh, Sun, hör auf!« Plötzlich stand Ice neben uns und wollte mich von Sun wegziehen, doch ein Blick von ihm reichte und Ice ließ seine Hand sinken, wenn auch widerwillig und zähneknirschend.

Sun griff mich fester in den Haaren und riss meinen Kopf zurück, sodass er meine volle Aufmerksamkeit hatte.

»Du wirst ihn nie wieder berühren, nicht mit ihm sprechen und ihn nicht ansehen. Du bist mein, und dich teile ich nicht, mit niemandem, hast du verstanden?« Einerseits war er gerade so Furcht einflößend, dass ich weglaufen wollte, doch andererseits lösten seine Worte in mir eine derartige Wut aus, die mir die Tränen in die

Augen trieb. Ich umfasste sein Handgelenk und wollte ihn dazu bringen, seinen Griff zu lockern. Trotz seines Zorns und auch des verborgenden Schmerzes in seinem Blick, tat er es. »Sun, tu das nicht«, flehte ich leise, denn ansonsten hätte ich geschrien. »Bitte ...«

»Bitte mich um nichts«, zischte er jetzt. »Du hast mich als deinen Meister anerkannt und mir dein Leben gegeben, als ich dich gefickt habe.« Als hätte er mich geschlagen, zuckte ich zusammen. Diese abwertende Ausdrucksweise machte alles zunichte, was ich dabei empfunden hatte. Doch anstatt ihn anzuschreien oder ihn zu schlagen, starrte ich ihn nur entsetzt an und wollte das eben Gesagte verdauen. Sun wandte sich von mir ab und Ice zu, der mit schmerzverzerrtem Gesicht neben uns stand.

»Und du, Ice. Ich habe es zugelassen, weil du mehr für mich bist als einer meiner Anhänger, das weißt du genau. Aber wenn du dich ihr noch einmal näherst, dann wird sie dafür büßen und du wirst dabei zusehen! Sie gehört mir ganz allein! Vergiss das nie!« Eifersüchtiger, geiziger, egoistischer Arschkater!

Damit packte er mich härter am Oberarm und zog mich von Ice weg.

Die blauen Flammen waren fast überall erloschen und ich ertrug es kaum, wie Ice auf dem Berggipfel mit wehenden Haaren und der Sehnsucht in den Augen, die auch ich fühlte, hilflos verharrte und dabei zusah, wie Sun mich davonschleifte. Ich konnte meinen Blick nicht von ihm lösen, bis ich auf Glut trat und schmerzhaft aufkeuchte. Sun blieb nicht stehen, fluchte aber und hob mich kurzerhand mit viel Schwung auf seine Arme.

Die Tränen wollten nicht versiegen, aber ich verkniff mir jedes Schluchzen, während ich stur die Arme vor der Brust verschränkte, mich so schwer wie möglich machte und von Sun wegsah, als er mich durch die Nacht trug.

***

Ajax und seine Anhänger waren verschwunden, als wir die Höhle betraten, aber überall lagen stöhnende Verwundete herum.

Keiner sagte ein Wort. Sie blickten uns nur stumm und voller Vorwürfe an, als Sun mich – seine Beute – in sein Zimmer schleppte.

Sein Raum war der erste auf der linken Seite und sah genauso aus wie meiner, aber war doppelt so groß.

Lieblos schmiss er mich auf sein weiches, schwarzes Bett, wo ich auf dem Rücken liegen blieb und versuchte mit der Wut klarzukommen, die in mir loderte, während Sun anfing, vor mir hin und her zu tigern wie ein Verrückter.

Aus dem Augenwinkel beobachtete ich ihn genau. Ab und zu fluchte er. Einmal erschreckte er mich, als er brüllend gegen einen Stuhl trat, der polternd gegen die Wand flog und auseinanderfiel. Seine Hände strichen dabei die ganze Zeit über seine kurzen Haare, oder er presste die Faust gegen den Mund.

Nach gefühlten Stunden stürzte er zu mir und ich schaffte es nicht zurückzuzucken, als er sich wie ein Raubtier über mich beugte. Seine Wut war eindrucksvoll und ich wusste, er konnte fühlen, dass er mir wirklich Angst machte, deswegen beherrschte er sich und sagte einfach nur: »Du bleibst hier, bis ich etwas anderes befehle, und hör lieber auf, dich vor mir zu fürchten, denn das ist überhaupt nicht gut für dich!«

»Aber …«, setzte ich an, doch er knurrte warnend tief in seiner Brust, sodass mir die Worte im Hals steckenblieben und ich verstummte.

»Ich warne dich«, ergänzte er noch, dann stützte er sich mit Schwung ab und verließ laut mit der Tür knallend das Zimmer. Ich schüttelte den Kopf, denn er benahm sich wie ein Teenager mitten in der Pubertät. Also wirklich.

Ich blieb liegen und wusste nicht, was ich tun sollte. Meine Gedanken und Gefühle wirbelten durcheinander und hinterließen ein undurchdringliches Chaos.

Ich liebte Sun, ja, ich konnte es nicht abstreiten, auch wenn er ein eifersüchtiger, grausamer, bösartiger Arschkater war, aber ich liebte ihn dennoch, tief in mir und gut verborgen.

Doch meine Zuneigung zu Ice war mit dem nicht zu vergleichen. Sie ging tiefer, war in mir verankert und unwiderruflich, denn er war mein hingebungsvoller, seelenverwandter Angeberwolf.

Ich liebte beide auf unterschiedliche Arten, genauso wie sie unterschiedlich waren. Nur eines blieb gleich. Ich fühlte mich zu beiden hingezogen.

Wieder hatte ich im Grunde keine Wahl, wollte ich Ice und mich nicht ins Verderben stürzen, denn das würde ich, wenn ich gegen Suns eindeutigen Befehl handelte. Alles in mir begehrte auf, wollte sich auflehnen, gegen diesen Tyrannen, der dachte, mich zwingen zu können, bei ihm zu bleiben. Sex hin oder her. Ob ich ihm gehörte oder nicht. Trotzdem glimmte auch für Sun ein kleiner Funken, denn ich wusste, warum er so handelte. Seine Hilflosigkeit und meine starken Gefühle Ice gegenüber zwangen ihn dazu.

Ich steckte in einer eindeutigen Misere!

Zwei heiße Typen. Der eine sexy wie die Hölle. Der andere perfekt wie der Himmel.

Wie sollte ich mich jemals entscheiden?

Wie mit einem der beiden zusammen sein?

Wie mit beiden zusammen sein?

Wie mit keinem zusammen sein?

Keine Ahnung!

Ende … vorerst …

Teil 2 erscheint ca. am 01.06.2015

DESIREZONE

Kapitel 1

Ich war so wütend auf Sun – diesen verflixten Arschkater. Dabei hatte ich noch vor ein paar Stunden gedacht, es gäbe eine Möglichkeit, um vielleicht doch glücklich zu werden …

Es kam mir vor, als wäre er gerade eben noch in mir gewesen … Nach so langer Zeit war es ihm endlich gelungen, mich zu unterwerfen und ich hatte es aus vollen Zügen genossen. Doch unser kleines Abenteuer wurde abrupt unterbrochen, als Ice plötzlich vor uns stand – mein persönlicher Angeberwolf.

Endlich war er zu mir zurückgekehrt und fand mich mit einem anderen Mann vor. Ich würde nie den verlorenen Ausdruck in seinen Augen und den Schmerz, den sein wunderschönes Gesicht verriet, vergessen, als er mit ansehen musste, wie ich mich einem anderen hingab.

Ice brach zusammen. Was nicht nur an dem Anblick von Suns und meinem verschlungenen Körper lag, sondern auch an der klaffenden Wunde an seiner Schulter. Fast wäre er gestorben, aber nicht an der Verletzung, sondern weil er das wollte. Gestaltwandler können nämlich nicht sterben, es sei denn, sie entscheiden sich dazu. Ich konnte Ice klarmachen, dass ich für ihn nicht verloren war, ihn überzeugen, dass ich ihn liebte, und offensichtlich besaß ich irgendwelche magischen Kräfte, um jemanden zu heilen, so auch Ice.

Ich war so glücklich. Ice war wieder da!

Dann hatte Sun alles zerstört! Dies war anscheinend eine seiner Spezialitäten!

***

Ich hatte genug davon, hier weiter unsinnig rumzuliegen und auf ihn zu warten, nur weil Sun es so wollte, auch wenn ich die letzten zwanzig Minuten seinem Befehl gefolgt war.

Mit einem Ruck setzte ich mich auf, sprang aus dem Bett und stampfte zur Tür. Ich musste mit Ice sprechen, musste wissen, wie es ihm ging, was er in den letzten Tagen erlebt hatte, ob er vor Sehnsucht auch fast umgekommen war und ob es noch eine Chance für uns beide gab.

Der lange Flur, der einem immer endlos lang erschien und der nur eine Tür offenbarte, wenn man genau wusste, wo sich diese befand, war leer, als ich aus Suns Zimmer trat. Zielsicher stieg ich die gewundenen, unebenen Stein-Treppen hinab und hörte schon von Weitem das Gejaule und die Trommelmelodien, die aus der riesigen, höhlenartigen Halle kamen. Da wurde wohl gefeiert. Obwohl ich keine Ahnung hatte, was das sein sollte. Mir gefiel es nicht da runterzugehen, weil ich die Energien der Gestaltwandler, die mit ihren inneren Tieren verbunden waren und mich immer aus dem Konzept brachten, bereits aus einiger Entfernung fühlen konnte, so stark waren sie. Aber ich ließ mich nicht abschrecken.

Auf der letzten Treppenstufe blieb ich stehen, drückte mich mit dem Rücken an den glatten Felsen und linste um die Ecke.

Die Höhle war in warmes Licht getaucht und erst nach ein paar Augenblicken fiel mir auf, dass wir uns im Inneren eines Vulkans befinden mussten, denn rot- glühende Lava floss träge die Wände herab. Sie kam jedoch niemals am Boden an und verbrannte alles in ihrer Umgebung, denn es war lediglich eine magische optische Täuschung.

Allerdings war es nicht das, was meine Aufmerksamkeit erregte. Automatisch schaute ich zuerst zu Suns Nische. Es war natürlich die oberste und größte, eingelassen in die rot schimmernden Wände, und keuchte auf, als ich den Arschkater erblickte, denn er war nicht allein!

Lava, die schönste, rothaarigste Frau, die ich jemals betrachten durfte, war bei ihm, ebenso der schwarzhaarige Igelkopf, welcher auf der Seite lag und aus einem Steinkelch nippte. Dabei beobachtete sie Sun, der mit ihr zugewandtem Rücken vor ihr stand.

Anscheinend war Sun eben aufgestanden und Lava die letzte Treppenstufe zu ihm hochgestiegen. Das Lächeln, welches er ihr schenkte, war geradezu umwerfend. Es war das Lächeln eines perfekten Verführers, aber es vermittelte auch Wärme. So sah er nur sie an. Seine weißen Zähne blitzten und meine Nackenhaare stellten sich auf, genauso, wie sich mein Bauch vor Verlangen zusammenzog. Noch vor einer Stunde hatte ich ihn in mir gehabt, so tief, mit Körper und Seele … Jetzt strich er Lava eine ihrer langen Strähnen hinters Ohr. Die Geste war so sanft, dass mir Tränen in die Augen traten.

Verdammt.

Ich mochte Lava wirklich gern. Sie war meine Freundin. Was aber nicht hieß, dass ich sie nicht am liebsten von ihm stoßen und erwürgen wollte. Sie stand mit dem Rücken zu mir und hatte die Haare zu einem kunstvollen Zopf geflochten, aber ich konnte dennoch sehen, wie sie sich gegen Suns Hand lehnte, als er ihre Wange darin bettete. Und wie sie erschauerte, als er in ihre Haare fuhr, und sie auf die Zehenspitzen ging, während er seine wunderschönen Lippen auf ihre senkte.

Sie harmonierten optisch perfekt miteinander. Sie war bleich, er braun gebrannt. Er hatte raspelkurze schwarze Haare, sie strahlend rote lange. Ihre Körper waren makellos. Lang und drahtig. Seiner strotzte vor Kraft, ihrer vor Anmut. Als wären sie füreinander erschaffen worden, schmiegten sie sich aneinander.

Sun küsste sie innig und tief. Dabei zog er sie mit einem bestimmten Ruck enger an sich und ich fühlte mich, als würde ich anstatt ihr keine Luft bekommen.

Hier runterzukommen war eine schlechte Idee gewesen, denn ich wollte das nicht sehen. Aber wegschauen konnte ich auch nicht. Ich konnte genau seine große Hand beobachten, wie sie die elegante Kurve ihres Rückens nach unten strich und dann ihre Backe packte. Er presste sie an sich und ich konnte, trotz des Geheules und Gejohles in der Halle, fast ihr überraschtes Stöhnen hören.

Ebenso registrierte ich sein überhebliches Grinsen an ihren Lippen, und ballte beide Hände zu Fäusten, verdrängte aber gekonnt die Tränen. Plötzlich öffnete er die Lider und sein Blick traf direkt auf meinen. Auf der Stelle erstarrte ich wie die Beute, die ich für ihn wohl immer war. Er grinste breiter und sah mich direkt aus diesen raubtierhaft- glühenden Augen an. ›Siehst du es?‹, schien der Ausdruck in ihnen zu sagen. ›Du willst sie sein, gib es zu!‹

Als er sicher war, meine Aufmerksamkeit zu haben, schwang er Lava herum, sodass sie mit den Händen an der Wand lehnte. Sie streckte ihm wie eine rollige Katze instinktiv ihren kleinen wohlgerundeten Hintern entgegen. Langsam rieb er sich an ihr, bis sie die Beine spreizte und den Oberkörper etwas nach vorne beugte. Seine Lippen wanderten über ihren glatten Rücken, dann warf er mir noch einen einzigen, absolut gelangweilten Blick über seine Schulter zu und packte ihre Hüften.

Ich zuckte zusammen, als hätte er mich geschlagen, denn ich wusste, was er gleich tun würde.

Um ein Aufschluchzen zu verhindern, presste ich schnell beide Handflächen gegen meinen Mund. Dann drehte ich mich um, schob mich an der Wand entlang, um die Ecke, sodass ich aus seinem Blickfeld verschwand, und schloss die Augen. Noch mehr konnte ich nicht ertragen. Es war zu viel.

Schluchzer bebten durch meinen Körper, aber ich ließ sie nicht raus. Ich spannte alles in mir an, um den aufwallenden, hysterischen

Heulanfall zu unterdrücken und lehnte meine Stirn dabei gegen den kühlen Stein, während ich versuchte, ruhig zu atmen. Ein und aus … Ein und aus … Die Genugtuung würde ich ihm nicht geben, dass ich wegen meiner Gefühle für ihn zusammenbrach. Wenn er andere nehmen wollte, dann sollte er das tun. Mich würde er nicht mehr bekommen.

Schon jetzt bereute ich, mich ihm hingegeben, ihn in mein Herz gelassen, ihm vertraut zu haben. Tatsächlich hatte ich gehofft, ich wäre fortan die Einzige.

Humorlos lachte ich auf, aber das ruinierte fast meine Nichtheul-Fassade und ich musste mich erneut anstrengen, um die Tränen zu verdrängen. Ich war nie die Einzige für Sun gewesen, seine Nummer eins würde immer Lava bleiben. Auch wenn er für mich starke Gefühle zu haben schien, so hatte das nichts mit seiner körperlichen Beziehung zu den anderen zu tun. Sun würde mir nicht treu sein, stattdessen mit seinen Fingern immer andere Frauen berühren, sie mit seinem Lächeln verzaubern und mit seiner Stimme berauschen. So sind Gestaltwandler eben.

Es tat weh. Zu wissen, was er jetzt mit der hinreißenden Lava machte, fühlte sich so an, als würde ich innerlich verbrennen.

Meine Beine drohten nachzugeben und ich ließ es geschehen, rutschte an der rauen Wand hinunter und setzte mich schließlich auf die Treppenstufen. Mein Kopf landete in meinen Händen und ich starrte blicklos auf den Boden. Ich versuchte mit dem tobenden Schmerz in mir klarzukommen, der immer noch drohte, mir die Luft zu rauben und mich losheulen zu lassen. Nein, wegen Sun würde ich nicht heulen! Stattdessen würde ich ihn aus meinem Herzen verbannen, obwohl ich befürchtete, dass mein Körper höchstwahrscheinlich immer ihm gehören würde. Meine Finger verkrallten sich verzweifelt in meinen Strähnen.

Plötzlich fühlte ich eine Hand auf meinen Haaren und ich stockte, ebenso wie mein Atem. Die Finger strichen sanft meine noch ein wenig nassen, absolut wirren Locken hinab, zart über meinen Kiefer und legten sich schließlich tröstend unter mein Kinn.

Ich wusste schon, wer vor mir stand, noch bevor er mein Gesicht anhob, aber niemand konnte mich darauf vorbereiten, was sein Anblick in mir anrichten würde. Mir wurde warm, geradezu heiß. Die Hitze strömte direkt in mein Herz und belebte es wieder, nachdem, was Sun mir angetan hatte.

Ice. Es war Ice, und sein Daumen streichelte über meine Unterlippe. Seine Berührung hinterließ ein Kribbeln auf meiner Haut und ich musste dem Drang widerstehen, aufzuspringen und ihm um den Hals zu fallen. Aber dann hätte ich losgeheult und das wollte ich vermeiden.

Stattdessen saß ich hier unten und nahm das stattliche Bild seines unbekleideten Körpers in mich auf, denn hier trug niemals jemand irgendwas. Die Bauchmuskeln, welche von unten noch ausgeprägter schienen, die makellose Haut, weiter nach oben über die glatte, gut definierte Brust, den langen Hals hinauf, und schließlich in sein ebenmäßiges Gesicht, dessen scharfe Züge genau zu erkennen waren, weil er das schulterlange hellbraune Haar wieder zurückgebunden hatte.

Der Schmerz und die Wut waren verschwunden. Seine eisblauen Augen funkelten warm, sein Ausdruck war weich und mitfühlend. In meiner Brust löste sich ein Knoten, als ich sah, dass er nicht mehr wütend auf mich zu sein schien. Dennoch flüsterte ich mit zittriger Stimme: »Es tut mir leid, Ice …«

»Shhh …« Sanft legte er seinen Finger auf meine Lippen. Dann ging er anmutig vor mir auf die Knie, und ich hatte schon wieder Probleme mit der Luftzufuhr, denn sein ernstes Gesicht war so nah. So schön.

»Es tut *mir* leid«, raunte er mit dieser leicht heiseren Stimme, die ich so sehr vermisst hatte. »Ich hätte dich nicht alleine lassen dürfen. Ich wusste, dass du ohne mich nicht zurechtkommst.« Ich schüttelte den Kopf, doch er sprach weiter. »Ich hätte wissen müssen, dass er es schafft, dich einzuwickeln. Er ist *der* Meister darin ... Es ist sozusagen seine Spezialität ... Ich mache dir wirklich keinen Vorwurf daraus, aber das Bild von euch beiden, von deinem zerbrechlichem Körper unter ihm ...« Er kniff die Augen zusammen und runzelte die Stirn, als hätte er Schmerzen, und ich spürte, wie mein Herz brechen wollte. »Euch so zu sehen und zu wissen, dass ich dich an ihn verloren habe, noch bevor es zwischen uns anfing ... Ich habe noch nie etwas so Schmerzhaftes gefühlt. Meine körperlichen Wunden waren nichts dagegen. Ihnen hätte ich noch standhalten können, aber nicht dem Anblick von euch beiden.«

»Nein, Ice ...«, erwiderte ich und musste mit den Fingerspitzen seine Wange berühren. Es war wie ein Zwang, der mich in seine eisigen Tiefen zog. »Du hast mich nicht verloren. Ich war immer dein, auch wenn du nicht da warst, auch wenn ich es mir nicht eingestehen wollte. Ich wollte zu keinem außer zu dir gehören. Ich habe dich so vermisst.« Jetzt rannen die Tränen still und leise über meine Wangen. Er blähte die Nasenflügel und wischte sie weg.

»Ich hab dich auch vermisst, Seraphina. So sehr ... «, flüsterte er rau. Während er mit den Fingerspitzen in meine Haare fuhr und mich kraulte, schloss ich vor Wonne die Augen. Ich ließ meinen Kopf ein wenig nach vorn fallen und konnte mich gerade so davon abhalten, laut zu stöhnen. »Für dich kann ich meine Bestie unter Kontrolle halten. Glaubst du mir das?« Wortlos nickte ich, fühlte nur seine Finger, die zurückwanderten, seinen Daumen, der meinen Wangenknochen streichelte, seinen süßen Atem, der auf mein Gesicht traf. »Als wir die Zyklopen fanden und sie nicht mit sich reden ließen, sondern uns angriffen, habe ich dich gesehen, Seraphina. Ich habe gesehen, wie du stirbst. Das hat mir meinen Kampfwillen genommen. Auch wenn du für mich nicht dasselbe empfindest wie ich für dich, so muss ich dich in Sicherheit wissen.«

Fast hätte ich gelacht. Er dachte immer noch, ich würde nichts für ihn empfinden, dabei wusste ich es mittlerweile besser. Also summte ich leise.

»Hast du auch gehört, was ich dir sagte, als du mich gesehen hast?« Ich musste schlucken und fühlte Röte meine Wangen hochsteigen, denn ich wusste nicht, ob ich es ihm noch einmal offenbaren konnte. War ich mutig genug?

Vorsichtig öffnete ich die Augen und sah, wie er seinen Kopf schüttelte.

»Nein. Ich habe dich nur gespürt und gesehen, aber nichts gehört«, murmelte er. Ich atmete tief durch, lehnte mich vor und meine Stirn gegen seine, schloss die Augen erneut und sog seinen kräftigen würzigen Duft ein. Plötzlich fühlte ich mich so schwach. So, als würde ich zerbrechen, wenn er mich nicht hielt. Konnte ich ihm noch einmal sagen, dass ich ihn liebte?

»Ich hasse deine Bestie nicht. Ich hasse dich nicht …«, fing ich stockend an und nahm seine großen, starken Hände in meine. Ich brauchte allen Halt, den ich kriegen konnte. »Ich weiß doch, dass du mich nicht hasst. Es war so dumm von mir, wie ich reagiert habe …«

»Ice …«, unterbrach ich ihn und wir sahen uns an.

»Was?«, hauchte er gegen mein Gesicht und ich konnte so viel Zärtlichkeit in seinem Blick erkennen, dass ich ihm allein dafür mein Herz, eingewickelt in Geschenkpapier, freiwillig als Präsent überreichen wollte.

»Ich …« Hart schluckte ich an dem Kloß in meinem Hals vorbei. Mein Mund war wieder staubtrocken und meine Hände wurden schweißnass. Er musste es erfahren, bevor er mich noch einmal verließ. Oder bevor dieser Moment durch irgendetwas zerstört wurde.

»Welchen Teil von: Nicht sprechen, nicht ansehen, *nicht berühren*, habt ihr zwei eigentlich nicht verstanden?« OH, heiliger Mist! Das war eindeutig Sun. Und er klang nicht amüsiert.

Ice versteifte sich genauso wie ich und löste seine Stirn von mir. Er stand auf, ohne sich umzudrehen und ich war froh, dass sein Körper Suns Anblick verbarg, denn ich wollte gar nicht sehen, wie wütend er jetzt war.

»Ihr kanntet die Regeln!«

Ice ließ seine Schultern hängen. »Es tut mir leid, Meister«, flüsterte er leise, doch ich schüttelte den Kopf und sprang auf. Bevor beide etwas tun konnten, hatte ich Ice umrundet und stand vor Sun. Meine eigene Wut half mir dabei zu verdrängen, was tief in diesem orangenen Inferno seiner Augen glühte.

»Ach? Du darfst mit anderen sprechen und sie berühren? Du darfst das alles und noch viel mehr direkt vor meiner Nase tun, aber mir ist das nicht gestattet?«

»So ist es«, bestätigte er und klang dabei wie die Ruhe selbst, bevor er meinen Arm packte. Sein Griff war eisenhart und ich keuchte auf. Wortlos schleifte er mich die Treppen rauf. »Komm, Ice …« Lässig winkte er ihn hinterher. Ice setzte sich mit hängenden Schultern in Bewegung, als ich einen Blick nach hinten riskierte.

Mein Herz fing aus Protest regelrecht an, in meiner Brust zu trommeln. Was würde Sun jetzt mit uns tun? So wie seine heiße Energie gegen mich peitschte und das nicht aus Leidenschaft, würde es nichts Gutes sein.

Der Arschkater zerrte mich in sein Zimmer und ich hörte, wie Ice die Tür leise hinter sich schloss. Die Wände waren heute auch hier glühende Lava. Sahen fast so aus wie Suns Augen und mir wurde gleichzeitig heiß und kalt, als er einige Augenblicke dastand und auf mich herabblickte.

»Hat er dich geküsst?«, fragte er. Ich schüttelte den Kopf, denn mein Mund war zu trocken zum Sprechen. »Dein Glück«, sagte er leise, aber hart.

»Runter!«, war das Nächste, was er von sich gab. Ich schaute fragend an seiner Schulter vorbei zu Ice, der mit dem Rücken an der Tür lehnte und so heftig atmete, als wäre er ein Tier in einer Falle.

»Du wirst *mich* ansehen! Nicht ihn!« Sun drehte mein Gesicht mit einem Ruck zurück und ich war gefangen in der Glut dieser funkelnden Infernos. »Runter auf die Knie! Ich werde es nicht noch einmal sagen.« Er formte die Worte langsam für mich, sodass ich sie auf jeden Fall verstand.

Ich blickte ihn nur an und verengte meine Augen.

»Gut«, zischte er leise, drohend … »Dann sollten wir deine Strafe vielleicht auf Ice umwälzen? Er wird sich nicht wehren. Kein bisschen. Egal, was ich tue. Ich habe im Gegensatz zu dir lange Krallen und spitze Zähne, außerdem eine ausgeprägte Fantasie und ich stehe auf Blut und Schmerzen, weißt du noch?«

Prompt fiel ich auf die Knie. Aua, das tat weh!

»Du Bastard«, giftete ich ihm von unten zu, doch das brachte ihn nur zum Lächeln. Es war ein eiskaltes Lächeln, das nur ein wenig seine Mundwinkel hob, eben das Lächeln eines skrupellosen Killers, der zu keinerlei Emotionen fähig ist und der sich nimmt, was er will, ohne Rücksicht auf Verluste. War das hier der Mann, der noch vor zwei Stunden so zart, so mitfühlend und so liebevoll zu mir gewesen war? War das der Mann, von dem ich dachte, er würde mich lieben?

Als ich mich daran erinnerte, wie wunderbar er gewesen war, wie er mich berührt hatte und ich nun in diese Augen blickte, überschwemmte mich Erregung, ob ich wollte oder nicht. Sun war anziehend, verführerisch, besonders hier in der roten Glut, die von den Wänden auf ihn herabstrahlte. Er war immer verführerisch! Dafür, dass ich so empfand, hätte ich mich selbst treten können.

Ich schloss die Lider, um ihn nicht mehr sehen zu müssen. Ich wollte ihn nicht mehr so fühlen, tief in mir, immer und immer wieder, doch die Erinnerungen waren zu stark und zu frisch. Mein Inneres wollte sie nicht vergessen. Niemals. Egal, was er getan hatte und was er tun würde: mein Körper lechzte mit jeder Faser nach ihm.

»So voller gebrochenem Stolz und doch am Auslaufen.« Sun hörte sich amüsiert und äußerst zufrieden an, aber die Kälte verließ trotzdem nicht seine Stimme. »Ice, komm doch näher zu uns …« Ich öffnete die Augen wieder, als ich spürte, wie sich blaue Erfrischung in die orange-glühende Hitze mischte, die durch mich loderte, allerdings ohne mich zu reizen, zu streicheln oder zu befriedigen.

»Stopp!« Ice stand jetzt direkt neben uns. Ich hätte ihn berühren können, wenn ich meinen Arm ausstreckte, aber ich wusste, dass ich es nicht tun durfte, weil ich damit nur alles schlimmer machen würde.

»Ich würde sagen, wir werden sie gemeinsam in die Künste der Lust und Leidenschaft einführen. Du gibst die Anweisungen. Ich genieße natürlich«, verkündete Sun sachlich. Als Antwort bekam er ein Knurren.

»Ice«, warnte Sun, »beherrsch dich.«

Konnte sich das Blut gleichzeitig in meinen Wangen sammeln und sie verlassen? Mir war das alles schon jetzt peinlich. Ängstliche Spannung baute sich in mir auf, aber auch etwas anderes: ein Pochen zwischen meinen Beinen, ein Verlangen, das mir den Atem raubte, je länger ich hier unten kniete und nicht wusste, was genau Sun mit uns beiden vorhatte.

Zum Glück, oder besser gesagt zu meinem Unglück, drückte sich Sun jetzt klar und deutlich aus, und ich wollte im Boden versinken, oder aber zwischen den beiden schönen Männern auf dem Bett liegen, sie küssen, sie berühren, sie fühlen … Oh Gott! Nun war ich wirklich knallrot und ich schloss erneut die Augen, schüttelte den Kopf, um derartige Bilder zu verbannen.

»Ich will diese Lippen auf mir, Ice. Sag ihr, was sie zu tun hat. Jetzt.« Suns Stimme hatte den Kommandoton angenommen, den man wohl entwickelt, wenn man jahrelanger Herrscher über eine Rasse ist. Keinen Widerspruch duldend, weder von mir noch von Ice. Mir wäre es egal gewesen, wenn ich nicht gewusst hätte, dass

Ice nur auf eine Chance wartete, die Strafe auf sich zu nehmen. Mir war klar, dass diese tausendmal schlimmer ausfallen würde als das hier. Sie hätte mit Schmerzen zu tun, was ich keinesfalls zulassen würde. Deswegen öffnete ich wieder die Augen, blickte zu Ice, der jetzt fast neben Sun stand, und nickte. Er schluckte sichtbar, seine Sehnen am Unterarm drohten die Haut zu sprengen, weil er die Hände so fest zu Fäusten ballte. Dann schloss er die Lider und sagte emotionslos:

»Berühre ihn mit den Fingern, erkunde ihn, mach dich vertraut …« Und ich visierte das allererste Mal ein männliches Geschlechtsteil mit voller Absicht an und keuchte. *Das* sollte vorhin in mir gewesen sein? Jetzt war es klar, wieso es mich fast zerrissen hatte! Er war nicht nur lang, sondern auch dick und gerade, von Adern durchzogen. Er war so steif, dass er fast Suns Bauch berührte, und als ich ihn betrachtete, fühlte ich, wie sich Muskeln tief in mir anspannten, weil sie ihn umschließen wollten. So, wie sie es schon einmal tun durften.

Ich hob meine Hand und berührte den Ansatz mit zitternden Fingerspitzen. Die Haut war samtig weich und die krausen, schwarzen Haare kitzelten mich. Langsam fuhr ich nach oben, die Adern nachzeichnend. Als aus der Spitze ein durchsichtiger Tropfen quoll, verstrich ich ihn über die glatte Rundung. Sun zischte und seine Härte zuckte. Automatisch blickte ich fasziniert nach oben.

Fast hätte ich gekeucht, als ich merkte, wie er mich ansah. Suns Augen hatte alles Menschliche verlassen. Sie glühten so stark wie niemals zuvor. Die Lust nach Fleisch, Blut und Sex, die er ausstrahlte, raubte mir fast den Atem und trieb meine Erregung höher, weiter … Faszinierend. Ich strich mit meinem Zeigefinger erneut über die Spitze und sah, wie sich die Muskeln in Suns Kiefer verhärteten. Das gefiel mir und ich berührte ihn erneut. Sein Mund öffnete sich zu einem leisen Keuchen. Leicht grinsend wiederholte ich mein Tun und der Muskel seiner Wange zuckte. Diese kleinen

Reaktionen von ihm genoss ich zutiefst und spürte sie bis in jedes Nervenende.

»Ice, genug gespielt!«, presste Sun zwischen seinen Zähnen hervor. Ich hätte fast gekichert, weil er meine Hand packte und von sich abhielt, bevor ich weitermachen konnte.

»Aber sie hat deine Eier noch nicht erkundet ...« Es war Ice deutlich anzusehen, dass er seinen Meister ärgerte. Sun knurrte und ich musste nun doch kichern. Auch wenn das hier eine Strafe sein sollte, so war es doch eher mit Spaß zu vergleichen. Sobald die Scham von der Erregung überflutet worden war, hatte das demütige Gefühl in mir aufgehört zu wüten und war anderen, heißeren, interessanteren Gefühlen gewichen.

Ice verdrehte die Augen, als ich lachte – wohl aus demselben Grund, der mich amüsierte. Was für eine Strafe! Für ihn schien es auch nicht sonderlich schlimm zu sein, dass ich statt ihn Sun berührte, solange er dabei sein konnte, um auf mich aufzupassen.

»Also, genug gespielt, Seraphina. Jetzt beginnt der Ernst des Lebens als Frau«, verkündete Ice mit einem gespielt strengen Lehrerton. »Befeuchte deine Lippen.« Ich tat wie mir befohlen. »Sammel deine Spucke.« Eifrig sah ich zu ihm hoch und befolgte seine Anweisungen. »Jetzt nimm ihn in den Mund, ganz vorsichtig und lass die Zähne weg. Vorerst ...« Das schien Ice sehr wichtig zu sein. Also beugte ich mich vor, umfasste Sun automatisch mit einer Hand und stülpte meine Lippen über die pralle Spitze, wofür ich den Mund ein wenig aufreißen musste. Ich schmeckte etwas bitterlich Süßes und war mir sicher, dass dies nicht Suns Eigengeschmack war. Ob das Lava war? Ob ich ihn abbeißen konnte? Meine Gedankengänge wurden prompt unterbrochen, denn Sun stöhnte, sobald ich ihn im Mund hatte. Ice stöhnte ebenfalls, nur klang der eine erregt und der andere zutiefst gequält.

»Umkreise die Eichel mit der Zunge.« Ja, Ice hörte sich eindeutig gequält an und noch heiserer als sonst, als ich zu ihm hochsah, um mich zu vergewissern, ob ich alles richtig machte. Ich erschrak vor dem dringenden Verlangen in seinem hellblauen Blick. Seine Hand wanderte über seine Bauchmuskeln herab – langsam – fast, als würde sie aus eigenem Antrieb handeln. Sun ließ den Kopf nach hinten fallen, während ich tat wie mir befohlen, und murmelte mit geschlossenen Augen: »Wehe, du berührst dich selbst, Ice.« Der Werwolf nahm die Hand von sich, presste die Zähne zusammen und ließ die Fingerknöchel knacken.

»Leck ihn von vorne bis hinten.« Seine heisere Stimme intensivierte das Pochen zwischen meinen Beinen. Ich musste mich umherwinden, wollte die Schenkel aneinander reiben, mir irgendwie Linderung verschaffen, als ich die Nässe an meinen Innenschenkeln hinablaufen fühlte, doch Sun befahl: »Beine auseinander, Seraphina.« Ich tat es, aber dabei handelte sich Sun einen wütenden Blick ein. Er grinste nur verführerisch, was mich noch mehr anheizte! »Weiter auseinander, noch weiter.« Oh mein Gott, jetzt konnte ich jeden einzelnen Luftzug da unten auf dieser überempfindlichen, geschwollenen Haut spüren, die im Moment nach so viel mehr Berührung schrie, als nach dem viel zu zarten Streicheln der kühlen Luft.

Leise lachte Sun und ich biss ihn leicht – sehr leicht – in die pulsierende Härte. »Hey!«, beschwerte er sich, nahm ihn in die Hand und wich sofort vor mir zurück. »Von Beißen hat Ice nichts gesagt!« Ich hätte gern geknurrt, wenn ich gekonnt hätte. »Wirst du brav sein?« Er schwenkte damit vor meiner Nase, während ich schmollte, denn ehrlich gesagt gefiel es mir zu gut, ihm durch winzig kleine Bewegungen meiner Lippen solch erotische Töne und Gesichtsausdrücke zu entlocken.

»Vielleicht«, antwortete ich auf seine Frage.

»Können wir jetzt weitermachen?« Ice klang gequält, noch mehr als zuvor, und ich schaute zu ihm hoch. Sein ganzer Körper war derart angespannt, dass er drohte, zu explodieren.

»Entschuldigung.« Schon öffnete ich brav den Mund. Sun gab mir wieder seine Härte und ich leckte ihn von vorne bis hinten.

Dabei waren meine Augen auf Ice geheftet, der bereits schneller atmete. Ich konnte verstehen, dass es schwer für ihn war, mir ging es nicht anders.

Das hier war die perfekte Strafe, ohne offensichtlich grausam oder gewalttätig zu werden. Sun war in gewisser Weise wirklich ein Genie, so, wie er mit uns spielte. Ich wusste jetzt schon, dass wir uns nach diesem Erlebnis und *nachdem* er seine Erfüllung gefunden hatte, nicht selbst würden berühren dürfen. Allein die Aussicht auf ein paar Stunden unerträglichen Pochens zwischen meinen Beinen machte mich, gelinde gesagt, stinkwütend.

»Nimmt ihn jetzt wieder in den Mund. Saug an ihm, am Anfang leicht …« Ich tat es. »Geh mit deinem Kopf nach vorne und nimm ihn so tief auf, wie du kannst.« Als ich der Anweisung folgte, musste ich prompt würgen, denn er stieß an meine Kehle. »Nicht *so* tief.« Ice klang belustigt, aber auch besorgt. »So, dass du es aushältst.«

»Wir sind ja keine Unmenschen«, war Suns sarkastischer Kommentar und ich war versucht, ihn zu erwürgen, während er seine Finger in meinen Haaren vergrub und mich sanft kraulte.

»Hm … hm …«, nuschelte ich, konnte aber nichts weiter sagen, weil ich ihn schon wieder im Mund hatte und so weit ich es schaffte, in mich aufnahm. Ich würgte noch einmal, aber diesmal war es nicht so schlimm.

»Mach den Hals lang und locker deine Kehle«, riet mir Ice und ich probierte es. Tatsächlich wurde es nach und nach leichter. Obwohl es dämlich und das alles eine Strafe war, wollte ich sie beeindrucken. Ich genoss das hier aus vollen Zügen und gab mein Bestes. Suns Berührungen waren berauschend und Ice´ Anwesenheit gab mir Sicherheit.

Als Sun anfing, meinen Kopf vor und zurückzubewegen und leicht mit den Hüften nach vorne zu stoßen, passte ich mich seinem Rhythmus an.

»Saug fester.« Ice´ Stimme klang so heiser, als fiele ihm das Atmen schwer und ich sah abgelenkt zu ihm hoch. Prompt stöhnte ich um Sun herum, denn die Leidenschaft in Ice´ Blick floss geradewegs zwischen meine Beine.

Er brauchte mich, so wie ich ihn brauchte und doch würden wir nie zusammenkommen.

Ich schaute weiter Ice an, während ich fester saugte, Sun mit der Zunge umspielte und mich zur Unterstützung an seinen muskulösen Oberschenkeln abstützte.

Sun stöhnte lauter, immer und immer wieder, und es war noch viel verführerischer als seine Stimme. Verwirrt runzelte ich die Stirn, als er den Kopf zurückwarf und seine Härte in meinem Mund begann zu zucken.

»Schluck es, nach und nach, nicht alles auf einmal …« Ich wollte Ice noch fragen: ›Schlucken? Was schlucken?‹, da stieß Sun noch einmal heftig nach vorne und hielt meinen Kopf an Ort und Stelle. Dabei stöhnte er noch lauter als davor. Seine Finger verkrampften sich in meinen Haaren und ich starrte hoch in das Erregendste, was ich jemals mit ansehen durfte: Suns Gesichtsausdruck beim Orgasmus.

Sein Glied spannte sich eine Sekunde an, schien förmlich noch härter und größer zu werden. Dann fing es an, rhythmisch zu pulsieren und mit dem Zucken fühlte ich warme Ströme Flüssigkeit in meinen Mund schießen. Ach, das sollte ich schlucken!

Ich tat wie mir befohlen und versuchte erst gar nicht zu schmecken, denn die Konsistenz wirkte eher abschreckend. Als sich Sun zurückzog und ich auf die Fersen zurücksackte, hätte ich fast gewürgt vor Ekel, denn sein Aroma haftete an meiner Zunge.

»Wie *ekelhaft* ist das denn?« Mein Gesichtsausdruck musste komisch sein, denn Sun und Ice begannen beide zu lachen, als ich vorwurfsvoll zu Ice hochblickte. Es war dieses typische, vertraute Männerlachen.

»Wie Sperma.« Sie sagten es gleichzeitig und zuckten mit den Schultern. Oh Mist! So wie sie da über mir standen, wollte ich sie, beide! Jetzt sofort! Auf der Stelle! Unter mir! Auf mir! Egal wo! Hauptsache, sie schenkten mir auch Befriedigung.

Ich streckte die Hände aus und wollte beide am Oberschenkel berühren, doch Sun fing meine Hand ab, während Ice einen Schritt zurückwich. Er war so hart, dass er bald platzen musste, während Suns Freund sich eine Pause gönnte.

»Oh nein, Seraphina. Nein, nein«, singsangte Sun träge. »Wir gehen jetzt schön schlafen.«

»Schlafen?«, fragte ich absolut neben mir und schaute ihn an, als hätte er mir erzählt, dass Brüste am Hintern wachsen.

»Bist du feucht zwischen deinen Beinen? Willst du nichts anderes als unsere Berührungen? Kannst du nicht klar denken und pocht es so heftig, dass es schon fast an Schmerz grenzt?«, zählte Sun auf und zog mich breit grinsend auf die Beine.

»Ja.« Ich klang mehr als vorwurfsvoll, doch er grinste nur breiter – voller Schadenfreude!

»Gut.« Viel zu sanft strich er mir eine Strähne aus dem Gesicht. »Dann wirst du jetzt schlafen gehen, mit mir neben dir … Damit ich deine süße Erregung und deine glühende Wut bis in den Morgen riechen und fühlen kann«, säuselte er samten.

»Du, du …« Meine Hände zu Fäusten ballend starrte ich ihn wütend an, doch er schüttelte den Kopf, bevor mir ein passendes Schimpfwort einfiel.

»Es soll eine Strafe für euch sein. Kein Vergnügen. Das Ganze hat dir sowieso viel zu viel Spaß gemacht. Ich hätte gedacht, du bist verklemmter, aber in dir steckt mehr, als dein engstirniger menschlicher Geist zugeben will.«

Schon wollte ich alles abstreiten, wollte ihm sagen, dass ich es schrecklich fand, grauenhaft, die pure Erniedrigung und das auch noch mit zwei Männern, aber dem war nicht so, kein bisschen und ich war keine Lügnerin. Also biss ich die Zähne zusammen und funkelte ihn wütend an. Er legte mir den Arm um die Schulter und zog mich gegen seinen ach so verführerischen, harten Körper. Hilfe!

Er schwenkte uns herum, sodass wir Ice ansahen, der alles andere als belustigt oder befriedigt war. Vermutlich ähnelte sein Blick meinem. Die hungrige Art, mit der er meinen Körper anvisierte, machte das Ganze in meinem Inneren und zwischen meinen Beinen nur schlimmer.

»Du wirst auch schlafen gehen und du wirst dir keine Linderung verschaffen, weder selbst noch bei einer deiner Wölfinnen. Ihr wollt zusammen sein? Okay! Aber nur gleichzeitig mit mir, hier in diesem Zimmer, unter meiner Aufsicht und unter meiner Befehlsgewalt. Bin ich nicht gütig?«

Oh, das, das war die Hölle! Ich würde platzen! Und Ice gleich mit!

Sun war ein Sadist. So viel war ab jetzt klar.

Ice war absolut gehorsam, der perfekte Masochist und ich, tja, ich stand mitten zwischen den beiden Prachtkerlen und musste entscheiden, ob ich vor Freude an die Decke gehen sollte, weil ich gleich beide auf einmal bekam, oder vor Wut an Suns Gurgel, weil ich sie anscheinend niemals so haben konnte, wie ich das wollte … und brauchte!

Danksagung

Was soll ich sagen? Ich bin echt stolz euch diesen Roman präsentieren zu dürfen. Wir werden versuchen die (bis jetzt geplanten) drei Teile in höchstens zwei Monats-Abständen rauzubringen, damit ihr nicht so lange warten müsst und ich hoffe, dass euch das Lesen genauso viel Spaß macht, wie mir das Schreiben!

Der nächste Teil wird Desire-Zone heißen und der Name ist Programm. Seraphina wird immer weiter in den Strudel zwischen Sun und Ice hinein gezogen ;) Im dritten Teil erfahrt ihr dann mehr über Seraphinas Vergangenheit, ihre Schwester hat ihren Auftritt und wir lernen viele neue heiße und ekelhafte Wesen dieser Welt kennen ;)

Hach ja …

Bei Fantasy kann ich mich so richtig ausleben, es sind keine Grenzen gesetzt. Ich liebe das!

***

Und ich liebe Bella! Vor vier Jahren fingst du als meine Fanfiction-Lektorin bei genau diesem Buch an und jetzt bist du eine meiner engsten Vertrauten und die Person, bei der ich weiß, dass ich sie immer anrufen kann und ein offenes Ohr finde! Ich hab dich lieb Bella und ich danke dir für alles, was du für mich getan hast und noch tun wirst – schon mal vorsorgehalber!

Natürlich auch DANKE an mein Babels-Cover-Baby und ANKE und Mandy (mein Dreamteam! <3)!!!! Und PETER, der Mann der die Fäden zieht, oder spinnt oder wie man sagt und der so selten ein Danke dafür hört! Also noch mal DANKE DANKE DANKE PETER!

Und natürlich das größte Danke an Alex, für den guten Sex natürlich! Nein Schmarrn, ich glaube, das muss ich jetzt streichen, sonst tötet er mich … aber vielleicht merkt er es ja nicht! Hihi! Sagt ´s ihm nicht! LOL

Und ich DANKE natürlich auch allen wahnsinnig treuen Lesern, die sich auch auf Fantasy-DonBoth einlassen! Ich hoffe, ich werde euch nicht enttäuschen und … verbleibe hiermit mit einem herzlichen Knuddeln und … warte so wie immer, gespannt auf eure Reaktionen!

Knutschi!

Eure … Don Both

www.ingramcontent.com/pod-product-compliance
Lightning Source LLC
LaVergne TN
LVHW041308200726
843509LV00009B/417